Manuel Vázquez Montalbán est né à Barcelone en 1939. Essayiste, poète et romancier, célèbre dans le monde entier grâce au détective Pepe Carvalho, sa vision critique de la réalité et son engagement ont fait de lui un des intellectuels les plus actifs et lucides de notre époque. Son œuvre a été couronnée de nombreux prix littéraires en Espagne et à l'étranger et plusieurs universités européennes lui ont décerné le titre de docteur *honoris causa*. Il est mort à Bangkok le 18 octobre 2003.

Manuel Vázquez Montalbán

LES THERMES

ROMAN

Traduit de l'espagnol
par Denise Laroutis

Christian Bourgois éditeur

TEXTE INTÉGRAL

TITRE ORIGINAL
El Balneario

ISBN 978-2-7578-0651-7
(ISBN 2-267-00802-5, 1re publication)
(ISBN 2-264-01458-X, 1re publication poche
ISBN 2-264-02982-X, 2e publication poche)

La traduction a été relue et corrigée par Georges Tyras pour la présente édition.

En ma qualité de faiseur suprême de ce roman, je tiens à souligner que toute ressemblance entre les lieux, les personnages et les situations y apparaissant et des lieux, des personnages et des situations existants serait pure coïncidence due au hasard, ou fruit d'une lecture fautive dont l'auteur ne peut être tenu pour responsable, ou si peu. Et je profiterai de l'occasion pour rendre hommage à tous les établissements thermaux et les centres de cure qui œuvrent tant pour aider une immense minorité du genre humain à vieillir avec dignité.

Enfin, je dédie ce roman à Josep Padullés, la personne qui, après Josep Solé Barberà et Rafael Borràs, l'un et l'autre pour des raisons différentes, attend avec le plus d'impatience chaque roman de Carvalho.

– Vos triglycérides, une vraie catastrophe. Une catastrophe à rajouter à votre taux de sucre, qui est trop élevé. Être en deçà de la frontière du mauvais cholestérol, et au-delà du bon cholestérol. Et je ne vous parle pas des lipides. Si vous ne redressez pas la barre, vous n'êtes plus qu'une bombe suicide à retardement.

– Je suis juste venu pour me purifier pendant quelques jours. Deux semaines de purification pour dix ans de péché supplémentaires.

– C'est ce que vous croyez. La veille de votre départ, nous vous ferons une autre analyse de sang et tous vos indices dangereux auront baissé. Mais si vous recommencez à commettre des bêtises, en trois mois vous vous retrouverez au bord de l'abîme.

– Nous avons des conceptions différentes de la vie. Qu'est-ce que vous pensez de la morue au pil-pil ?

– Qu'est-ce que c'est ?

– Un plat espagnol, basque.

– Si c'est de la morue fraîche…

– Non. De la morue salée mise à tremper d'abord, revenue ensuite dans l'huile avec de l'ail. Il faut bien remuer pour que la gélatine suée par la peau de la morue fasse comme une émulsion.

– Un peu d'huile.

– Beaucoup d'huile.

– Quelle horreur !

Le docteur Gastein écarte des mains la tentation du plat imaginaire. Il a l'air d'un mannequin censé représenter l'impeccabilité maigre, résultat de la médecine végétarienne, encadré par la fenêtre grande ouverte sur la paix silencieuse du jardin subtropical du val du Sang. Un microclimat, se répète Carvalho chaque fois qu'il veut s'expliquer le mystère des jacarandas, des hauts ficus et des hibiscus, des bananiers, mais ici la Méditerranée est présente aussi, dans les pins, les caroubiers et les orangers, dans les lauriers hauts comme des tours et les lauriers-roses, tantôt bosquets puissants, tantôt véritables arbres sveltes au faîte fleuri. Depuis la large fenêtre du cabinet de consultation principal, les rationalités successives des végétations apparaissent, la forêt ancienne dominant à la périphérie du domaine et le jardin domestiqué entourant le bâtiment central et le pavillon des boues arabisant. Et les objets qui, vus d'ici, ressemblent à des panneaux de signalisation supposés guider le promeneur dans ce labyrinthe végétal portent en réalité des instructions sanitaires que les habitants des Thermes rencontrent à chaque croisement de sentiers, à l'affût sur une petite fontaine d'eau sulfureuse, à l'entrée du gymnase ou de quelque autre dépendance de cette grande machinerie de la santé.

Votre corps vous en remerciera.
Ne vous haïssez pas. Soignez votre image.
Dieu vous a donné la vie. À vous d'y ajouter la santé.
Il faut manger pour vivre, non pas vivre pour manger.
Mâchez tout, même l'eau.
Il faut mâcher chaque bouchée trente-trois fois.
Votre corps est votre meilleur ami.
La diète : un moyen de prolonger la vie.
Ce qui, pour d'autres, est une nourriture saine, pour vous peut être un poison.

Il n'y a pas de régimes magiques, mais il n'y a pas non plus de pilules magiques.

Pensez comme si vous étiez mince, agissez comme si vous étiez mince.

À l'intérieur du réfrigérateur se trouve votre pire ennemi.

Quand manger est un vice, ce n'est plus un plaisir.

La nourriture en excès est une drogue dure.

– Les écriteaux ? C'est vrai, certains clients les trouvent un peu puérils, surtout les Espagnols. Les Espagnols ont toujours peur de paraître puérils ou d'être traités comme des enfants. Nous qui sommes originaires d'Europe centrale, nous en sommes moins choqués, peut-être parce que nous ne souffrons d'aucun complexe d'immaturité. Les Espagnols ont ce complexe. Je ne voudrais pas vous vexer, mais les Espagnols ont un complexe d'immaturité même quand ils ne sont pas immatures.

– Les écriteaux sont de vous ?

– Non. On trouve les mêmes dans toutes les succursales de Faber and Faber et leur adaptation ici à été faite par Mme Fedorovna. Mme Fedorovna est très apostolique. Je crois qu'elle aurait pu être une bonne sœur formidable, dans le genre de mère Teresa de Calcutta.

– Une mère Teresa de Calcutta à l'envers. Pour les riches gros.

– En un sens. Mais tous les gens qui viennent ici ne sont pas riches, et gros non plus. Vous n'êtes pas gros, mais peut-être êtes-vous riche ?

– Qui sait ?

– Les gens ont le souci de leur corps. De plus en plus. Et chaque jour, nous en savons un peu plus sur notre corps et nous apprenons à le maîtriser.

– Excellente consigne. Je ne l'ai pas vue sur les écriteaux.

– Il faut bien en garder pour les consultations.

Et Gastein rit, jetant un pont d'argent sur lequel pourra s'en aller l'avant-dernière réticence de Carvalho.

– J'ai l'impression que vous êtes tendu.

– Sur mes gardes, simplement.

– Pourquoi ?

– Ce n'est pas normal, pas naturel, de s'enfermer trois semaines dans un centre de cure pour crever de faim, surtout moi.

– Vous ne crèverez pas de faim.

– Mon cerveau, si.

– Ah, le cerveau !

Et le docteur lève la main et se palpe la tête, comme pour vérifier qu'elle est toujours là. Gastein a les cheveux blancs et un crâne qu'on dirait dessiné pour en mettre en valeur le moelleux sur des pariétaux proéminents. Bronzé et athlétique malgré la soixantaine bien tassée, le médecin a des mouvements jeunes, mais un regard vieux, derrière les lunettes assombries au contact de la lumière. Quand il parle espagnol, seuls sa façon de traîner sur les *r* et le sentiment mal dissimulé qu'il parle à des enfants dans un langage d'enfants dénoncent en lui l'étranger. À l'entendre répéter les instructions qui figurent sur les panneaux jalonnant la pénétration dans le val du Sang, on croirait qu'elles sont de lui ou qu'il les reprend à son compte, même si à l'arrière-plan Carvalho devine un second regard, une seconde voix que Gastein emploie peut-être pour les choses qui lui sont plus essentielles qu'exercer une médecine dévouée à des citoyens économiquement et socialement de première classe, mais pauvres gens, faibles, incapables de résister pied à pied aux tentations, ou affligés d'un code génétique déconnecté de la culture moderne de l'apparence, postérieure aux années de la reconstruction mondiale où jouèrent aussi leur rôle les retrouvailles effrénées avec les graisses, les protéines et les vitamines.

– Vous vous sentez déprimé ?

– Un peu.

– Tâchez de vous lier avec vos compagnons. La conversation aide à supporter le jeûne, elle agit comme stimulant et crée un esprit de compétition. C'est à qui ne le violera pas.

– Violer le jeûne ?

Soudain, Gastein laisse échapper un rire incontrôlé, comme s'il venait de révéler une de ces choses que Carvalho a devinées à l'arrière-plan.

– Vous seriez surpris de connaître l'infantilisme de certains des clients des Thermes. Ils viennent de leur plein gré. Ils paient de substantielles factures. Tout ce que nous leur proposons, c'est pour leur bien. En échange, ils profitent de la moindre occasion pour sortir, rôder dans les villages des alentours et manger ce qui leur est interdit. Ce n'est pas sans danger, vous savez. Ils risquent un collapsus hépatique, manger en plein jeûne c'est comme s'expédier une charge de plastic dans l'estomac. La journée de purge nettoie l'estomac des sucs gastriques, c'est la raison pour laquelle la sensation de faim n'est plus si grande qu'avant ; vous ressentez toujours une sensation de faim, mais elle est imaginaire, culturelle, absolument pas dictée par les mouvements des sucs de l'estomac. Eh bien, imaginez que dans cet estomac déserté, privé de l'action corrosive de ses sucs, déboulent deux rations de friture ou une petite assiettée de jambon de Jabugo ou de filet mignon… Imaginez seulement. Il faut être fou pour faire une chose pareille, mais le monde est rempli de fous. Vous n'êtes pas d'accord ?

– C'est une des conclusions premières auxquelles on parvient dans ma profession.

– Que faites-vous dans la vie ?

– Je suis détective privé.

Gastein arbore un sourire ironique et siffle hors de propos, pense Carvalho. Tu n'as ni l'âge ni l'allure d'un adulte qui siffle, mon vieux. Mais Gastein a sifflé.

– Un petit travail dans les environs ?

– Non. Je vous l'ai déjà dit, ordre de la faculté. J'avais besoin d'arrêter de boire, de manger, de fumer, pour me rendre compte si je suis capable de décrocher de ces drogues-là.

– Votre corps vous en remerciera. Votre corps est votre meilleur ami.

Carvalho détourna le regard vers la fenêtre pour réprimer la réponse que lui suggérait ce genre de litanie moralisatrice. L'établissement thermal était là. Un volume accroché au-dessus du lit raviné de la rivière rouge sang, architecture copiée sur celle du temps de Charles Quint, blanchie à la chaux, aux toits d'ocre sanglant. Sur les épaules du docteur Gastein chevauche la coupole préarabe de ce qui reste des anciens thermes qui donnèrent à Jara del Río un prestige médiéval, déjà, quand les abderraman, almanzor, almotamides et autre khomeiny venaient soigner leurs éruptions cutanées dans ses eaux sulfureuses. Le pavillon restauré avec son dôme à lucarne est encore en service, asile de vieux rhumatisants autochtones à la mémoire dure qui y viennent au moins une fois par an en pèlerinage pour prendre les eaux, les boues, et perdre les croûtes du corps et de l'âme dans les baignoires carrelées de faïence. Mais il n'est plus qu'un prétexte éthique et esthétique, entouré de la rotondité du nouvel établissement construit par Faber and Faber, Frères, deux végétariens suisses propriétaires d'une petite multinationale de la santé fondée sur le jeûne quasi intégral et la remise en forme végétarienne de l'organisme. Prétexte à se souvenir de la santé à l'ancienne, le vieux pavillon conserve une clientèle rituelle, également des prix rituels pour ces vieux rhumatisants locaux qui s'y rendent comme à une cérémonie expiatoire. Il n'est presque pas utilisé pour les bains de boue de la nouvelle clientèle de gens riches, trop gros ou intoxiqués par les mauvaises habitudes de la vie moderne. Allemands, Suisses, Français, Belges et aussi d'obèses Espagnols de la zone dollar madrilène ou de la zone mark catalane. Accueil dans une salle à manger pimpante, odeur de fromages frais, d'herbes aromatiques et d'infusions de malt ou de plantes médicinales. Journée de fruits et de riz complet pour commencer à lâcher les amarres, suivie d'une journée de purge et de congélation du cul obligée sur le dur siège des cabinets et des premiers assauts du complexe de stupidité devant la perspective de jours entiers sans autre aliment qu'une tasse de bouillon végétal au persil à midi et un verre de jus de fruits le soir. L'obligation, bien entendu morale, de boire au moins deux ou trois litres d'eau par jour. Omniprésente, l'eau offerte en bataillons de douzaines de bouteilles dans les moindres recoins des Thermes, comme si sa seule présence suffisait à en affirmer la nécessité. Eau pour uriner beaucoup et pour que, dans les urines, s'évacuent les graisses et autres toxines brûlées par le corps.

– De l'eau, beaucoup d'eau. Profitez de n'importe quel moment ou de n'importe quel prétexte pour boire de l'eau. Prenez l'habitude de faire le lien entre vos angoisses et l'eau. Si vous avez faim, buvez de l'eau. Si vous déprimez, buvez de l'eau. Si vous êtes nostalgique, buvez de l'eau. Si vous êtes tenaillé par des désirs sexuels, buvez de l'eau.

– On continue à ressentir ce genre de désirs ?

– Chaque client est un cas particulier, mais oui, les pulsions sexuelles demeurent, bien que la prédominance de clients souffrant d'un excès de poids tende à créer une atmosphère asexuée. Il y a toujours des exceptions, et l'imagination érotique se met à battre la campagne.

– Les gens trouvent le moyen d'avoir des rapports dans ce couvent pour gros ?

– Je vous répète que les gens qui sont ici ne sont pas tous gros.

Gastein lui désigne son foie, de loin, d'un doigt expert dans l'art de montrer. Un doigt long, dessiné par un sculpteur génétique expressionniste, telle une arme, fort, léger et en même temps sans appel.

– C'est votre foie qui vous a conduit ici. Vous avez beaucoup bu.

– J'ai beaucoup vécu.

– Vivre, c'est boire ?

– Pourquoi pas ?

– Vous ne parviendrez à rien parmi nous si vous ne partez pas d'une philosophie moins autodestructrice. Il est possible de tromper son corps tant qu'on est jeune, au sens biologique du terme. Vous êtes toujours jeune, mais au sens statistique. Vous êtes jeune parce que vous avez encore vingt-cinq ou trente ans d'espérance de vie devant vous, au sens statistique qu'on donne à espérance. Mais vous ne pouvez plus vous permettre trop de joies. Posez-vous la question : pourquoi suis-je ici ? Et répondez-vous la vérité : parce que j'ai peur de mon corps. Parce que j'ai peur de moi-même.

De la peur au mépris. Abandonner sa volonté au premier agent salvateur venu que les sorciers lui proposeront. Peut-être les expériences les plus excitantes, aussi maximales qu'aigres-douces, réservées aux pensionnaires, sont-elles les *enemas*, euphémisme cachant l'antique pratique du lavement, et le pesage matinal, au saut du lit, les dames en petite culotte, les messieurs en slip. L'enema fait retourner le patient à des temps de vieilles menaces enfantines, de découverte de la douleur : piqûres, vaccinations, enveloppements, cataplasmes contre le rhume, lavements.

Et le jour de l'enema a quelque chose d'un rituel

infantile et moral, annoncé dès le matin par les infirmières qui inscrivent de la pointe de leur stylo-bille la prescription fatale et regardent le patient comme s'il avait un derrière à la place de la figure. Aujourd'hui, vous avez un enema. Et voilà, dans le lavabo, le bac qui contiendra l'eau chargée de purifier les entrailles féciques et la canule qui s'ouvrira un passage implacable par la porte étroite que la nature façonna pour être porte de sortie exclusivement et que la médecine et la sexualité ont transformée en porte battante. L'infirmière arrivera avec sa voix chantante, effaroucheuse de terreurs, fera ses manipulations dans le lavabo pendant que le patient offrira ses fesses à l'inconnu, l'anus aussi serré que l'imagination et sa dignité tournée vers le mur. Le sort en sera jeté quand la femme s'approchera du lit et planera tout là-haut comme une menace aperçue du point de vue de l'insecte qui va être attrapé. Et voilà qui est fait. Une râposité oubliée approche le labyrinthe des putréfactions finales et se met à pisser dans l'intimité du corps sous prétexte de le nettoyer de ses vieilles adhérences. Le temps pèse comme un sac plein d'eau sale et le cerveau lutte avec les sphincters pour éviter qu'ils ne s'ouvrent et ne répandent la honte hors d'heure et de lieu. N'ignorant pas cette tension dialectique entre le cerveau et le trou du cul, l'infirmière prévient qu'elle va se retirer, soucieuse d'éviter d'être aspergée d'éclaboussures qu'au cas où elles se produiraient elle encaisserait avec ce professionnalisme strict qu'elle préfère ne pas gaspiller. Voilà. Et le patient ferme les yeux et ferme en même temps tous les orifices de son corps comme s'il cherchait l'essence même du trou dans la représentation symbolique du point. Voilà. La voix chantante de l'infirmière s'éloigne et sur le lit reste le viol, les tripes pleines d'eaux tourneboulées cherchant une sortie et dans le cerveau la confirmation du soupçon que nous ne sommes rien, ratifié quand trois, quatre, cinq minutes plus tard, les eaux trouvent le chemin de la sortie et que le patient doit courir vers le siège des cabinets et vider le bas de son corps et de son âme, l'esprit partagé pour moitié entre des approximations de douleurs d'accouchement et le plaisir qu'on trouve à se débarrasser du pire.

Si le lavement est l'expérience qui remet le plus en question l'image qu'on a de soi, la plus excitante est la pesée du matin. Quelque chose comme attendre une bonne note récompensant l'exact accomplissement des normes établies. Pour les gros, perdre du poids, en gagner pour les maigres. Maintenir la pression sanguine dans de saines limites. Sur la balance ou le garrot au bras, le patient attend le commentaire de l'infirmière, bien entraînée à réitérer ses enthousiasmes autant de fois que nécessaire pour récompenser les pertes ou les gains, même misérables, même s'ils ne sont pas à la hauteur de l'investissement en argent et en libre arbitre qu'il a fait. Certains sortent de la salle de pesage les tempes couronnées de laurier, d'autres vont directement chercher une corde pour se pendre ou, à défaut, un miroir devant lequel se souffleter et maudire leur métabolisme et, pourquoi pas, la mère qui leur a donné le jour, expression plus fréquente dans les manifestations de désespoir des clients espagnols que chez les étrangers, à qui l'on a appris depuis longtemps que les choses sont ce qu'elles sont, un effet de causes ineffaçables désormais des codes secrets qui font les corps et les âmes.

– Le contrôle médical est indispensable et c'est lui qui donne son sérieux à notre traitement. Tout le plan de cure est fait par nos médecins. Il y a deux visites médicales par semaine et autant de consultations que le patient le réclame. Une analyse de sang à l'entrée est indispensable, et une autre à la sortie, pour faire le bilan des effets de la cure.

Gastein est le chef de l'équipe médicale. Parce qu'il est le plus vieux et parce qu'il est étranger, assurent les clients espagnols, soupçonnant que Faber and Faber a plus confiance dans le personnel spécialisé allemand ou suisse que dans les Espagnols. L'apport hispanique aux Thermes se limite au paysage, à un tiers des clients et au personnel subalterne : quelques infirmières, les masseuses, le professeur de gymnastique et le service. Les filles qui nettoient, font les chambres, apportent les infusions selon un horaire de haute précision, ont été recrutées dans les montagnes environnantes, pour la simple raison qu'elles habitent près du centre de cure, mais aussi pour susciter une dépendance économique dans la région, dépendance présumée capable d'éliminer les restes du ressentiment causé par l'étrangérisation d'un lieu sans lequel le val du Sang risquerait de perdre son principal caractère. De la montagne, aussi, viennent les hommes de peine, chargés des chaudières, de l'épuration de l'immense piscine chauffée, de l'entretien du jardin tropical, de la restauration permanente du grand complexe moderne et de la conservation, comme s'il s'agissait d'un monument d'intérêt artistique, du pavillon à coupole des bains de boue, que l'entreprise garde plus comme un témoignage du passé que comme un outil de santé qui aurait sa place dans la technologie moderne. Sur le feuillage du parc descendant jusqu'aux rives du Sang, le pavillon arabisant remplit sa fonction dans le collage de la multinationale, comme une rafale de guitare espagnole plaquée sur une symphonie impressionniste française qui pourrait s'intituler *Afrique*. C'est une concession à l'exotisme et à l'obsolescence.

– C'est drôle que vous ayez conservé le bâtiment des boues de l'ancien établissement.

Gastein lève les yeux de l'ordonnance qu'il est en train d'écrire et met du temps à comprendre la réflexion de Carvalho.

– Il existe un décret municipal, établi il y a deux cents ans, stipulant que les habitants du village et de sa région, jusqu'à Bolinches, ont le droit d'utiliser les eaux sulfureuses, quel que soit le propriétaire de la concession. Le débit des eaux a diminué et ne permet plus l'exploitation selon le vieil usage, mais une partie de ce qui reste est utilisée pour les besoins de la clinique et une partie pour respecter cet engagement. Mais j'ai ajouté un argument pour MM. Faber quand je les ai convaincus de transiger sur l'ancien accord. Toutes les sources thermales ont une histoire magique ou religieuse, à votre choix. Il ne faut pas toucher à ces repères magiques. Dans un certain sens, ils sont sacrés. Vous ne trouvez pas ?

Difficile de donner un âge au docteur. Pas seulement maintenant, ennobli par la blouse blanche de sa liturgie, mais même quand il s'habille en tennisman et se soumet aux secs revers du docteur Hoffman, la psychanalyste, ou au bombardement atomique de Mme Fedorovna, régente du centre de cure en l'absence des frères Faber, partageant les tâches du directeur, M. Molinas, davantage chef du personnel qu'autre chose. Mme Fedorovna est une Russe grande et carrée, avec une figure de poupée vieillie et le regard à la fois doux et trouble que lui donnent les jeûnes fréquents. Sa fonction aux Thermes consiste surtout à surgir derrière les jeûneurs au moment où ils sont en train d'ingérer le breuvage végétal ou le jus de fruit, à lever les yeux au ciel et à dire : « Les produits naturels, quelle merveille ! Avez-vous déjà pensé, monsieur Carvalho, à cette merveilleuse création qui, sans violence, nous donne tout ce dont nous avons besoin pour vivre ? Pensez à cette merveille insignifiante, mais en même temps extraordinaire, qu'est un jus de carotte comme celui que vous prenez en ce moment… » Et Mme Fedorovna demande à son tour un verre de jus de carotte, le goûte, fait claquer sa langue contre son palais pour savourer le goût obscur et terreux de la carotte et sur son visage se peint le savoir d'une grande dégustatrice capable de dire l'origine et l'année du cru de la racine. Elle encourage Carvalho à continuer à boire et lui demande du regard de faire passer dans ses yeux la joie intérieure que cela procure, d'offrir à son corps la santé, et rien que la santé. *Votre corps vous en remerciera.* C'est à la fois un slogan, une consigne et un recours syntaxique pour les blancs de la conversation. Votre corps vous en remerciera.

– J'en doute, madame Fedorovna. J'en doute.

– Il faut que vous repreniez confiance en votre corps.

– C'est un sauvage, madame, un véritable sauvage.

Mme Fedorovna est un peu déconcertée, mais finalement elle comprend, rit et classe automatiquement Carvalho parmi les clients cyniques mais sympathiques, à la longue bons clients, parce qu'elle sait que l'ironie cache l'impossibilité du rachat et que, par conséquent, les clients ironiques sont de ceux qui reviennent, et, tôt ou tard, retombent dans les vices de l'alcool, de la chair et du laisser-aller. Elle prend congé de Carvalho avec un sourire complice et s'en va voir un autre patient, répéter la consécration du jus de carotte et la tentative de lavage du cerveau de ses mauvaises habitudes alimentaires.

– Mme Fedorovna parle des jus, des herbes, des plantes, des pommes de terre, du fromage sans gras… comme d'objets magiques recelant les clés de la santé.

Gastein a terminé son ordonnance, il se redresse et s'adosse à son fauteuil pivotant.

– Mme Fedorovna est une femme de grande foi. Dans le passé, elle a eu une maladie très grave, elle s'en est sortie grâce à nos régimes et elle ne l'a pas oublié.

– Elle est russe, non ?

– Dans un sens large, général, oui. Mais en réalité elle est biélorusse. Ce n'est pas pareil.

– Une Russe qui a fui la terreur soviétique ?

– Elle n'a pas l'âge d'être ce qu'on appelait dans le temps russe blanc. Elle a quitté l'U.R.S.S. après la guerre, je crois. Mais je ne suis pas trop au courant de l'histoire du personnel de cette maison. La vie de Mme Fedorovna vous intéresse ?

– Vous venez d'Europe centrale, à ce qu'il me semble, et vous avez plus l'habitude de vous trouver nez à nez avec des Fedorovna. Pour nous, en revanche, c'est plus rare et, fatalement, ce genre de femme nous apparaît comme un personnage sorti d'un roman russe ou d'un film américain antisoviétique, comme vous voudrez.

Gastein tend à Carvalho le passeport des Thermes, un carton plié en deux comprenant son laissez-passer d'entrée, ses pesées journalières, les médicaments à avaler, les prises de tension, les enemas qu'il devra subir, le nombre total de jours de jeûne, ceux de remise en marche complète des fonctions digestives et la sortie, ainsi que des massages manuels, sous l'eau.

– Et la boue ?

– Vous voulez aussi des bains de boue ? Je ne crois pas que ce soit nécessaire. Vous n'êtes pas rhumatisant.

– Je vous avouerai que l'une des raisons fondamentales de ma venue dans cet établissement, ce sont les boues.

– C'est ce dont vous avez le moins besoin.

– Je n'ai jamais su exactement ce dont j'avais besoin.

– Tenez. C'est bien volontiers que j'ajoute sur votre passeport que vous devez prendre deux ou trois bains de boue par semaine.

– C'est de la boue d'ici ?

– Non. La poudre est allemande, mais on la délaye avec le peu d'eau sulfureuse qu'il nous reste. Vous pouvez prendre vos bains de boue dans les installations modernes qui se trouvent à côté du sauna et de la salle de massage ou bien dans la vieille salle de l'ancien bâtiment.

– C'est la même boue, la même eau ?

– Oui. Mais pas les mêmes mains. Il reste là-bas quelques masseurs du vieil établissement ; nous les gardons jusqu'à ce qu'ils prennent leur retraite. Ils n'en ont plus pour longtemps.

– Je prendrai mes bains de boue dans le vieux bâtiment et ferai les autres massages ici. Ce sont des hommes ou des femmes qui massent ?

– Les masseurs n'ont pas de sexe.

Le professeur de gymnastique a expliqué pour la énième fois que la N.A.S.A. a étudié le rapport qui existe entre la respiration accélérée du gymnaste et l'oxygénation du sang, et, ce disant, il a adressé un regard significatif au coin gauche de la salle où le général Delvaux interrompait, reconnaissant, son effort d'oxygénation pour suivre ses explications. Les gymnastes vautrés sur les tapis, par terre, ont tous un œil fixé sur leur montre qui annonce dix minutes encore de gymnastique et l'autre sur le général de l'O.T.A.N. qui a cru bon de choisir l'établissement thermal Faber and Faber, Frères, pour une cure anti-cholestérol – soixantaine élancée mais ventre gonflé et pointu, cheveu rare mêlant le châtain et le roux plus un peu de blanc aux favoris, il donne l'impression de porter sur la tête un assemblage esthétique irrésolu, à la manière de ces costumes marron, indécis sur leur propre couleur, imposée par cette médiocre chromatique qui frappe non seulement quelques marrons, mais encore presque tous les gris et les jaunes. Les gymnastes profitaient du répit théorique du professeur et regardaient le général avec insistance, comme pour lui faire endosser la responsabilité du discours-fleuve du professeur et de l'arrêt de la gymnastique.

Le militaire ne comprenait rien mais approuvait tout de même, il devinait qu'il se trouvait en position stratégique avancée et que le professeur confondait l'O.T.A.N. avec la N.A.S.A., entités appartenant toutes deux à un univers de sigles transcendantaux situés au-delà de la compréhension de l'Espagnol moyen.

– Froid. Froid. Moi prendre froid.

C'était un manifeste, et une plainte en même temps. Les regards lâchèrent le général de l'O.T.A.N. et se tournèrent vers mistress Simpson, soixante-quinze ans de veuve américaine et une volonté gymnastique évidemment à l'avantage d'un corps en perpétuelle tension dialectique – gymnastique et massages s'opposant à la résistance passive de cellules hésitant entre le suicide et la cellulite. Mistress Simpson portait son maquillage de salle de gymnastique, sourcils peints de sanguine et un mauve tendre sur les lèvres, faille tectonique de rides convergentes, au centre géologique d'un visage qui ressemblait à un plan sécant de courbes de niveau exécutées par un topographe minutieux.

– Nous allons vous réchauffer, mistress Simpson.

Le professeur de gymnastique a parlé, tranchant et cruel, et ses élèves craignent le pire. En effet, le moniteur laisse tomber son corps musculeux sur le sol, comme s'il voulait se couper le nez à ras dans un acte de suicide symbolique de sa propre photographie, mais avant que son nez ne s'écrase, les paumes de ses mains se plaquent comme des ventouses aux dalles de liège vernies qui revêtent le sol et ses bras fléchissent en même temps qu'ils résistent et supportent le poids du corps, et dès que sa chute est contrôlée, le professeur se livre à de baroques abdominaux exigeant, pour être exécutés comme il faut, la stratégie de l'araignée et la force des bras de la pieuvre. Le professeur reste seul avec la précision de ses gestes, ou presque seul, parce que mistress Simpson le suit à courte distance quantitative et qualitative, au grand ahurissement des autres occupants du gymnase, affalés sur leur propre défaite, haletants, le regard plein de haine pour l'exhibition du professeur et la surprenante résistance de la vieille. Même le général Delvaux a abandonné et contemple le bras de fer entre le moniteur et la vieille dame comme les exercices tactiques d'une armée voisine.

– Foutre.

Le mot échappe à don Ernesto Villavicencio, soixante ans, court de bras, chevilles d'éléphant et un corps massif de portefaix au service d'un cœur de colonel d'infanterie en retraite. Il essaie de se placer toujours près du général, pourtant il ne lui a pas encore révélé leur parenté professionnelle. En partie à cause de la barrière de la langue, bien que Delvaux écoute avec l'expression de quelqu'un qui comprend toutes les langues sans être intéressé jamais par ce qui se dit. Don Ernesto partage ses sourires entre Delvaux et la Suissesse blonde et svelte qui suit le cours de gymnastique, plus attentive à l'ajustement de son impeccable maillot de danseuse qu'aux instructions du professeur. À côté d'elle se trouve en permanence, surveillant tout et tous leurs camarades de cours, puissant, chauve, ce qui semble être un P.-D.G. athlétique, démoli par le whisky à toute heure et les dépressions causées par les déficits budgétaires. Karl et Helen Frisch, la principale attraction érotique d'un centre de cure peuplé de personnages parvenus au point où il leur faut demander pardon pour le spectacle qu'ils donnent de leur corps : gros, ou rhumatisants, ou drogués du tabac et de l'alcool ou simplement vieux tremblants s'apprêtant à vieillir et à mourir dans la dignité dispendieuse que procurent les prix de Faber and Faber. Helen Frisch passait ses mains sur son maillot brillant, vérifiant la consistance de ses chairs élancées et dorées par une récente croisière américaine : Vancouver, San Francisco, San Lucas, Panama,

Antigua, la Jamaïque, et les yeux de son mari suivaient ses mains comme si elles pouvaient être soupçonnées d'envahir sa propriété. Si, de leur côté, les yeux mâles cherchaient à se poser sur le corps, incongru dans ce contexte, de Helen, les regards féminins en faisaient de même avec Karl. Sans doute était-il fort et presque chauve, mais il s'agissait d'une rotondité musculeuse presque inconnue dans ce lieu et sa dépression taciturne lui donnait un comportement énigmatique et pathétique, celui d'un homme qui se serait retrouvé en pleine adolescence à quarante-cinq ans. Plus d'un client avait surpris Helen et Karl dans des coins perdus du parc, sa tête à lui abattue dans son giron à elle et une tendresse mécanique dans les mains de la femme survolant la tête abandonnée, qu'on aurait dit coupée, la frôlant, à un rythme secret soutenu par une litanie de mots consolateurs.

– Il sanglotait. Il sanglotait comme un enfant. Les larmes dégoulinaient de ses yeux.

Telmo Duñabeitia en rajoutait à ce portrait d'un désespoir, Telmo, industriel basque qui avait quinze kilos de trop et des envies de se dépurer le sang et le foutre, ajoutait-il, parce que la vie au Pays basque, ce n'est pas une vie, et ceux qui ne paient pas l'impôt révolutionnaire sont cons ou ils aiment trop leur fric, ajoutait Telmo à qui voulait entendre le franc portrait de ce qu'il était, de ce qu'il avait, de ce qu'il voulait. Trop jeune pour être si gros, disait-il en empoignant son ventre peut-être excessif, bien que son excès de poids fût réparti dans un corps massif de descendant d'*aizkolari* qui avait su monter une scierie au bon moment et fonder une dynastie qui pèse sur Duñabeitia comme une montagne sacrée.

– Putain, qu'est-ce qu'elle est bien balancée !

Le Basque appréciait la beauté de Helen, et il osa un jour demander à la Suissesse la raison de son séjour ici, elle qui n'en avait pas besoin, qui était si bien, ajoutait le

Basque en contrepoint dans un anglais courant qui lui permettait de vendre du contreplaqué dans le monde entier. Helen s'était mise à rire et avait baissé le ton de sa voix pour susurrer qu'elle n'avait pas besoin d'être ici mais que Karl, si, Karl traverse une mauvaise passe, dit-elle à voix très basse, mais pas suffisamment pour éviter que Karl n'accoure dans un état de quasi-hystérie afin de protéger sa femme de la menace basque. Dès que le professeur tournait le dos, Duñabeitia en profitait pour parodier les mouvements, ou bien pour s'allonger sur le dos et suivre des yeux un vol d'oiseaux qu'il était seul à voir. De temps en temps, ses yeux noirs recevaient de secrètes illuminations intérieures et les distribuaient parmi ses plus proches compagnons d'expiation. Il allait proposer une bonne farce. Ceux qui étaient d'accord pour s'y associer soutenaient son regard, les autres collaient aux évolutions du professeur pour échapper au soupçon même d'avoir pu être tentés par les absurdes propositions du Basque. Par exemple, dévisser tous les éléments de la bicyclette fixe et attendre qu'un innocent essaie de l'utiliser, ou bien, dans le cercle du lancer de medecine-ball, jeter la balle sans prévenir à la nuque du moniteur, non dans le but de le décapiter, mais en tout cas de démolir sa silhouette de gracile pasteur d'un troupeau de vaches aux sabots de plomb.

Le personnage qui secondait le plus cyniquement les propositions du Basque était Juanito Sullivan Álvarez de Tolosa, héritier d'une bonne famille de Jerez, qui suggérait qu'on l'appelle *Sullivan* tout court et mettait son immense capacité d'ennui et de morgue au service des résidus de conduite atypique de l'industriel. Deux cents, deux cents familles se tapent la cloche grâce à mon usine, répétait sans arrêt Duñabeitia quand il se soûlait d'eau minérale et d'infusion de feuilles d'airelles, et parmi ces gens-là, il y en a beaucoup qui sont partis du Sud, de chez vous, petits messieurs de merde, Sullivan, parce que tu es un petit monsieur de merde. Petit monsieur de merde, peut-être, mais qui les a bien pendues, tranchait l'Andalou, perpétuellement lové au soleil de la vallée, au bord de la piscine dans laquelle mistress Simpson battait tous les records de résistance et de lenteur.

– Voir nager cette bonne femme, c'est quelque chose. On dirait une sirène boucanée.

L'interlocuteur favori de Sullivan n'était pas le Basque, ni le colonel en retraite, mais l'homme au survêtement, grand automnal à petite moustache d'ex-fonctionnaire franquiste, toujours escorté de sa femme, maigre comme un personnage féminin et castillan de roman nationaliste des années quarante. L'homme au survêtement s'était donné pour tâche de surveiller de près Sánchez Bolín, un écrivain gros et taciturne qu'il savait lié au parti communiste.

– Saviez-vous qu'il y a un communiste aux Thermes ?

L'homme au survêtement prévint l'infirmière-chef. Frau Helda se désintéressant de la question, il s'adressa à la responsable des entrées et monta jusqu'à l'administrateur général par délégation des frères Faber, le directeur, M. Molinas.

– Ce que pensent nos clients ne nous intéresse pas.

– Bien sûr, ce n'est pas ce que je veux dire. Mais un communiste est communiste. À poil ou en smoking.

En plus, devait ajouter en privé l'homme au survêtement, ce n'est pas n'importe quel communiste, c'en est un avec le couteau entre les dents et j'aimerais bien savoir d'où il sort l'argent pour se payer les Thermes. Le colonel Villavicencio n'était pas indifférent aux préoccupations de l'homme au survêtement et il accentuait la petitesse de ses yeux tout en cherchant une idée qui éclairerait le pourquoi de l'infiltration marxiste dans cette placide Thélème de presque malades. Cela ne l'empêchait pas de saluer discrètement, bien que de façon très correcte, Sánchez Bolín quand il le croisait dans les escaliers du salon, dans la petite salle d'attente des massages, du sauna ou du cabinet médical, à l'entrée ou à la sortie du salon de télévision. Sánchez Bolín semblait rester en marge des petites espérances causées par son séjour au centre et à peine se mêlait-il à la conversation. Au plus accueillait-il les phrases aimables et conventionnelles des autres avec un sourire cristallin qui n'encourageait pas à poursuivre la conversation, mais il détectait les mauvaises vibrations de l'homme au survêtement et il fut averti par la bande qu'il était en train de lancer une campagne contre lui. L'indicateur de Sánchez Bolín avait été le Basque, et Sullivan à côté de lui avait ajouté :

– Putain, vous n'avez tout de même pas la peste. Ma cousine Chon était vachement communiste et je suivais toutes les processions de la Semaine sainte avec elle. Maintenant, elle est devenue socialiste et elle a un poste à la Junte d'Andalousie. L'argent n'a pas d'odeur.

Sánchez Bolín regardait le professeur de gymnastique avec l'indignation du vaincu et cherchait de ses yeux myopes de pareils gestes de faiblesse ou de rébellion parmi les occupants de la salle de gymnastique. Il y avait un brin d'ironie dans les yeux sceptiques de l'homme qui se trouvait à côté de lui et portait un nom gallicien, croyait-il se rappeler. Carvalho. Mais écrit avec lh, parce que mon père, un jour, en a eu assez d'être espagnol et il a demandé la nationalité portugaise. Je ne sais pas comment il a fait, mais il est parvenu à ce que dans tous nos papiers, Carvalho soit écrit avec lh. Les dames de la colonie trouvent Carvalho presque aussi pittoresque que le Basque ou aussi hermétique que Sánchez Bolín. En particulier doña Solita, l'épouse du colonel Villavicencio, qui a surpris Carvalho dehors, dans la tonnelle orientée au sud, tenant un livre du bout des doigts et essayant de l'autre main d'y mettre le feu avec un briquet.

– Tu as regardé le titre ? lui demanda son mari.

Non. Elle n'avait pas regardé le titre, mais elle avait eu l'impression que c'était un livre cher, pas une de ces collections bon marché vendues dans les kiosques, celles qu'on voit dans les publicités à la télévision.

– Il faut retenir ce fait, se dit à lui-même le colonel, qui avait rêvé toute sa vie d'une situation lui donnant l'occasion de mettre en œuvre ses aptitudes congénitales au commandement.

Il était né trop tard pour faire la guerre civile, et sa carrière dans les bureaux, au gré de promotions standard bien qu'il fût bardé de diplômes d'état-major, n'était pas parvenue à le décourager.

– Et vous avez démissionné quand, mon général ? Quand les socialistes sont arrivés au pouvoir ?

– Moins de passage de brosse, Sullivan, ou je vous fous dedans. Je n'ai jamais été général. Je suis resté colonel et j'ai pris ma retraite parce que je préférais continuer à fabriquer avec plaisir des aliments composés plutôt que de rester en service sans plaisir, à une époque où sont détruites les valeurs pour lesquelles nous avons tant lutté.

Deux jeunes Italiennes militent ensemble dans toutes les manifestations des Thermes. Elles sont grandes, très maigres, noiraudes, avec des cernes immenses sous les yeux, elles suivent un régime spécial pour grossir, la gymnastique signifiant pour elles davantage une mobilisation d'os que de muscles, et elles font contraste avec les *sœurs allemandes*, comme les appelle Carvalho, trois Bavaroises courtaudes et cubiques qui semblent exécuter les exercices l'âme absente, comme si elles profitaient des minutes dont elles disposent entre le moment où elles mettent une tarte au four et celui où elles la sortent ou bien entre les différentes phases du programme d'une machine à laver insuffisamment automatisée. De sa terrasse, Carvalho domine la chambre d'une des Italiennes, il peut épier sa lasse lassitude, sa langueur de squelette lent et indifférent qui abandonne tout juste l'horizontalité de son lit pour décrocher le téléphone au ralenti ou aller sur la terrasse pour se contempler les ongles pendant une demi-heure, avant de se décider à les faire avec un matériel chirurgical complexe. Parfois, l'autre Italienne passe dans le jardin, favorisée d'une livre de vitalité de plus que sa compatriote, et lève la tête pour lui demander invariablement :

– *Silvana, che cosa fai ?*

– *Niente.*

Le professeur les traque sans répit pour qu'elles se remuent, il leur lance le ballon, retient leurs pieds contre le sol pour qu'elles fassent tous les mouvements abdominaux prescrits. Imperturbables, elles se contentent d'accélérer leur respiration et de supporter leur destin d'Éthiopiennes sans appétit.

– Sous cette couche de graisse, vous avez une constitution d'athlète.

Par ces mots, le professeur ressuscite le moral d'un jeune homme aux chairs abondantes, sorti tout droit du folklore de la Manche, des sourcils en barre épaisse au-dessus d'yeux écarquillés, beaucoup de cheveux noirs qui lui font comme un béret, une bouche sensuelle de descendant de muletiers tâteurs de tout ce qui est bon sur terre, court sur pattes mais bien planté et arborant un thorax de Samson celtibère. Ce jeune cul-terreux possède une chaîne de fromageries dont le plus beau fleuron, celle de Madrid, donne son nom au lignage, Fromages Sánchez Pérez, Frères et Fils, même si les morts et les empêchements des frères et des fils l'ont laissé seul propriétaire de l'affaire. Bien trop jeune pour de si grandes responsabilités et une telle fortune, aucun des chefs naturels de la horde maigrissante ne lui reconnaît son rang et le colonel le traite à peu près comme une ordonnance tout terrain.

– Tomás. Mon père m'a dit un jour : « Mon fils, n'aie jamais confiance dans les hommes qui soulèvent la poussière de par terre quand ils pètent. »

– Je ne vois pas ce que ça a de drôle, colonel.

– Tu ne dois pas être bien malin, l'épicier. Mon père me disait de me méfier des bas du cul, comme toi, nom de Dieu.

– Ça fait du monde, en Espagne, colonel.

– La population ici est de plus en plus grande. Avec Franco, tout le monde, du premier jusqu'au dernier, a grandi, et toi tu aurais dû grandir plus que les autres, avec tout le fromage que tu as dû manger, ou peut-être que tu te serrais la ceinture pour le vendre ?

Le fromager rougissait, surtout s'il se trouvait à côté d'une jeune fille petite et ronde qui suivait un régime pour maigrir un peu et arriver à la Faculté de médecine tropicale de Bruxelles avec moins de complexes. Elle s'appelait Arancha, « parce que ma mère est basque », et quand elle faisait l'aveu de l'origine ethnique de sa mère se mêlaient en elle l'orgueil de la race supérieure et la crainte qu'on pût penser qu'elle avait quelque chose à voir avec le terrorisme basque. La jeune fille a beaucoup lu et le fromager de la Manche beaucoup écrit, lui a-t-il avoué. Il conserve de nombreux cahiers de poèmes non plus d'adolescence, mais de ces dernières années, qui le soulagent du stress d'être seul responsable d'une affaire énorme, depuis que ses oncles et tous ses parents se sont mis à mourir les uns après les autres. Il arrive qu'on voie le couple chercher des recoins subtropicaux, au-delà de la barrière visuelle du pavillon des boues, et cela pour que Tomás puisse lire à pleine voix, voix de plein air, ses poèmes sur la nuit de Madrid et sur ses souvenirs d'enfance laborieuse de fils de gros marchand de fromage. Pour la première fois, Arancha a un poète à se mettre sous la dent et elle s'en occupe même dans le gymnase, disposant son tapis de sol à côté de celui du fromager et lui adressant des clins d'œil d'encouragement quand le jeune homme a le sang qui lui monte à la tête alors qu'il se contorsionne sur son tapis pour essayer de faire le geste gymnastique correct, sans y parvenir, malgré les encouragements d'Arancha et ceux du professeur qui lui répète sans arrêt :

– Sous cette couche de graisse, vous avez une constitution d'athlète.

Quant à Arancha, en dépit de sa rondeur extérieure, elle a ce que le professeur appelle une « élasticité interne » et approche les canons gymniques sous les applaudissements du mentor et quelque commentaire flatteur.

– Très bien, Arancha. Pas de pitié pour ce cul-là, Arancha. À l'attaque.

Il était recommandé en permanence aux pensionnaires, souvent en vain, de se laisser emmener, de bon matin, en promenade sur les rives du Sang, au-delà du saut du Petit-Maure, où la rivière s'étale en méandres, simulant des largeurs que seules lui permettent les périodes de dégel. Il faut choisir entre un hâtif contrôle sur la balance des grammes perdus en un jour de jeûne, les recommandations de routine de frau Helda à l'une de ses infirmières, et cette promenade qui ramène aux Thermes une enfilade conventuelle fatiguée mais heureuse d'avoir piétiné d'aussi bonne heure les charmes gratuits de la nature. L'expédition a suivi la berge de la rivière à bonne allure, dans le sillage du professeur. En des temps plus prospères, Faber and Faber disposait d'un spécialiste pour chaque tâche paramédicale, mais après la crise du pétrole, sans que personne pût préciser quels canaux énergétiques à sec avaient cessé de ravitailler le prospère commerce de la santé, les services de gestion de l'établissement thermal avaient commencé à éliminer certains membres du personnel et à regrouper chez les survivants différentes fonctions. C'est pourquoi le professeur de gymnastique est également guide de la première promenade matinale et chargé d'une longue et dure excursion dominicale, dans la montagne, soit quatre heures de marche sur des chemins pas même assez larges pour le passage d'une bonne charrette. L'excursion du dimanche est la preuve apportée chaque semaine à la thèse du docteur Gastein, selon laquelle le corps humain est un moteur rétif, lent au départ mais capable de trouver en lui-même ses motivations, ce qui fait que les marcheurs démarrent à leur corps défendant, sans aucune envie, dans la tonalité musculaire la plus basse, ils atteignent ensuite petit à petit les quotas progressifs de dépassement personnel du marcheur et finissent par voler sur les rochers, les uns recherchant le plaisir de la fatigue, les autres désireux d'en finir au plus tôt avec cette balade harassante.

La réflexion que s'est faite Carvalho sur la nécessité de tirer le meilleur parti possible de l'investissement que représente un séjour dans un centre de cure tel que celui-ci préside à nombre de décisions sublimes d'escaladeurs prêts à se crever parce qu'ils ont payé pour. Ils ont investi dans la fatigue, dans l'expiation de plaisirs prohibés par un code interne à leur propre corps et, plus que du masochisme, l'obsession autodestructrice des marcheurs traduit une âme bourgeoise qui ne veut pas dépenser un sou sans recevoir quelque chose en échange. Le professeur a beau dire qu'il faut tenir le rythme du début jusqu'à la fin, l'avant-garde force l'allure à mi-chemin et se détache inexorablement de la troupe plus vieille ou plus grosse, bien que, parfois, dans l'avant-garde, figure un poids lourd aiguillonné par son désespoir et décidé à liquider la question le plus tôt possible, ou mû par l'intime conviction que son poids est une convention culturelle et que l'âme mince que tous les gros portent en eux est en réalité ce qui donne son sens et sa mécanique à sa marche rapide. Autrement dit, certains vérifient sur eux-mêmes *in vivo* le soupçon qu'après la mort l'âme se libère du corps, lévite dans la chambre et assiste à la toilette du mort et aux condoléances, mais ignorant combien de temps est attribué à un envol particulièrement critique. Les gros agiles sont les agents destructeurs les plus redoutables du rythme d'une excursion prévue pour un sédentaire moyen ou *sédentaire type*, selon l'heureuse expression de Gastein. Ce dimanche-là, ce fut Tomás, le marchand de fromage, qui endossa le rôle de provocateur obèse, dans son désir de démontrer à Arancha la jeunesse de ses muscles cachés et d'arriver le plus tôt possible aux Thermes pour se plonger dans la piscine chaude et sulfureuse. Carvalho, ne supportant pas l'idée d'une excursion en corps constitué, força aussi l'allure pour échapper au risque d'être confondu avec le troupeau et il se rendit compte que le Basque, le couple suisse et le colonel, dont les yeux fermés et le balancement des bras marquant la cadence de ses pas démontraient une culture éprouvée de la marche en montagne, lui emboîtaient le pas. Le général Delvaux, en revanche, n'était pas disposé à fournir le moindre effort au-delà de son désir et dissimula sa désertion en interrogeant le professeur sur la nomenclature castillane de la flore variée de la région, rendant vaines les exhortations muettes ou sonores de l'ex-colonel Villavicencio à entrer en compétition avec ceux qui ouvraient la marche. Se rendant compte que la charge de représenter l'armée retombait tout entière sur ses épaules, Villavicencio se colla au peloton de tête non seulement parce que son corps en avait besoin, mais aussi au cas où il aurait à assumer le commandement si venait à surgir une complication imprévue par les civils.

Une demi-heure plus tard, la colline pourpre vers laquelle tendaient les efforts de l'expédition était vaincue en première position par le jeune commerçant, suivi à courte distance par Carvalho, Helen et Karl, enfin le colonel qui s'était réservé la dernière position parce que la jeune femme portait un short et avait des jambes aussi bien tournées que son long cou et la queue de cheval dorée qui léchait ses épaules au va-et-vient de ses pas légers et assurés. De là où était placé Villavicencio, les jambes de Helen étaient d'une chair dorée et compacte ; en revanche, depuis la position avancée de Carvalho, ces jambes n'étaient que deux instruments indispensables pour que ses seins exacts remuent sous son chemisier de jersey comme deux fruits des Tropiques européens, de ces Tropiques secrets que la culture européenne a su transformer en abstraction. Parfois, le regard d'arrière-garde du colonel croisait le regard d'avant-garde de Carvalho et, à eux deux, ils dessinaient un désir unitaire et une certaine complicité que seule une femme étrangère et dorée pouvait tramer entre Carvalho et un militaire. Le peloton de tête semblait définitivement formé quand mistress Simpson, dans le groupe suiveur où figurait également le professeur de gymnastique, accéléra l'allure et planta là ses compagnons sans leur laisser la moindre chance de réagir. La septuagénaire montait comme une athlète tchèque se bagarrant pour sa place sur le podium et un frisson d'alarme courut parmi les marcheurs de l'avant, qui forcèrent à leur tour la marche pour empêcher mistress Simpson d'établir le contact. Mais la ténacité de la vieille avait déjà réglé la question et elle profita de l'arrêt psychologique consécutif à l'arrivée au sommet pour les rattraper et, non contente de ce premier succès, les dépasser et entreprendre la descente à vive allure.

À son avance contribuèrent d'une part l'hésitation du fromager trop jeune, incapable de décider s'il devait ou non disputer à la vieille dame le plaisir de gagner la course, d'autre part le désintérêt passager pour les sports que montra Helen, occupée à refaire sa queue de cheval, ce qui l'obligea à la détacher complètement, excitant la curiosité de ses compagnons, fascinés par la lente liberté avec laquelle ses cheveux dorés retrouvaient la forme de sa tête et léchaient ses pommettes de pêche et son cou d'oiseau de paradis. Mais dès que fut digérée l'hésitation du jeune Tomás, devant l'irritation avec laquelle Karl traquait de ses yeux dentés les regards que posaient le colonel et Carvalho sur sa femme, Villavicencio se lança à la poursuite de la vieille, et derrière lui tous les autres, sourds aux vaines protestations de Helen qui avait laissé tomber une barrette. Mistress Simpson gagnait de la distance et tournait vers eux de temps en temps son maquillage spécial pour excursions dominicales : demi-faux cils, blush beige sur les pommettes et un fond uniforme farine de riz pour la carte physique de son visage. Un sourire provocant mettait à découvert son luxueux dentier, dont le blanc contrastait avec le jaune de ses yeux, et on aurait dit qu'elle riait sarcastiquement de la surprise de ses poursuivants et du désordre qu'elle avait semé parmi eux. Peut-être le colonel aurait-il rattrapé l'échappée s'il ne s'était tordu la cheville en posant le pied sur cc qu'il croyait être la terre ferme et n'était qu'une pierre qui avait roulé et s'était immobilisée en déséquilibre. Jurant comme un palefrenier, pressant sa cheville entre ses mains, il dut se rendre à l'évidencc que ses compagnons de poursuite enjambaient sa douleur et se lançaient tels des lévriers à la poursuite de la vieille. Pour comble de malheur, le colonel boitant fut rattrapé par les *sédentaires types*, et il dut supporter la philosophie gymnaste pragmatique du professeur sur tout le reste du chemin assortie d'une série de conseils qui partaient du présupposé que ses chevilles n'étaient plus ce qu'elles avaient peut-être été jadis.

– Je me tapais mes dix kilomètres de marche avec un sac de terre sur les épaules, proclamait le colonel, suivant des yeux la lutte de tête désormais bien loin, dans laquelle les quatre poursuivants de mistress Simpson étaient au coude à coude, à peine un point mauve à l'horizon de la descente.

La vieille actionnait son corps entier, telle une machine qui aurait échappé à son contrôle et à deux kilomètres des Thermes, elle tourna la tête pour constater que seuls la menaçaient Carvalho et le Basque, suivis à bonne distance de Helen et Karl, qui avaient entamé une discussion compatible avec la poursuite d'une course aussi acharnée. Sûre de ses forces, mistress Simpson continua à la même allure et essaya de trouver une phrase condescendante et triomphale à la fois qui lui servirait à écraser ses poursuivants quand leur défaite aurait été certaine. Le Basque était le plus obstiné à la rattraper et stimulait son compagnon de poursuite :

– Il ne faut pas la laisser gagner ! Cette vieille momie américaine va nous rigoler au nez. On a encore de la marge.

– Moi, je ne cours pas pour des questions de patriotisme.

– Ne cherchez pas à savoir pourquoi vous courez, on va se faire baiser.

Pourtant, le sort semblait en être jeté. Cinq cents mètres séparaient la veuve de sa victoire quand un hurlement infra- ou suprahumain coupa la respiration de la vallée. Mistress Simpson, ses poursuivants, les retardataires s'arrêtèrent. Les seuls corps en mouvement étaient ceux de Helen et de son mari. Elle essayait de le retenir. Lui luttait pour se libérer tout en hurlant comme un indigène de pays dangereux, et, dépêtré des mains de sa femme, il engagea un sprint vers l'arrivée, dépassant les deux hommes à demi paralysés par l'indécision, et la réaction de mistress Simpson fut également tardive, qui devina les véritables intentions du Suisse quand elle fut dépassée par lui et contempla son derrière zigzaguant qui avançait vers la victoire usurpée. La vieille femme jura et tenta de réparer l'irréparable : Karl franchissait déjà la porte des Thermes, disparaissait de sa vue. Il récupérait de son effort quand il les accueillit, haletant et triomphant, sans intérêt pour rien qui ne fût attendre la belle Helen, la prendre dans ses bras et lui murmurer, les yeux rieurs : « J'ai gagné… J'ai gagné ! » « Mon héros. Mon petit », disait Helen, tout en caressant la tête de son mari pleine de veines insurgées et de sueurs tendres. Le Basque décocha au Suisse un regard dédaigneux et seule mistress Simpson exprima son dégoût haut et clair. Elle dit à Karl : « Il n'y a qu'un Suisse pour faire une chose pareille » en passant près de lui et elle se dirigea vers le bureau de la direction pour protester. Ni les autres ni elle ne savaient pourquoi.

– Après on viendra nous dire que les Espagnols sont dingues, ou que nous, les Basques, nous sommes dangereux, mais vous avez vu ce Suisse se comporter comme un môme hystérique parce que la petite vieille allait gagner la course ou qu'on allait arriver avant lui tous les deux ? J'en ai parlé avec la légion étrangère et ils étaient tous très amusés, sauf mistress Simpson, évidemment, elle, c'est différent, elle, c'est Dillinger en jupon. Mais le colonel est indigné, bien entendu. Je vais vous dire une chose, et c'est un Basque qui vous parle, un Basque qui paye l'impôt révolutionnaire mais qui reconnaît que ceux de l'E.T.A. ont les couilles mieux accrochées que les statues et qui pense que plus tôt les Espagnols foutront le camp du pays, mieux ça vaudra ; eh bien, malgré tout, cet ancien colonel-là, je l'ai à la bonne, il m'a l'air d'un type régulier. Un type qui les a bien accrochées lui aussi. Boiteux et tout, il est allé trouver le Suisse et il lui a dit que ce que les Espagnols ne font pas avec la main, ils le font à la pointe de l'épée et à bon entendeur salut, il a ajouté, inutilement remarquez, parce que j'ai essayé de traduire l'expression en allemand, en anglais et en français et je n'ai rien trouvé. Pour le punir de ses enfantillages, on devrait s'envoyer la Suissesse. Qu'est-ce que vous dites de la petite ? Moi, un de ces jours, je me l'attrape et je l'emmène prendre les eaux dans une boîte à Bolinches. Cette petite femme-là, son corps a besoin de se dépenser, même si elle donne le change avec les câlins qu'elle fait à son géant en culottes courtes.

Ce sont les minutes de conversation qui précèdent le début de la séance de télévision du soir. Les communautés se sont séparées et les étrangers s'enferment dans la salle de vidéo pour les films en anglais, jouent au bridge ou s'en vont de l'autre côté des montagnes, à Bolinches, consommer les heures qui leur restent entre le jus de fruits vespéral et l'heure où l'établissement thermal est bouclé à double tour. Certains soirs, la direction programme une série d'actions socio-culturelles, spécialement pensées pour faire acquérir à la colonie étrangère des bribes de connaissance de l'âme profonde espagnole, et c'est à cette intention que sont dus les claquements de talons qui, chaque mercredi, surprennent, depuis le salon d'en haut, les Espagnols s'adonnant aux plaisirs de la télévision. Pour cette transfusion culturelle, la direction des Thermes a presque toujours recours à Juanito de Utrera, le *Niño Camaleón*, danseur qui a traversé l'Océan naguère pour se produire dans les meilleures salles de spectacle de pays dont il ne précise pas le nom et a effectué de nombreuses tournées européennes, laissant partout sur son passage la trace indélébile de l'essence de la danse andalouse. Conscient de se produire devant un public aussi fortuné que choisi, Juanito de Utrera venait à son rendez-vous hebdomadaire avec un guitariste chanteur qui traduisait en anglais, sommairement, le contenu des chants qu'il allait interpréter.

I've walked very hard
I've walked very hard
but I didn't find a face like yours.

Grâce à la musique, les rares Espagnols qui assistaient aux réunions de fraternisation culturelle comprirent qu'il s'agissait de la sévillane composée sur un poème de García Lorca : *« lo traigo andado, lo traigo andado, cara como la tuya no la he encontrado »*, dans une version simplificatrice mais sans doute efficace, puisque les étrangers atteignaient le plus profond de la proposition esthétique et lançaient de temps en temps des *« olé »* tandis que mistress Simpson, comme ils l'avaient presque tous prévu, s'élançait sur la piste et dansait la danse macabre de Saint-Saëns dans une version prétendue à l'andalouse. Mais mistress Simpson représentait une exception, mise sur le compte de son ingénue quoique antique américanité, dans un contexte d'Européens tranquilles qui acceptaient les démonstrations culturelles des Thermes comme un chapitre nécessaire de leur expérience clinique, incluses dans le prix. Il en allait autrement quand l'offre culturelle de la direction consistait en une exposition-vente d'artisanat divers installée dans le hall d'entrée ou dans le salon de piano, de jeûne et de bridge, c'est-à-dire le salon où avaient lieu les activités communes, le même que celui où se rendaient les curistes pour boire leur verre de survie, dont le cadre évocateur d'un usage exclusivement linguistique de la bouche les soutenait psychologiquement. Quand il y avait exposition-vente, le huitième sens consommateur allait jusqu'à modifier la structure même des corps qui passaient du relâchement obligé du jeûneur à la tension de l'animal en chasse d'occasions, payées, par-dessus le marché, dans l'une des monnaies les plus aimables d'Europe. Les objets favoris étaient les petits bijoux, les vêtements fantaisie et l'espace d'exposition devenait en quelques secondes une bourse où les offres et les demandes provoquaient parfois des rétentions de liquides que la balance dénoncerait le lendemain.

Marché et culture en général réservés aux étrangers, car les Espagnols qui ont accédé depuis peu à la modernité se détournaient de tout ce dont ils ne décelaient pas immédiatement le sens et l'avantage. Tout ce qui mettait en évidence leur paresse mentale ou leur ignorance bien habillée était « nul », néo-signifiant emprunté à leur progéniture par les pensionnaires, mais qui pouvait servir, par exemple, à juger le même soir le film de Rossellini, quel qu'il soit, et un reportage sur le dixième anniversaire de la chute de Saigon. Pendant que les hommes regardaient le journal télévisé, les femmes échangeaient des recettes diététiques qui, à l'avenir, leur feraient perdre autant de kilos qu'elles leur apporteraient de plaisirs de bouche aujourd'hui interdits. Et c'était un crève-cœur d'entendre les gémissements d'impuissance et de désespoir des jeûneurs regardant les abondantes publicités pour les produits alimentaires. Le traumatisme du jeûne et de la facture qui allait suivre modifiait cependant la réaction primitive qui était de se jeter sur le téléviseur pour lécher les mayonnaises les plus jaunes et les gâteaux secs les plus fossilisés et il n'était pas rare qu'après la chute dans la tentation de l'auto-compassion s'imposât un ton de voix exprimant à la fois expiation morale et complexe de culpabilité, amplifié jusqu'au point où la réalité pourrait coller au désir.

– Dire que la mayonnaise fait affreusement grossir, moi qui adore ça !

– Faite à l'huile de maïs, elle fait moins grossir, ou à l'huile de paraffine, elle ne fait pas grossir du tout.

– Mais c'est mauvais pour la santé, l'huile de paraffine. Je l'ai lu dans *ABC*.

– C'est mauvais si on l'utilise pour cuire, mais pas pour faire de la mayonnaise.

– Et ces biscuits ! Vous avez vu ces biscuits ?

– Bourrés, bourrés de calories. Moi, j'en achète des diététiques, sans sucre, et qu'est-ce qu'ils sont bons !

– Regarde, regarde ce qu'ils montrent, maintenant !

En d'autres temps considérées avec mépris, les soupes en sachet offraient le plus admirable des technicolors, plus admirable même que ceux de la Columbia de la meilleure époque.

C'était cette image de cuisine toute faite qui précipitait les téléspectateurs dans un frénétique échange de recettes, à prédominance végétale, censées bientôt les rendre à la fois heureux, minces et sains. Les petites aubergines à l'estragon de doña Solita transformèrent le salon de télévision en une salle de classe remplie d'étudiantes, stylo Must de Cartier en main, prenant des notes : « On met les aubergines et les tomates coupées en petits morceaux dans une casserole. On ajoute le jus d'un citron, deux olives hachées et une petite cuillerée d'estragon. On couvre et on fait cuire à feu doux pendant une heure. » C'est tout ? C'est tout. Ce n'est pas très nourrissant, comme plat. Comment ça, pas nourrissant, comme plat ? Celle qui s'étonnait ainsi était une dame qui avait obtenu jadis un diplôme de pharmacie et avait conservé certaines velléités culturelles de ses temps de célibat pour des occasions comme celle-ci. L'aubergine contient du sodium, du phosphore, du calcium, du magnésium, du potassium, des protides, de la vitamine C à la pelle, de la vitamine A, de la vitamine PP, de la vitamine B1, de la vitamine B2. Un individu lent dans ses explications, mais parlant avec l'assurance de qui a passé sa vie entre New York et Madrid à trafiquer dans les antiquités, était d'un avis contraire. L'aubergine, pensait-il, est un aliment médiocre qui, c'est vrai, apporte peu de calories, mais aussi peu d'énergie et est indigeste et toxique pour la fibre cardiaque. Tout est relatif ! Tout est relatif ! L'ex-pharmacienne argumentait en battant en retraite et soudain décochait une attaque fulminante, aubergine au poing : Vous n'allez tout de même pas nier ses propriétés diurétiques et laxatives ! Non. Non. Il ne les niait pas, mais le persil, par exemple, possède ces mêmes propriétés diurétiques et il ne présente pas de contre-indication, lui. Citer le persil aux Thermes était faire preuve soit d'une extrême assurance dans sa ligne argumentaire, soit d'une extrême témérité, étant donné que le persil uniformisait les goûts de tous les bouillons qu'avalaient les jeûneurs, au point que certains rebaptisaient les Thermes du nom de Villa Persil. Ne me parlez pas de persil. Ce ne fut qu'un cri. Mais le personnage n'avait pas l'intention de revenir sur ce qu'il avait dit et il se lança dans une défense et illustration du persil en partant de la modestie de son aspect, de son coût modeste, pour en arriver à l'affirmation, par comparaison référentielle, que peu d'aliments aussi bon marché sont aussi complets, aussi riches en vitamine A, il dépasse tous les autres végétaux, sans parler des vitamines C, B1, B2 et K. Enfin, la quantité de calcium que recèle le persil lui donne un pouvoir reminéralisant et le rapport calcium-phosphore, qui dans presque tous les autres légumes n'atteint que l'indice un ou deux, est chez lui de quatre.

– En plus, c'est un des rares aliments qui ne présentent aucune contre-indication.

Devant tant de science, le sursaut d'indignation retomba et bientôt s'apaisèrent les voix lourdes de réprobation, quelques-unes rappelant même les arguments en faveur du persil avancés par Mme Fedorovna dans ses cours de rééducation diététique. Ce n'est pas que les Espagnols fréquentaient ces cours avec enthousiasme, mais Mme Fedorovna, en connaisseur de la psychologie autochtone, avait pour habitude de marquer de près la colonie espagnole pendant les heures précédant ses causeries jusqu'à en forcer les membres, par le seul pouvoir de sa présence, à pénétrer dans la salle de conférences où elle donnait des conseils régénératifs fondés sur la suppression de quatre-vingt-dix pour cent de ce qui constituait le plus agréable de la mémoire gastronomique espagnole, plus quelques phobies complémentaires, comme celle que Mme Fedorovna avait du jambon de Paris, supercherie industrielle et toxique contre laquelle elle menait un dur et implacable combat depuis des lustres. Selon Mme Fedorovna, le jambon de Paris était aussi adultéré que la mortadelle, c'était tout sauf du jambon, et, en premier lieu, des colorants et des arômes chimiques qui représentaient une contre-indication suffisante en comparaison du seul avantage décelable dans ce produit-là : sa faible teneur en calories, si on le comparait à l'abominable jambon de montagne. La tête que prenait Mme Fedorovna quand elle s'appliquait à détruire le mythe du jambon de montagne revenait dans les cauchemars des pensionnaires qui rêvaient de sandwiches au jambon, pain frotté de tomate et jambon pour les Catalans, pain sec et jambon tout seul pour le reste des Espagnols. C'était peut-être ce qu'ils pardonnaient le moins à Mme Fedorovna, dont ils acceptaient même la réprobation de l'omelette aux pommes de terre, qu'elle considérait comme l'une des tares diététiques qui avaient contribué le plus puissamment à la ruine physique des Espagnols.

Les hommes ne restaient pas indifférents au troc diététique de la réunion du soir, mais il leur appartenait de s'intéresser à ce qui se passait dans le monde et en Espagne, de donner à voix haute leur avis sur les personnes et les faits. Les sarcasmes étaient fréquents lorsque apparaissaient sur l'écran de télévision les gouvernants socialistes, et l'on entendit l'homme au survêtement non pas dire, mais crier : « Moi, ce type-là, je le ferais fusiller » quand apparut sur l'écran Marcelino Camacho, secrétaire général des Commissions ouvrières. Mais aucune exclamation ou prise de position ne pouvait dépasser celle que le Basque se rappelait avoir entendue dans ce même salon, en octobre 1982, quand, à l'occasion de la victoire socialiste aux élections, voyant apparaître sur l'écran celui qui allait être vice-président du gouvernement, Alfonso Guerra, une grande femme brune, équipée premier choix tant en bijoux qu'en vêtements, se mit à hurler : « Afghanistan ! Afghanistan ! » Par peur, sans doute, que la gestion socialiste pût dériver vers une afghanisation de l'Espagne. À peine avait-on prononcé « Moi, ce type-là, je le ferais fusiller ! » que l'écrivain Sánchez Bolín effectuait son entrée dans le salon de télévision, et tous supposèrent qu'il avait pu entendre le commentaire de derrière la porte, même l'homme au survêtement ne savait plus où se mettre, d'autant que le Basque, en veine de bavardage inopportun, trouva malin de relever la remarque et de la contredire :

– Eh bien, je ne vois pas pourquoi il faudrait fusiller Camacho. Moi, je fusillerais plutôt le salopard qui n'arrête pas de nous augmenter les impôts.

Exactement. Exactement. Même les dames se joignirent à la quête d'ennemis plus indiscutables que le secrétaire du syndicat philocommuniste, sans que Sánchez Bolín leur fût reconnaissant de leur geste, ni dans cette vie ni dans l'autre, car dès qu'il se rendit compte que les autres n'avaient pas l'intention de regarder *Le Voyage en Italie* de Rossellini, il remporta sa surdité, sa myopie et sa communistude dans sa chambre, laissant derrière lui une situation dégradée, du désappointement, où le colonel Villavicencio reniflait quelque chose de pas net, outré qu'il était par les prérogatives militaires dont s'était targué l'homme au survêtement. Outré en son for intérieur tant que dura le jeu télévisé sur lequel ils rabattirent leur curiosité, il explosa tandis qu'il grimpait les escaliers en essayant de son mieux de rattraper son épouse.

– Qui est-ce qu'il croit qu'il va fusiller, ce connard. Ici, le seul qui peut fusiller, c'est moi.

– Ne te fâche pas, Ernesto, tu fais monter ta tension.

– Elle n'a qu'à monter ou descendre si elle veut. Mais on ne peut pas tolérer que les civils se fourrent là où on ne leur a rien demandé, et encore moins les Basques, ceux-là ils ne devraient même pas avoir le droit de l'ouvrir, ce sont des sauvages plus sauvages que les sauvages, ils tuent pour tuer, comme si c'était un de ces jeux stupides qu'ils pratiquent entre eux.

– Ernesto.

– Qu'est-ce que c'est que ces types qui passent leur putain de vie à scier des troncs d'arbre et à soulever des pierres ?

– Ernesto.

– Qu'il ne vienne pas répéter ça en ma présence, parce que je le prends et je lui dis ses quatre vérités.

– Ernesto.

– Ils vont apprendre à me connaître.

Carvalho avait passé le premier jour à prendre possession des lieux et des gens, bien qu'au fond de lui il se demandât ce qu'il faisait là, s'il était vraiment venu parce que le docteur le lui avait conseillé, ou s'il avait été attiré par la mythologie des stations thermales, hôpitaux sans murs où la mort s'assoit dans des fauteuils de rotin à décor ou de vieux fer forgé liberty peint aux motifs de l'éternelle lutte entre la rouille et la peinture blanche. Mais ensuite vinrent la purge, les deux premiers jours au bouillon végétal et au jus de fruits et quelque chose ressemblant à de la dépression le mit au bord du téléphone, il fut sur le point d'appeler Biscuter ou Charo ou Fuster, mais il ne le fit pas parce qu'il n'était pas sûr de pouvoir garder un ton de voix correct quand il leur parlerait. La solitude du jeûneur est la pire des solitudes. Ensuite, il se sentit pris par la routine de l'établissement, l'attente du pesage, la gymnastique, la piscine et il s'inscrivit même au tennis, pour retrouver la mémoire tennistique qu'il avait abandonnée aux États-Unis. Le professeur était un Allemand lent, vieux et mince, qui essayait de le faire se rappeler ses coups, mais avec élégance. De ses mains, il guidait son bras, lui poussait les pieds avec de légers coups pour qu'il se mette en place.

– Vous jouez au tennis, pas au squash, pas au ping-pong. Si vous courez beaucoup, vous renverrez les balles, mais vous jouerez sans élégance. Et si vous jouez sans élégance, on ne vous invitera pas sur les meilleurs courts.

Carvalho n'eut pas le temps de rester bouche bée. Il suivit tous les conseils de von Trotta et au bout de trois jours d'entraînement il possédait un drive que Noureiev aurait été incapable d'améliorer et il tapait dans les balles avec la force d'un Rod Laver, mais l'élégance d'une Margot Fonteyn. En revanche, il smashait comme un assassin, l'avertit le professeur.

– Ce que vous faites là, ce n'est pas un coup de tennis, c'est une tentative de meurtre. Rappelez-vous que si vous jouez sans élégance, vous ne serez pas invité sur les meilleurs courts.

– McEnroe joue sans élégance, et ça ne l'empêche pas d'être invité sur les meilleurs courts.

– McEnroe n'est pas un tennisman. C'est un voyou sans expérience qui brille à une époque où les grands stylistes ont disparu.

Et von Trotta dansait son tennis comme si c'était l'*Invitation à la valse*. Le professeur était désespéré quand il lui fallait jouer avec de massifs hommes d'affaires venus de Cologne ou de Düsseldorf, prêts à le fusiller à coups de balles, acharnés à transformer chaque cours de tennis en une finale de Forest Hill, et il adorait en revanche le tennis de Sullivan, élégant, élégant, un peu faible, peut-être, mais élégant.

Du tennis, il passait au massage sous l'eau, immersion dans une baignoire d'eau tiède et le bras d'une infirmière manipulant un tuyau trompe d'éléphant d'où sortait un jet d'eau sous pression dont la force était revitalisée par l'eau dormante de la baignoire. Le jet cherchait les adipositésde Carvalho comme un furet exaspéré et Carvalho trouvait étonnant que les eaux ne se remplissent pas de copeaux de chair inutile. Après le massage, il se détendait dans l'eau, suivant le conseil qu'on lui avait donné de ne pas se relever d'un coup, mais progressivement ; il s'exposerait, dans le cas contraire, à faire une lipothymie. Ce fut au cours d'une de ces trempettes relaxantes que, par la porte entrouverte qui donnait sur la salle de massage voisine, il entendit une conversation houleuse entre deux femmes. D'abord, il reconnut la voix de Mme Fedorovna, puis, par l'entrebâillement de la porte, il vit mistress Simpson battre en retraite. Elles n'avaient pas parlé anglais, ni allemand, mais russe, un point supplémentaire à ajouter à l'ensemble de qualités de l'écrasante mistress Simpson. Certaine connotation de la conversation interférait dans sa mémoire comme un bruit, quelque chose qui ne sonnait pas juste, et il se rendit compte plus tard que la chosc surprenante était le ton de reproche contenu dans les paroles de Mme Fedorovna et la stridente défense de l'athlétique vieille femme. Si quelque chose caractérisait les rapports entre les gens à l'intérieur des Thermes, c'était la correction dans les formes, l'a priori que personne n'avait à convaincre quiconque de quoi que ce fût, et encore moins à demander des explications. Y compris si, à partir des résultats de la pesée pointant une brusque augmentation de poids continu, frau Helda déduisait que le patient n'avait pas respecté le régime, de ses lèvres ne sortait jamais la moindre réprimande, elle lui suggérait au contraire de boire un litre et demi d'infusion de stigmates de maïs, diurétique qui lui ferait perdre l'eau en rétention dans son organisme. Inconcevable que mistress Simpson eût violé une norme assez gravement pour indigner Mme Fedorovna, à moins d'avoir été surprise à dévorer un jambon de Paris entier ou à introduire en fraude dans l'établissement une omelette aux pommes de terre. Pour le reste, le comportement de la vieille Américaine demeura égal à lui-même, perpétuelle exhibition d'une septième jeunesse, tant au gymnase qu'à la piscine ou que dans le simple fait de marcher comme une ballerine vaporeuse impatiente de se rendre à son rendez-vous avec Gene Kelly autour du réverbère des meilleurs films de Stanley Donen.

Carvalho profitait de ses massages pour pousser la conversation avec les masseuses jusqu'au point où il butait contre le mur de la discrétion professionnelle qu'elles dressaient autour des intimités de l'établissement. Carvalho était intrigué par le contenu humain de la raison sociale Faber and Faber et la masseuse lui dit qu'il s'agissait de deux frères, proches de la soixantaine, qui ne venaient au centre que deux fois par an avec une régularité semestrielle et quand il arrivait quelque chose d'exceptionnel.

– C'est quoi, quelque chose d'exceptionnel ?

Des tentatives de vol. Une, en particulier, au cours de laquelle une fourgonnette avait été introduite dans le centre, mais heureusement un client qui avait des insomnies se promenait dans le parc, il l'avait vue et la fourgonnette était partie en vitesse quand il s'était approché. Un vol qui nécessitait une fourgonnette, ce n'était pas rien, et les spéculations en vinrent à supposer qu'on venait voler les archives des Thermes pour le compte d'un groupe financier qui avait l'intention de monter un centre similaire. Toutes les recettes de cuisine sont secrètes, lui apprit la masseuse en baissant la voix. Quelle cuisine ? Toute. Aussi bien le bouillon de légumes que boivent les jeûneurs que tous les plats des régimes hypocaloriques et hypercaloriques. Le mysticisme de la minceur et de l'alimentation naturelle avait saisi également le personnel du milieu de l'échelle, pas encore la piétaille – les quelques ouvriers qui s'obstinaient à s'accrocher aux papilles de leur mémoire –, mais complètement les cadres moyens indigènes, qui de temps en temps allaient jusqu'à jeûner, non par solidarité avec les patients, mais pour profiter des bienfaits de la désintoxication et comprendre plus à fond les expériences des clients. Leur foi était entretenue par la qualité moyenne de la clientèle et les séjours irréguliers des principales figures du Gold Gotha de l'aristocratie, de l'argent et de l'intelligence. Le bruit courait en permanence, par exemple, que Christina Onassis était sur le point d'arriver, et parfois elle arrivait. Un autre client promis était Orson Welles, et l'on se souvenait encore du séjour d'Audrey Hepburn cherchant à prendre les quelques kilos qui lui feraient retrouver sa place dans un cinéma où le corps humain se doit d'être, plus que jamais, fidèle à certaines valeurs standard de la beauté digérable. De l'inoubliable souvenir du débarquement d'un cheik arabe, harem compris, et des difficultés que dut surmonter le directeur pour réserver une aile complète du bâtiment aux femmes. Le prince maure ayant étudié les traces de l'Islam en Espagne, il savait que ses ancêtres avaient utilisé ce lieu pour leurs bains de purification et il fut bouleversé devant les façons orientalisantes du pavillon rescapé. À tel point qu'il promit une donation spéciale pour que fût construite une mosquée sur la hauteur ouest, orientée vers Bolinches et la

Méditerranée, dominant la tranquille chute du Sang et le saut du Petit-Maure.

– Mistress Simpson est une cliente habituelle ?

– Si je compte celle-là, c'est la quatrième fois, au moins, qu'elle vient depuis que je suis ici.

– Elle est très spéciale.

– Oui, très spéciale.

– Elle a une vitalité enviable pour son âge.

– Je ne vous le fais pas dire, elle est tellement bien conservée que ce n'est pas normal. Elle m'a dit qu'elle faisait chaque jour une séance de gymnastique d'une heure alors que moi, avec un quart d'heure, je suis bonne à jeter à la poubelle.

– Elle est très impolie avec vous ?

– Ici, il n'y a jamais de clients impolis, monsieur, répondit la masseuse à l'impolitesse de Carvalho allongé sur le ventre, sa chair livrée aux manipulations énergiques et aseptisées de la jeune femme, le cerveau partagé entre la curiosité pour tout ce qui se jouait sur cette scène et un plaisir nouveau qui traduisait au plus près la quantité de vérité qu'il y avait dans le slogan affiché sur tout le territoire des Thermes : le meilleur ami de l'homme, c'est son corps.

Carvalho avait redécouvert son corps. En fait, il vivait à son écoute du moment où il se levait jusqu'au moment où il se couchait. Aussitôt qu'il avait posé les pieds par terre, il filait uriner car la perte des eaux nocturnes lui permettait de faire descendre son poids en prévision de la deuxième station du chemin de croix narcissique : la pesée. La gymnastique, ou le châtiment du corps pécheur. Le sauna, qui pompait les eaux inutiles et ouvrait ses pores par lesquels étaient supposés s'écouler les poisons accumulés en proportion directe de tous les verres de marc glacé qu'il avait bus, de tous les excès de salmis de canard qu'il avait faits, à l'aube, en compagnie de l'ami Fuster. Et les petits plats permanents de

Biscuter. Cette fièvre de mère nourrissière dont était possédé le petit homme lui proposant sans arrêt des plats qu'il déposait au coin de son bureau comme des offrandes à un dieu douloureux de la Faim. Carvalho regardait son corps dans la glace de la salle de bains après chaque expérience régénératrice. Mais aucune ne valait la sensation que l'on a de ce qu'est et n'est pas un corps au cours d'un massage manuel, où les mains du technicien dénoncent ce qui est en trop et ce qui manque, la flaccidité de ce qui reste et la consistance musculaire perdue. Une fois surmontées les dépressions initiales, pénétrait dans ses veines une étrange euphorie due en partie au processus dépuratif, en partie au lavage du cerveau toxique de l'animal vorace et buveur qui était en lui. C'était comme le ménage de l'âme d'un esprit retrouvé grâce à des exercices spirituels, ménage qui ne serait pas complet tant qu'il ne tomberait pas à genoux pour demander pardon à Dieu de tous les péchés commis. Quand arriverait ce moment où, à genoux devant la magnificence du val du Sang, lui, Pepe Carvalho, empoisonné par la morue au pil-pil, les palourdes farcies, les pommes de terre au chorizo à la mode de la Rioja, la brioche au foie gras et à la moelle, le riz à l'encre de sèche, le pain frotté de tomate entremetteur de tant de déjeuners improvisés et fantasques, le riz à la morue, le pudding de colin et de moules de roche, dernière spécialité avec laquelle se colletait encore Biscuter, demanderait pardon aux dieux de la Diététique ? Sans parler de la boisson. Quand il regardait en arrière, Carvalho ne pouvait faire autrement que traverser un lac de marc glacé puis remonter un fleuve de vins blancs bus entre les repas, selon des obsessions périodiques pour l'un ou pour l'autre qui l'avaient amené à une ultime dévotion pour le Marqués de Griñón, bien qu'il ignorât lui-même si c'était pour l'incontestable qualité du vin ou s'il ne s'agissait que d'une toute platonique tentative d'approche par la bande de Mme la Marquise, de son nom de jeune fille Isabel Preysler, Lou Andreas Salomé philippine qui, de même que sa prédécesseuse avait collectionné Nietzsche, Rilke et Freud, avait traduit cette triade glorieuse pour des temps de postmodernité et avait jeté son dévolu sur Julio Iglesias, le marquis de Griñón et un ministre de l'Économie qui avait abandonné pour elle sa famille et le contrôle du budget de l'État. Et il se refusait à réviser le chapitre des vins rouges, ces vins rouges qu'il voyait sur fond obscur de sang, sanglant, aussi sanglant et écorché que devait être son foie après des années et des années de mauvais traitements. *Le meilleur ami de l'homme, c'est son corps*, s'entendit prononcer Carvalho, non sans inquiétude, parce que, en dépit du bien-être qu'il ressentait pour l'instant, fruit de sa bonne conduite, du jeûne et de l'exercice physique, quelque chose lui disait que, dans un recoin insoupçonné de son cerveau, les démons névrotiques de la faim et de la soif étaient tapis et attendaient leur tour, et ce message ne lui déplaisait pas. En plus, se dit Carvalho devant la glace, le torse nu, un doigt pointé vers le lieu approximatif où devait se trouver son foie : *S'il ne tient qu'à moi, tu peux bien éclater, fils de pute*.

Depuis sa condition de pavillon survivant, l'arabisante maison des boues semble donner leur sens aux Thermes dans leur ensemble. Elle est leur histoire, leur mémoire la plus lointaine, située en un hypothétique centre rayonné dont partent les lignes qui s'en vont délimiter le périmètre de l'édifice moderne et principal. Dans la journée, l'enduit de chaux blanche luit au soleil ; la nuit, la lune, quand lune il y a, lui réserve toute sa lumière pour exalter la forme fantomatique d'un bâtiment qui a une âme de ruine. Les curistes des Thermes y descendent par un chemin qui devient escalier par endroits, conduisant à la porte principale en fer forgé, tandis que les usagers du cru entrent par une porte située à l'arrière communiquant avec la porte sud du parc et donnant sur l'un des ruisseaux les plus torrentueux qui alimentent le Sang. Une fois franchie la grand-porte en fer forgé, le visiteur se trouve devant la fontaine, copie de celle de la cour des Lions, à l'Alhambra, fontaine couronnée par un enfant pisseur qui dispensait jadis en permanence l'eau chaude et sulfureuse dont le flux est aujourd'hui soumis à la clé d'un robinet dosant son progressif tarissement. Stucs végétaux sur les colonnes et les plafonds, murs restaurés, recouverts à mi-hauteur de carreaux de faïence, et vers la droite et la gauche, deux galeries voûtées en briques, celle de droite pour les femmes, celle de gauche pour les hommes. Couloirs pourvus de bancs de ciment carrelés, portes ouvertes sur les cabines des boues, minuscules réceptacles de cinq mètres carrés pour un lit de ciment avec un coussin et des rigoles dans lesquelles circule l'eau sulfureuse qui produira la boue, mêlée à la poudre antirhumatismale de fabrication allemande. Peu de lumière, odeur de soufre, masseurs locaux vêtus de shorts ressemblant à des caleçons et de chemises usées par les lavages. Ces masseurs n'ont pas l'ombre d'une imprégnation de l'étiquette exigible d'un masseur moderne. Ce sont de vieux soigneurs qui plaquent des poignées de boue chaude sur les points douloureux puis enveloppent le curiste de draps jaunes de soufre et l'abandonnent, telle une momie enveloppée dans ses propres excréments. Consistance de merde sulfureuse de la terre, voilà les boues, et dans sa prostration, au fond de son linceul, le curiste croit sentir pénétrer dans son corps un étrange engrais, son visage faisant face à la voûte de briques larmoyante d'humidité, supportant de ses yeux la pesanteur de la lumière maigre qui étire les contours de ce purgatoire des hommes et de la matière. Dans l'abandon du corps au pouvoir des boues, il y a quelque chose de la croyance dans l'existence de ce que nous ne voyons pas et de retrouvailles avec ce qui est bon ou mauvais selon qu'il est proche ou lointain de la terre même.

C'est de boue, de misérable boue, que, disent les Saintes Écritures, tu es fait, de cette boue qui soigne aujourd'hui tes croûtes et dissout les rouilles des jointures de ton corps.

Mais Carvalho n'est pas encore rhumatisant et il avait rêvé de circonstances bien différentes. Pour lui, des bains de boue, c'était se couler dans une piscine de boue fraîche sortie des entrailles d'un volcan éteint, et voilà qu'il venait d'être barbouillé de boue par un maçon autochtone auquel il ne manquait que la truelle pour construire un vulgaire mur de rhumatisants et de goutteux, torchis de chairs qu'on lui repassait ensuite pour qu'il les nettoie sous le jet d'un tuyau d'arrosage et les rende à leur condition de nus propres, plutôt mats que brillants dans l'atmosphère jaune de ces catacombes. Un peu partout des bruits d'eaux contrôlées ou incontrôlées, la sensation que les eaux incontrôlées venaient de loin et allaient aboutir à une autre vie des vieux thermes, une vie qu'ils cachaient aux barbares du Nord qui les avaient retapés et modifiés pour les adapter à l'industrie de la santé. Il n'y avait pas de correspondance exacte entre la masse extérieure du pavillon et les locaux intérieurs en activité, ce dont Carvalho conclut qu'il devait y avoir des locaux en hibernation.

– Il y a une petite salle murée et un escalier conduit à une cave qui n'est plus utilisée ; c'est de là justement que l'eau sulfureuse arrive et il se raconte qu'il y a un souterrain qui a été creusé et qui s'enfonce loin sous le mont du Caroubier. On dit le mont du Caroubier mais ce n'est pas parce qu'il n'en pousse qu'un dessus, les caroubiers, ce n'est pas ce qui manque, là-haut.

Le masseur local se méfie de tous les résidents du nouvel établissement thermal qui osent descendre jusqu'à cette dépendance qui, pour les clients venus d'ailleurs, fait partie du paysage plutôt que de l'arsenal des soins.

En revanche, il se meut à l'aise parmi sa clientèle composée en majorité de vieillards qui attendent leur tour enveloppés dans un peignoir. Ils ont des conversations de salon de coiffure et le masseur qui s'est occupé de Carvalho a quelque chose d'un maçon-barbier-tondeur de chiens au repos, survivant d'une ancienne manière de pillage des vieux remèdes de la terre. Les clients des nouveaux Thermes n'interviennent presque jamais dans les conversations, pas plus en chair et en os qu'en tant qu'objets de commentaires. Comme s'ils n'existaient pas. Rares sont ceux qui choisissent de prendre leurs bains de boue dans le vieux pavillon, au mieux ils s'en approchent, le reniflent, le visitent comme le visiteraient des touristes descendus d'un autocar au cours d'une étape d'un circuit de curiosités archéologiques et géographiques à boucler en un jour. C'est pourquoi Carvalho fut surpris de voir mistress Simpson se diriger vers la salle des femmes, enveloppée d'une robe de chambre en nylon molletonné et juchée sur les talons raides et hauts de mules à pompons. Les cris allègres que lançait l'Américaine en guise de salut rompaient toutes les logiques du pavillon : les conversations de salon de coiffure s'interrompaient, masseurs et masseuses tombaient en arrêt, chaque momie sur son lit était prévenue qu'un visiteur imprévu, résolu à se faire remarquer, venait d'arriver. La plupart des indigènes considéraient qu'il était mal élevé pour une dame de crier ainsi, surtout pour une dame certainement pleine aux as. Si l'argent, se demandaient-ils, ne sert pas à être bien élevé, à quoi sert-il ? À se la couler douce comme ceux de là-haut. Quoi, se la couler douce ? Ils sont traités pire que mes cochons. Mes cochons, eux, ils mangent au moins des caroubes. Ils leur donnent de l'eau de vaisselle chaque midi et un verre de jus de fruits le soir et ils payent pour ça plus cher que Rockefeller. Et tout ça parce qu'ils vivent trop bien. Moi, je les enverrais faire des autoroutes, ça les guérirait de tout ce qu'ils ont. Je les sortirais de leurs bureaux et je les enverrais casser des cailloux, ils feraient moins chier les autres et ils ne seraient pas obligés de suivre le régime.

La conversation parvenait jusqu'à Carvalho allongé dans son linceul de boue. Pour la première fois depuis de nombreuses années, il se sentait classé dans un groupe, lui qui s'était tant vanté d'être un marginal, un outsider rôdeur aux frontières de tous les terrains bornés des conduites classables. Pour les causeurs de la catacombe, il était l'égal du général Delvaux ou des sœurs allemandes ou du jeune Sullivan, ou des patrons catalans, ou des cadres supérieurs allemands qui chaque matin essayaient d'enfiler le pauvre von Trotta à coups de balles. N'était-ce pas exact, après tout ? Il n'avait pas leur argent mais il entrait dans leur jeu, tant dans la forme que dans le fond, dès lors qu'il essayait de vieillir avec dignité en se payant une vieillesse de riche ou, au moins, en soustrayant la peur à la décrépitude et à la mort au moyen de jeux de thermes.

– Je ne voudrais pas me retrouver à leur place pour un empire.

– Eh bien, vous n'y êtes pas du tout. Ces gens-là se font souffrir quinze, vingt, trente jours en tout et pour tout, et quand je dis qu'ils se font souffrir, même pas, d'après eux, ils se régalent. Quand ils sortent, ils retournent à leurs premières amours. Ils sont pareils. Égaux à eux-mêmes.

Lui aussi serait égal à lui-même. Il retournerait à sa réalité mise entre parenthèses. À la mélancolie progressive de Charo, enfermée avec ses deux jouets brisés et vitaux, son métier et ses rapports avec Carvalho. Et il y avait Biscuter. Il allait être obligé de rééduquer Biscuter et de l'orienter vers une cuisine basses calories.

– Refaites-vous une santé, chef, pendant ce temps moi je vais étudier un livre que j'ai acheté pour vous préparer des choses qui ne vous feront pas mal.

– N'exagère pas, Biscuter. Il ne faut pas leur faire trop de concessions.

– À qui ?

À qui ? Aux autres, répondit Carvalho, et il laissa à Biscuter la charge d'isoler leurs ennemis parmi le reste de l'humanité soupçonnée d'hostilité. Pendant son voyage en voiture jusqu'au val du Sang, il débattit avec lui-même de la logique de son comportement. La seule peur qu'il avait, c'était une vieillesse infirme, décrépite, longue, et cela ne l'empêchait pas d'investir une partie de ses économies dans la qualité à venir d'une vieillesse dont personne ne lui saurait gré, pas même lui. Presque tous les occupants des Thermes croyaient en leur santé, y compris dans l'usage social de leur santé et dans le bon goût qu'il y a à ne pas imposer à ses enfants une présence imprésentable. C'est la seule chose qui leur fait encore peur, qui les remue profondément : la peur d'une trahison possible de leur biologie personnelle.

– Un jour, je vais prendre une casserole avec moi et je vais leur préparer un lapin au riz piquant et aux escargots juste à côté du parc des Thermes. Rien que pour les emmerder, ces crève-la-faim.

Carvalho avait enfin revêtu un peignoir et, par la porte entrebâillée, il voyait le petit vieux vindicatif qui attendait son tour de boue.

– Rien que de sentir l'odeur, ils vont tous devenir fous.

– Ils ne te laisseront pas faire ça.

– Qui est-ce qui pourrait m'empêcher de me préparer un lapin au riz dans le bois ?

– Moi. Comment vous le faites, votre riz, don Luis ?

– Eh bien, il n'y a rien de plus simple sur terre. Je fais revenir tout ce qu'il faut pour que ça ait du goût, du lapin, un bon hachis de piments frais, de l'ail et du poivre concassé et les escargots cuits à l'avance qu'on ajoute à mi-cuisson du riz, ils ne doivent surtout pas se défaire. Et du piment. Pas de safran.

– Moi, le piment me reproche.

– Alors mets du safran à la place, couillon, le plat ne dépend pas de ces détails-là.

– Et pour votre ulcère, qu'est-ce que vous faites ?

– Pour l'ulcère, je prends du Primpéran avant le riz, et après du bicarbonate. Je fais comme ça depuis que je l'ai et je me suis envoyé plus d'un lapin au riz piquant derrière la cravate.

– Et après, vous venez prendre des bains de boue parce que vous ne pouvez plus vous tenir sur vos jambes.

– Je tiens sur mes jambes aussi bien qu'avant. Si je prends des bains de boue, c'est que mon père en prenait et mon grand-père avant lui. Ici, tout le monde a pris des bains de boue depuis le temps des Romains, et pas pour les rhumatismes, à cette époque-là, il n'y avait pas autant de rhumatisme que maintenant.

– Qu'est-ce que vous en savez ?

– Le rhumatisme, c'est une chose moderne. Je l'ai lu dans un livre. Avant, les gens mouraient d'un coup de hache, ou bien de manger, ou bien de ne pas manger. Mais ils ne faisaient pas tant d'histoires.

Ils reconnurent en Carvalho un pensionnaire des Thermes et ils lui lancèrent des au revoir courtois et des regards de curiosité. Carvalho s'arrêta devant le petit vieux, qui s'était levé, son tour venu, mince colonne d'os fragiles sur laquelle parvenait à se tenir droite une tête d'oiseau déplumé.

– Excusez-moi, mais j'ai entendu votre recette de lapin au riz piquant et j'aimerais vous demander si vous y mettez du poivron ou pas.

– C'est un riz modeste, sans importance.

Le vieux riait les yeux fermés pour dissimuler sa crainte que ses critiques eussent été entendues.

– Mais bien sûr qu'on peut ajouter un peu de poivron, et s'il est grillé et pelé, ce n'en est que meilleur, rouge ou vert. Et un peu de légumes verts, surtout des haricots bien tendres, des plats, ceux qui ont un goût plus âpre.

– Vous savez ce que manger veut dire, grand-père.

– Pour ce qui est de manger, même les Français, qui savent mieux que tout le monde, à ce qu'on prétend, n'ont rien à m'apprendre.

La main levée, Carvalho prenait congé, mais un rappel du vieux l'arrêta.

– Jeune homme. Quand vous ferez votre riz, si vous voulez vous lécher les cinq doigts et le pouce, faites frire le foie du lapin et ajoutez-le aux piments et à l'ail, le tout haché ensemble.

Et il lui fit un clin d'œil.

– Faut-il que tu aies la tête dure. À nous, il n'y a pas moyen que tu nous dises les détails et tu vas tout déballer à cet étranger.

– Il m'a fait bonne impression. C'en est un qui aime manger.

Carvalho s'arrêta devant la fontaine d'où sourdait l'eau sulfureuse et devant mistress Simpson en personne qui contemplait, émerveillée, quelque chose qu'elle était seule à voir.

– Cette eau est aussi vieille que le monde, mistress Simpson.

La vieille se retourna surprise peut-être par l'américain plutôt que l'anglais que Carvalho avait employé pour s'adresser à elle. Un visage neutre couvert d'un maquillage sans doute adéquat pour les bains de boue. Un visage épouvantable qui ressemblait à une carte de catastrophes recouverte par une crème blanche et triste, et une voix aimable autant que froide qui lui dit :

– Oh ! moi, il y a quarante ans que le monde a cessé de m'intéresser !

Finalement, ce fut au bord de la piscine que le colonel Villavicencio osa révéler au général Delvaux sa condition de militaire, enfin, d'ancien militaire, mais comme vous le savez, mon général, la conscience de l'armée est universelle, un soldat est un soldat pour le restant de ses jours. Qu'il le lui eût révélé ne signifia pas que l'autre assimilât immédiatement l'information, il parut le faire, sourit et se dirigeait déjà vers l'échelle pour sa séance quotidienne de gymnastique aquatique quand Duñabeitia se rendit compte qu'à cause de l'exécrable français de Villavicencio le général n'avait rien compris et il entreprit de traduire. Delvaux l'écouta attentivement, recula d'un pas et s'exclama :

– *C'est extraordinaire* !*

Villavicencio, en réponse, lui fit le salut militaire bien qu'ils fussent l'un et l'autre en boxer-short, puis il lui serra la main avec effusion, embarrassé que son secret fût révélé mais intimement satisfait.

– *C'est extraordinaire* !* répétait le Belge, prenant sa femme à témoin, une rousse décharnée et incolore qui toisa Villavicencio comme si l'évidence que celui qu'elle avait devant elle était un militaire ne pouvait lui entrer dans la tête.

– À vos ordres, mon général. Je me considère toujours bon pour le service malgré ma mise à la retraite

* Les mots en italique suivis d'un astérisque viennent en français dans le texte. *(N.d.T.)*

imposée par des circonstances qui ont soumis à rude épreuve mon ardeur patriotique.

Le Basque ne fut pas aussi gentil, cette fois, et trahit la confiance de Villavicencio en racontant à Delvaux que le colonel avait quitté l'armée parce que les socialistes voulaient lui prendre son usine d'aliments pour le bétail en application de la loi d'incompatibilité. Delvaux continua à trouver que c'était extraordinaire et s'éloigna vers la piscine tandis que Villavicencio interrogeait Duñabeitia.

– Pourquoi leur as-tu parlé d'incompatibilité ? Tu vois que j'ai compris ce que tu racontais.

– Je lui ai expliqué que les socialistes et toi, vous étiez incompatibles. Mon vieux, tu t'es tellement emmêlé les pédales qu'il n'a rien compris à ce que tu disais.

– Nous, les militaires, nous avons l'habitude de parler en code.

– Mais les codes belges ne sont pas les mêmes que les codes espagnols.

– Parler en code, c'est un langage universel en soi.

– Mon vieux, j'ai fait ce que j'ai pu.

– Je n'ai pas confiance. Ici, tu traduis ce qui te passe par les couilles, et le jour où je viens chez toi, au Pays basque, tu ne te gêneras pas pour me tirer dessus si tu peux.

Doña Solita monta au créneau et coupa court à la réponse par le simple geste d'interrompre son tricot et de mettre un doigt sur les lèvres, mais le Basque avait fait comme s'il n'avait rien entendu, il s'allongea à plat ventre sur sa chaise longue pour pouvoir regarder la Suissesse étendue sur l'herbe, la poitrine au soleil, son mari à côté d'elle, en berne. Villavicencio continuait à élucubrer sur l'intérêt que présenterait un échange de vues et d'information stratégiques entre lui et le Belge, mais pas avec celui-ci comme interprète, il est capable d'aller tout raconter à l'E.T.A. Tais-toi, colonel, et laisse-moi contempler cette merveille, excusez-moi, chère madame Solita, mais il y a des choses qui prennent un homme à la gorge. Mais pensez-vous, mon garçon, il faut bien que jeunesse se passe et nous, les femmes, au fond, nous sommes bien contentes qu'on nous regarde. Le Basque attendait une réaction celtibère du colonel, mais une fois de plus il se rendit compte que, lorsque doña Solita énonçait un avis, le colonel se mettait au garde-à-vous mentalement, comme s'il se fût agi de l'ordre d'un supérieur hiérarchique, d'ailleurs, le militaire, en présence de sa femme, n'osait pas regarder franchement la Suissesse, il le faisait en cachette, avec une moue qui signifiait qu'il n'y avait pas de quoi faire tant d'histoires, bien que ses pupilles fussent incandescentes et sa petite moustache toute tressautante au-dessus d'une bouche qui ne savait quoi faire de la salive qui s'y emmagasinait.

Il n'y avait que trois horizons possibles : la végétation, les stalagmites de bouteilles d'eau minérale qui croissaient un peu partout et la Suissesse. À l'est rougissaient au soleil les sœurs allemandes saucissonnées dans trois maillots noirs qui leur donnaient un certain air de dominos vus de dos et à l'ouest une gamme variée de femmes européennes offrant au soleil leurs seins modèle œufs au plat ou poires au sirop, ou punching-balls dégonflés. Les premiers ressemblaient à ces œufs cuits sur la plaque, dans les cafétérias, ces œufs dont le blanc coagule avec une certaine tristesse molle et dont le jaune est victime de l'anachronique malédiction du Tout ou Rien : soit il tremble parce que trop cru, soit il a changé de règne parce que trop cuit. Les seins poires avaient besoin apparemment de leur lattis de veines bleues pour combattre la tentation de la défaite, telle une structure interne vaincue par une conspiration de glandes, et quand les possédantes de poires s'allongent sous le soleil, leurs seins ressemblent à des pièces de pâtisserie effondrées, comme ces poudings où le lait s'est mal marié avec le biscuit. Quant aux seins punching-balls dégonflés, ils s'offrent au soleil dans l'attente du miracle de la chaleur et du printemps, et le Basque imagine que, s'il appliquait les lèvres sur les mamelons et soufflait, ces seins redeviendraient ce qu'ils étaient jadis et sur le visage des baigneuses alignées au soleil fleurirait un sourire de satisfaction et de reconnaissance, sans qu'il leur fût même nécessaire d'ouvrir les yeux pour reconnaître l'habile souffleur. Le Basque plaisantait maintenant avec les ventres masculins exposés au soleil et il les rangea également en catégories fondamentales : ventre concombre d'enceint masculin horizontal, ventre qui tombe en cherchant à rattraper ses propres couilles et ventre chambre forte, qui peut contenir tout et n'importe quoi. Doña Solita riait des classifications du Basque, convenablement dessalées avant d'être délivrées prêtes à consommer à la colonie espagnole de maigrissants et de purgés.

– Mais, ce garçon dit des choses tellement amusantes. Expliquez-vous, je meurs de rire.

– Eh bien, si je laisse de côté ma théorie sur les seins, puisqu'il y a des dames, évidemment très gâtées de ce côté-là, et si je me borne aux ventres masculins, je dirai que le moins heureux est le concombre enceint horizontal, devant lequel le spectateur a l'impression que la mise à feu précédée d'une explosion va avoir lieu d'un instant à l'autre. C'est le ventre le plus agressif. Ensuite il y a le ventre qui tombe, celui qui ressemble à une moraine de glacier qui va tout entraîner avec elle, c'est le plus désagréable d'aspect ; mais du moment qu'on ne regarde pas, on peut passer à autre chose. À l'autre, au ventre chambre forte, personne ne peut y échapper, parce que son propriétaire a l'air d'une armoire à glace depuis la pomme d'Adam jusqu'aux parties, excusez-moi, et là-dedans tiennent tous les viscères, les bijoux de la famille et même les dessous de table.

– Mais qu'est-ce qu'il est drôle, ce Basque, Ernesto !

– Très amusant, le Basque, très amusant.

– Il faut bien tuer le temps, moi, je suis quelqu'un de très actif et une fois que les pesages, les massages, la gymnastique, la purge enfin, une fois que tout ce bazar est fini, je ne sais plus quoi faire et je déprime. Et quand je déprime, je ne me retiens plus et je me laisserais entraîner dans les pires aventures, même complètement échevelées. Il y a des gens qui surmontent leur dépression en s'achetant des cravates en soie italiennes ou des tablettes de chocolat suisse, moi, je tombe dans la mégalomanie et quand je déprime je serais capable de voler un zeppelin ou d'organiser le hold-up du siècle.

– Qu'il est drôle, mais qu'il est drôle ! répétait doña Solita émerveillée que le Basque pût la surprendre à ce point.

– Je vais vous raconter pis que ça. Il m'est arrivé de faire des plans pour attaquer ma propre usine, j'ai étudié la question à fond. Il faut tenir compte avant tout des allées et venues de ma sœur et de son fils aîné, assez imprévisibles parce que ma sœur est directrice des ventes et mon neveu s'occupe des relations publiques. Mais il y a un jour par mois, normalement un vendredi, où ils ont tous les deux un horaire précis et je sais à tout moment où ils sont. Ce jour-là, je fais mon hold-up et je vous fiche mon billet qu'il passera complètement inaperçu. Quand ils s'en rendront compte, je serai déjà à mille kilomètres de là, et avec tout le fric dans mon portefeuille.

– Et après, qu'est-ce que vous feriez ?

– Eh bien, je reviendrais et je raconterais tout. Remarquez, je ne risquerais pas d'emporter grand-chose, le coffre est toujours à moitié vide chez nous, on ne sait jamais, s'il y avait un hold-up, ce serait la catastrophe.

Avec l'insécurité qu'il y a dans les villes par les temps qui courent.

– Alors, pourquoi voulez-vous faire un hold-up chez vous ?

– Je ne sais pas, madame Solita, ne me le demandez pas. Peut-être pour m'exciter sans commettre un délit. Relever le défi, mener l'opération à bien, voilà ce qui compte. Le résultat importe peu.

Sullivan arrivait en bâillant, traînant sa serviette de bain avec élégance, mais la traînant tout de même, son peignoir aussi éreinté que son corps.

– Tu te lèves seulement ?

– Ouais.

– Mais c'est l'heure du bouillon végétal.

– C'est que je suis allé hier soir à Bolinches avec un ami qui est venu me voir, et tu m'as compris. Je suis revenu à je ne sais pas quelle heure.

– Et tu as craqué.

Le Basque a prononcé ces mots d'un filet de voix, avec une surexcitation contenue, et les vibrations de cette surexcitation s'emparent du colonel et font arrêter son tricot à doña Solita, si jamais l'histoire le méritait ? Sullivan baisse la voix après avoir regardé à droite et à gauche et murmure :

– Quatre petits morceaux de jambon de Jabugo et une demi-dorade au sel.

– Putain, l'ordure ! Une demi-dorade au sel ! Il s'est gobergé, ce fils de pute, pendant que nous, on mourait de faim !

Il y avait de l'indignation chez le Basque, non à cause du viol du tabou, mais du manque de considération solidaire du fils de famille, il ne s'en fait pas, le fils à papa, répétait le Basque pris d'une colère qui croissait, c'est comme ça que ça se passe en Andalousie, après, ils nous envoient au Pays basque tous les crève-la-faim qu'ils ont en trop pour qu'on leur donne à manger. Pareille réaction laissait Sullivan perplexe tandis que le colonel pesait le pour et le contre, et s'il reconnaissait à Sullivan le droit de s'intoxiquer avec une demi-dorade au sel, il n'était pas loin de ressentir la désagréable sensation d'affamé imbécile que manifestait le Basque.

– Mais ne te fâche donc pas. Rien ne t'empêche de faire une fugue à Bolinches, toi aussi, et de te taper un jambon entier si tu en as envie, et après de te mettre l'os où je…

– Mais ce n'est pas la question, mon vieux. Il y a des choses qui ne se font pas, si tu veux savoir, et les choses qui ne se font pas, elles ne se racontent pas.

– Mais c'est toi qui as insisté pour que je raconte !

– Et ce matin, à la pesée, alors ?

– Je ne me suis pas pesé.

– Il ne s'est pas pesé. Vous avez entendu ? Il ne s'est pas pesé.

Sullivan faisait de grands signes pour que le ménage Villavicencio admette qu'il avait agi de manière raisonnable, et il dut donner des explications à Colom, et au couple que formaient le marchand de fromage et la boulotte élastique qui s'étaient rapprochés, attirés par les grognements du Basque.

– Et combien ça t'a coûté, ce repas ? demanda le jeune marchand de fromage.

– Et ça ne t'a rien fait en dedans ? interrogea le Catalan.

– Je suis blindé. Ils inventent ces histoires de colique hépatique pour nous tenir en main, comme les curés qui nous racontaient que si on se tripotait le zizi, ça vidait la colonne vertébrale.

Le Basque était parti brûler sa fureur en arpentant à pas comptés le périmètre de la piscine. Les mains croisées sur les fesses, il parlait tout seul.

– Je ne sais pas ce qui lui prend, à celui-là.

– Tu dois comprendre, Sullivan, qu'ici nous sommes

sous tension. Le jeûne nous rend particulièrement sensibles.

– Il est pire qu'un bébé, je t'assure.

– Vous savez, ici, on s'ennuie beaucoup si on n'aime pas faire des choses avec ses doigts, ou lire, et Duñabeitia passe ses journées à ressasser. Ce n'est jamais bon.

Le colonel approuva l'explication fournie par son épouse et n'écouta même pas l'exclamation de solidarité qui sortait de la bouche de la jeune fille. Ou bien l'entendit-il d'une seule oreille, comme le ronron auquel il devait prêter attention par politesse mais dont la lointaine argumentation ne le convainquait pas. La jeune fille était enchantée par la spontanéité du Basque. Il avait réagi avec sincérité, et il fallait lui en être reconnaissant en ces temps de grande duplicité, où l'on dit ce qu'on ne fait pas et où l'on ne dit pas ce qu'on fait.

– Ici, on parle beaucoup et on ne fait pas grand-chose – le colonel ramenait l'argumentation de la jeune fille à sa plus simple expression, et comme son affirmation tombait à plat contrairement à ce qu'il attendait, il cligna de l'œil et bredouilla : Vous comprenez ce que je veux dire ?

– Pas vraiment.

Le colonel mitrailla le jeune marchand de fromage d'une rafale de regards de blâme.

– Eh bien, c'est très clair, mon garçon. Quand je dis vert, c'est que c'est vert, et si je veux manger un jambon entier, je le mange et le monde peut bien croûler. Soldat, va donc chercher le Basque, et dis-lui de venir, je viens d'avoir une idée qui lui éclairera le ciboulot.

Sitôt dit, sitôt fait, et l'on vit le marchand de fromage batailler dialectiquement avec le Basque, le convaincre et le ramener, les sourcils froncés et le regard rivé sur les mosaïques du rebord de la piscine.

– Basque, assieds-toi ici, ton colonel a tramé un plan

dont on se souviendra aux Thermes pour les siècles des siècles.

– Qu'est-ce que tu as encore inventé comme bêtise ?

– Un hold-up.

Le colonel cligna de l'œil en direction de Colom, parce qu'il connaissait l'esprit de sérieux des Catalans et voulait que celui-là entre dans le jeu. Colom eut un rire bref et après avoir murmuré plusieurs fois « Quel plaisantin, ce colonel, quel plaisantin », il s'éloigna pour ne pas se retrouver complice malgré lui.

– Toi, tu retournes à ton tricot, on a à parler entre hommes, ordonna le colonel à sa femme et il obligea Sullivan, le Basque et le marchand de fromage à s'approcher pour écouter son plan d'action. J'ai besoin d'hommes qui n'aient pas froid aux yeux, qui ne fassent pas dans leur froc devant les difficultés et qui soient prêts au sacrifice du moment qu'il est récompensé par un honnête butin.

– Nous en sommes, déclara Sullivan.

– Bien, mais nous ne sommes pas assez nombreux. Il faut trouver un cinquième élément, compte tenu des différentes tâches qu'en ma qualité de chef de groupe je devrai vous faire exécuter. J'ai rapidement passé en revue les effectifs dont nous disposons et j'en suis arrivé à la conclusion que les autres hommes de la colonie espagnole sont soit trop vieux, soit trop catalans, c'est-à-dire très égoïstes et peu fiables dans un projet où l'audace et l'effet de surprise sont primordiaux. Par élimination, j'ai repéré le dénommé Carvalho. On peut compter sur lui, c'est un type qui n'a pas froid aux yeux et il a de l'expérience. Qu'est-ce que vous pensez de lui comme cinquième ?

– Pour moi, impeccable, mon colonel.

Et Sullivan porta la main à une hypothétique visière.

– Eh bien, ce sera à toi de le travailler au corps

pour notre cause. Cette action va s'appeler « Opération Hypercalorie ».

– Va pour Hypercalorie. Ça promet.

Il ne fut pas facile à Sullivan, en dépit de son caractère direct et peu encombré de complexes, de s'ouvrir à Carvalho des projets du colonel déjà secondés sans réserve par le Basque, le marchand de fromage et lui-même. Avec force détours, il commença par lui parler du *tedium vitae* et de ces situations irrationnelles qui naissent parfois dans les milieux clos. Chacun des quatre points cardinaux, ajouta Sullivan, crée sa propre culture, une manière de voir, de penser, d'agir. Il n'était pas facile non plus pour Carvalho de supporter un Sullivan qui s'était mis à jouer les philosophes de la conscience dans son rapport au comportement, mais il le laissa parler en attendant que se dévoile ce qui était mystère ou simple envie de parler pour passer le temps.

– Là où je voulais en venir c'est que le colonel – celui-là, soit dit entre nous, avec ses allures de comique troupier, c'est un sacré malin – a monté une embrouille extraordinaire pour laquelle il a besoin de quatre types sans pitié et sans scrupules. Et nous avons pensé à vous pour faire partie du groupe des cinq. Pourquoi ? Parce que vous vous ennuyez, comme nous.

– J'ignore comment vous vous ennuyez, mais, en effet, je reconnais qu'il m'arrive de m'ennuyer.

– Il s'agit d'une opération punitive et d'un saccage, les deux.

– Contre qui ?

– Contre la raison sociale Faber and Faber. C'est-à-dire contre l'administration des Thermes et contre cette abominable philosophie répressive qu'elle nous fait subir. Nous allons organiser une descente nocturne dans la cuisine pour rafler toute la mangeaille que nous trouverons.

– Ce sera de la nourriture de régime.

– Dans la cuisine, ils ont de tout parce que tout le personnel n'est pas végétarien, et même, ce qu'ils ont là-dedans sera sûrement meilleur que l'affreux bouillon de légumes qu'ils osent nous servir. Vous en êtes ?

– J'en suis.

– À midi, à la fin de la deuxième heure de gymnastique, nous nous retrouvons dans le gymnase. Ne soyez pas en retard. Le colonel a dit que la ponctualité est le fondement de toute opération militaire.

Une éducation ancrée dans le respect du pouvoir militaire, atavique, supposait Carvalho, gravée dans le subconscient d'un peuple qui avait perdu ses combats avec les militaires depuis les temps de Viriathe ou, à défaut, de Scipion l'Africain, le tint en haleine toute la matinée, jusqu'à l'heure exacte du rendez-vous. Dans la monotone existence des Thermes, on ne pouvait qu'être reconnaissant d'une attente qui donnait un sens à l'écoulement du temps, qui soit autre chose que le simple décompte des bouteilles d'eau vides ou des bols de bouillon végétal qui le séparaient du grand jour du premier aliment solide : une compote de pommes. L'anxiété qu'arrive midi fit qu'il fut distrait lors de sa rencontre programmée avec Gastein et répondit sans concentration aux questions que le docteur lui posait sur son adaptation au jeûne et à l'atmosphère spéciale de la clinique. Sans savoir comment, il se retrouva avec une « table de calcul » entre les mains et il dut prêter une plus grande attention aux explications du médecin.

– Il serait bon que vous commenciez à vous mettre en condition pour la période postérieure au jeûne. Sur cette table de calcul, vous trouverez ce que contiennent en protéines, en graisses, en hydrates de carbone et en calories les aliments les plus courants chez les Espagnols omnivores. Vous êtes catalan.

– Je vis et je travaille à Barcelone.

– Eh bien, tous les Catalans réagissent très mal quand ils apprennent que cent grammes de boudin recèlent cinq cent quarante calories. Saviez-vous qu'une petite poignée de noix fait plus de sept cents calories ? Et cent grammes d'olives farcies font déjà deux cents calories.

– Arrêtez. Ça me déprime.

– Vous allez dire que je suis sadique, mais il faut que vous comptiez, que vous calculiez. Vous n'avez pas d'excès de graisse musculaire, mais vous avez du cholestérol. N'importe quelle alimentation hypercalorique entraîne une augmentation des graisses.

– Je vous en prie, arrêtez. J'irai ronger ma peine dans la solitude.

– Et comptez… comptez…

Parti dans sa rêverie, Carvalho calcula un savoureux menu provocateur tout en prenant le soleil, allongé sur la terrasse de sa chambre. Cinquante grammes de caviar, soixante-dix calories. Une bricole. Un dos de colin au cidre, quatre cents calories. Une paella aux fruits de mer, sept cents calories. Un peu d'attention pour les aliments restants et grossisse qui pourra. Quant aux graisses, la paella ne pouvait se passer d'une huile généreuse, mais pour le reste, l'huile était évitable ou même superflue. Le futur gastronomique paraissait rose du moment qu'on ne tombait pas dans les excès du canard en salmis, qui ne pouvait pas faire moins de cinq cents calories, même si l'on trayait la bête de la majeure partie de ses graisses. La nature lui parut indigne, qui avait mis trois cent soixante et onze calories dans cent grammes de riz et fait grimper cent grammes du pain le plus appétissant, le pain croustillant, jusqu'à trois cent quatre-vingts. En revanche, un misérable et répugnant œuf dur, cette tumeur lunaire molle, n'arrivait pas à quatre-vingt-dix calories – mets roué qui avait un goût d'impuissance imaginative. Un bon foie gras pesait presque six cents calories mais en échange un dégoûtant pilon de poulet de grain ne vous en coûtait que cent vingt. Pris à son jeu, il faillit arriver en retard au rendez-vous du colonel, mais il réussit à être juste à l'heure et se joignit aux conjurés qui entouraient la plus haute autorité militaire de la place.

– Très bien. C'est le premier rendez-vous et tout a très bien fonctionné jusqu'à présent. Messieurs, je ne ferai pas de discours, d'ailleurs il y a peu à dire avant le jour J et l'heure H. Avant tout, un objectif militaire doit être connu et par conséquent nous devons passer par une période d'observation, mais d'abord il nous faut rassembler toutes les informations dont nous disposons dès maintenant, ici. Pour commencer, toi, soldat…

– Tomás.

– Tomás, renseigne-toi sur les mouvements généraux de la maison. Il faut choisir la nuit le mieux appropriée. Frapper l'ennemi quand il s'y attend le moins.

– Là, ce n'est pas la peine que Tomás se donne du mal, mon colonel. Demain soir, c'est le jour du bal qu'ils organisent chaque semaine. Presque tout le monde sera dans le salon.

– Correct, Sullivan. Tu ferais un magnifique membre du Service de renseignement militaire. Voilà donc le jour J. Maintenant, il est nécessaire de nous concentrer sur l'heure, le moment précis où la cuisine se retrouve vide ou dotée du personnel de surveillance minimal que nous pourrons neutraliser.

Sullivan, avec un sérieux d'élève aspirant au tableau d'honneur, sortit un agenda de la poche de son peignoir, un stylo-bille et se mit à prendre des notes.

– La cuisine est éteinte à dix heures et demie, affirma le Basque d'un ton définitif. Je demande toujours la même chambre et de la terrasse je vois tout ce qui se passe dans la salle à manger et je peux voir si les gens travaillent dans la cuisine.

– Vous voyez ? Vous voyez la logique passionnante de ce projet ? Nous avons déjà le jour et l'heure. Maintenant, réglons nos montres. Il est midi et quart. Demain, à dix heures et demie du soir précises, nous nous retrouverons ici. Il serait utile de mettre au point un plan d'observation du terrain sur lequel nous allons évoluer. L'observation est la clé de la précision des mouvements postérieurs. Dans une campagne militaire en règle, nous devrions creuser des postes d'observation autour de l'objectif, mais c'est impossible ici. Il faudra que nous nous servions des accidents de terrain. Attention. L'observation doit être permanente, multiple, générale et passer inaperçue. Permanente, afin que n'échappent pas à notre connaissance un certain nombre de faits qui pourraient contenir de précieux renseignements. Multiple, afin que le moindre détail puisse être vu par plusieurs organes à la fois, ce qui augmente la sécurité et permet de recouper des renseignements. Générale, c'est-à-dire organisée à tous les échelons pour augmenter le rendement. Et elle doit passer inaperçue pour que l'ennemi ne localise pas les observatoires et ne les neutralise pas sous le feu, ce qui rendrait impossible l'observation. C'est clair ?

– Une remarque préalable, mon colonel.

– Allez-y, Sullivan, mais sans rhétorique. Au fait. Ce qui se conçoit bien s'expose clairement avec des mots qui arrivent tout seuls, comme disait Victor Hugo.

– Mon colonel, tu as parlé d'organes ; concrètement, si je relis mes notes, je vois que tu as dis : « Multiple, afin que le moindre détail puisse être vu par plusieurs organes à la fois, ce qui augmente la sécurité », etc. À quels organes fais-tu allusion, mon colonel ?

– Sullivan, ce n'est pas le moment de rigoler, c'est sérieux.

– Je ne rigole pas du tout, Ernesto, je ne rigole pas. À quels organes fais-tu allusion ?

Le colonel éclata d'une colère cordiale, non exempte de rigueur professionnelle :

– Je ne fais pas allusion à l'organe qui te sert à pisser, si c'est à ça que tu penses, Sullivan, je te connais. Organes. Oui, organes. Différentes personnes ou autres chargés d'observer la même chose de plusieurs points à la fois. Je me fais comprendre ?

– Magnifiquement, mon colonel.

– Alors, au boulot. Nous allons rôder aux alentours de la cuisine : ce que deux yeux ne voient pas a des chances d'être vu par quatre et demain nous donnerons la dernière touche à l'opération. Des questions ?

– Oui, mon colonel.

– Qu'y a-t-il, Duñabeitia ?

– Devons-nous venir armés ?

– Sacrebleu, ça te plairait de venir armé, hein, *etarra*, parce que tu m'as tout l'air d'un satané *etarra*. Rompez. Au salon, ils sont en train de servir le breuvage et il ne faudrait pas qu'ils nous soupçonnent de quoi que ce soit.

Ils sortirent l'un après l'autre, une gravité exagérée peinte sur le visage, à tel point que lorsque Sullivan et le Basque se retrouvèrent dans l'escalier qui montait vers le salon, ils ne purent conserver leur hiératisme facial qu'une seconde à peine et explosèrent en éclats de rire qui se rompirent en larmes chaudes et aveuglantes.

– Oh ! le con, il prend tout ça au sérieux !

Carvalho passa près des deux hommes hilares, talonné par Tomás qui essayait de venir à sa hauteur pour lui dire quelque chose.

– J'ai tout raconté à cette fille, Arancha. Vous savez, la jeune fille.

– Ah.

– Vous trouvez que j'ai mal fait ?

– Non.

– Je vous le dis pour que, si vous la voyez et qu'elle vous dise quelque chose, vous ne soyez pas surpris.

Les jeûneurs avaient pris leur bol de bouillon et allaient s'installer aux tables, tentant de substituer par la substance du rituel la non-substance du breuvage. Ils espaçaient les gorgées, les uns par haine profonde des saveurs offertes, les autres pour maintenir l'illusion d'un repas prolongé et rassasiant, quelques-uns pour soutenir en même temps une conversation intéressante sur des projets de voyage à Bolinches, des achats et, pourquoi pas, des perspectives de futur, quand ils récupéreraient enfin leur statut d'omnivores, même s'il ne leur échappait pas qu'à jamais ils porteraient rivés au corps la peur de manger avec plaisir, le complexe de culpabilité pour un plaisir qui, tout le temps qu'avait duré leur éducation, avait été déguisé en besoin. Arancha se précipita à la rencontre de Tomás et de Carvalho avec un large sourire de satisfaction, mais, consciente de l'intrépidité du projet, elle baissa la voix pour demander :

– Tout est prêt ?

– Tout.

– C'est fantastique. Je trouve cette idée géniale. Vous allez les faire vachement râler. Ça va être comme une catharsis, Tomás.

– Ne raconte surtout rien au colonel. Il ne veut pas qu'il y ait trop de monde dans la combine.

– Ce colonel est merveilleux. S'il n'existait pas il faudrait l'inventer. Je vous envie. Je serais bien venue avec vous, mais je sens que le colonel ne veut pas de filles dans cette histoire. Ça colle tout à fait avec le personnage. Tout est parfait. S'il avait accepté des filles, j'aurais été déçue.

Autrement dit, la grosse timide était belle parleuse. Carvalho conserva un léger sourire d'attention, mais il dut le partager sous l'avalanche de Mme Fedorovna qui distribuait les amabilités comme une amphitryone de banquet.

– Buvez, buvez avec plaisir. Mais lentement, bien lentement. En savourant.

Carvalho essaya de faire de son sourire un message fermé, c'est-à-dire toute une conversation avec au revoir inclus, mais Mme Fedorovna sautait toutes les barrières, y compris celles du mutisme, et elle fit irruption dans son territoire physique chargée d'intentions pédagogiques.

– Aujourd'hui, c'est un merveilleux bouillon de pomme de terre et de concombre. Le plus diurétique qu'on puisse prendre, et savoureux, consistant, et puis ce goût de cumin merveilleux. Le cumin est un grand condiment et celui qui fait le moins de mal. Sa fonction sur l'estomac n'est pas corrosive comme celle du poivre. Vous aimez le cumin, monsieur Carvalho ?

– Quand il est à sa place, oui.

– Par exemple ?

– Dans certaines soupes, avec de la courge, des pommes de terre, un os de jambon, des pois chiches, de la morue si on veut, à la place du lard.

– Un os de jambon.

Mme Fedorovna prononça ces mots comme pour elle-même, tout en cherchant dans le grenier de ses connaissances botaniques l'espèce végétale à laquelle appartenait cette créature, et quand elle se fut assurée qu'elle n'était pas végétale, mais que, comme son nom l'indiquait, il s'agissait d'un os de jambon, exactement un os de porc, elle hésita entre une moue de dégoût qui aurait pu offenser Carvalho et un petit rire de complicité coquine qui risquerait de détruire son travail de prise de conscience de jours et de jours de persuasion idéologique. Alors, elle choisit de garder un sourire de sourde, de n'avoir rien entendu, et, sans quitter le périmètre vital de Carvalho, elle chercha des yeux une autre proie humaine à laquelle s'accrocher pour poursuivre sa glose du bouillon de pomme de terre et de concombre. Carvalho apprécia à sa juste valeur cette prodigieuse capacité de contention et suivit le vol majestueux du regard vieux et blond en quête de nids plus propices, se demandant une fois de plus si les troubles nuances grises du blanc de ses yeux étaient de bons ou de mauvais symptômes d'une bonne ou d'une mauvaise alimentation. C'étaient des yeux de nonne, un blanc d'œil de nonne, un blanc aussi cernable que celui des chaussures bicolores des étés d'après-guerre ou des tabliers amidonnés des infirmières. Et ce fut au cours de cette observation des yeux de Mme Fedorovna qu'il vit que leurs pupilles se rétrécissaient le plus qu'elles pouvaient, comme si allaient de concert le rapetissement des yeux et la concentration agressive du regard sur un point précis de la salle. Au fur et à mesure que les yeux de Mme Fedorovna se faisaient perçants, ses lèvres se serraient jusqu'à dessiner une ligne cruelle, sa bouche suturée avec force pour empêcher la sortie de gros mots, de souffles empoisonnés. Mme Fedorovna haïssait quelque chose ou quelqu'un qui se trouvait dans cette salle et, sautillants, ses yeux retournaient sans cesse à la vieille mistress Simpson, bien que lentement son visage retrouvât son sourire et de sa bouche sortît comme une litanie, à plusieurs reprises, l'énoncé différé :

– Un os de jambon, vous disiez, hein ? Un os de jambon.

Le premier arrivé fut Tomás et il se sentit gêné quand il s'aperçut que Villavicencio était le seul occupant du gymnase. Le colonel faisait les cent pas autour de la salle et, de temps en temps, il s'arrêtait pour surprendre dans la grande glace sa propre expression méditative. D'un léger mouvement de la main, il arrêta l'ébauche de salut militaire du jeune homme et reprit ses réflexions sans doute motivées par l'action qu'il allait entreprendre. Puis le Basque s'infiltra dans la salle plus qu'il n'y entra, désireux de donner à l'expédition toutes les caractéristiques formelles requises, et derrière lui arriva Carvalho. Le colonel regarda sa montre d'un œil critique quand Sullivan se présenta avec un quart d'heure de retard sur l'horaire prévu.

– Fais-moi un coup pareil en temps de guerre et je te fais fusiller, Sullivan.

– En temps de guerre, je ne serais jamais venu.

– Défaitiste, en plus. Autrement dit, conseil de guerre sommaire et peloton par la voie la plus rapide. Bon. À vos rangs !

Il se retint d'ajouter « fixe ! » mais ne put s'empêcher d'examiner sans complaisance les hommes réunis là, comme s'il les passait en revue. Très bien Sullivan, très bien cette chemise blanche, comme ça, on pourra nous voir depuis le Kilimandjaro. Ce bide, mon garçon, avec ce bide tu ne vas jamais ramper, tu vas rouler par terre. Et toi, le Basque, je veux t'avoir à ma vue pendant toute l'opération, il n'est pas question que je t'aie dans le dos une seule seconde. Quant à vous, l'observateur, placez-vous en arrière-garde et surveillez tous les événements anormaux qui pourraient survenir derrière nos lignes.

– Bon. Je ne sais pas. Je ne sais pas quel parti je vais pouvoir tirer d'un tas de péquenauds en civil comme vous. Avant tout, je me heurte à un sérieux problème de casuistique militaire. Que sommes-nous ? Une patrouille ? Un commando de guérilla ou de contre-guérilla ? Étant donné, en plus, qu'il s'agit d'un groupe d'hommes désarmés, je répète *désarmés*, visant un objectif militaire.

– Si vous me permettez, intervint Sullivan. Moi, personnellement, je viens de penser qu'on peut nous définir comme ça : un groupe d'objecteurs de conscience qui posent comme condition minimale de ne zigouiller personne.

– Sur le front, pas de conditions ! Voyons, qu'est-ce qu'une *patrouille* ?

Un nouveau Villavicencio didactique se révélait à eux, qui, lorsqu'il voulait souligner l'importance de certains mots, en montait progressivement le ton, comme pour les faire décoller de la syntaxe et du sol.

– On appelle patrouille toute petite fraction ou noyau d'hommes qu'une unité forme ou détache pour l'accomplissement d'une mission en rapport avec l'unité elle-même ou avec l'*ennemi*. Généralement, une patrouille se compose de deux noyaux. L'un pour l'accomplissement de la mission *spécifique* que la patrouille a reçue. L'autre chargé de la protection et de la sécurité de la patrouille elle-même. Bien. Jusqu'ici, il y a déjà des *difficultés*, parce que nous n'avons pas un nombre d'hommes suffisant pour former ces deux noyaux. Mais toutes les difficultés ne se réduisent pas à cela. Quelles sont les missions de la patrouille ? Voyons, toi, le Basque, sergent…

– Sergent ? En quel honneur ?

– À partir de maintenant, tu es sergent. Dis-moi. Quelles missions doit remplir une patrouille ? Aucune ? Zéro ? Qui m'a foutu des sous-officiers pareils ? Eh bien, une patrouille se place à l'avant-garde d'une petite unité pour y remplir diverses tâches, reconnaître un point de terrain à l'avant-garde de l'unité en mouvement ou en position défensive, occuper un point de terrain à l'avant-garde ou sur le flanc de l'unité ou de la position, d'où observer et surveiller l'adversaire, découvrir la présence ou l'absence de l'ennemi.

– Excuse-moi, mon général.

– Colonel, Sullivan, colonel.

– Et si la patrouille constate l'absence d'ennemi, elle cesse d'être une patrouille ?

– Mais, bon sang, qu'est-ce que tu racontes ?

– Ce n'est pas une question gratuite. Je me souviens qu'à l'université, quand je faisais ma licence de communisme avec ma cousine Chon, nous nous étions posé la question de la contradiction métaphysique qu'il y a dans l'expression « dictature du prolétariat ». Peut-on parler de dictature du prolétariat quand, dans les faits, la bourgeoisie a été vaincue et presque anéantie ? Donc, une patrouille sans ennemi, par absence d'ennemi, comme tu l'as dit si bien, mon colonel, est-elle vraiment une patrouille ?

– Une *patrouille* est une *patrouille* jusqu'à ce que le chef dise le contraire !

– Maintenant, c'est clair, mon colonel.

– Poursuivons, et je ne tolérerai plus d'interruptions susceptibles de mettre en péril nos objectifs impératifs, nous n'avons pas de temps à perdre. Je disais qu'une patrouille peut découvrir la présence ou l'absence de l'ennemi, observer l'ennemi, ouvrir un passage dans la zone d'obstacles et – il les regarda l'un après l'autre pour leur faire prendre conscience de l'importance de ce qu'il allait leur confier – et monter des *embuscades* ! Voilà la caractéristique qui peut nous amener à considérer que nous sommes une patrouille. Cela dit, il faut aussi tenir compte que nous avons emprunté quelques-unes de leurs caractéristiques aux troupes de guérilla et de contre-guérilla. De guérilla ? Liberté d'initiative permanente grâce à la mobilité, à la connaissance du terrain, au soutien de la population et à l'utilisation de méthodes tactiques appropriées. De contre-guérilla ? Moins, mais il existe un rapport ; par exemple, la coordination entre des actions *civiles* et *militaires*. Pour nous résumer, nous sommes une patrouille en opération de représailles, ce que les Américains, spécialement au cinéma, ont popularisé sous le nom de *commando*.

– Nous sommes un commando, s'exclama Sullivan, enchanté.

– Par conséquent, j'ai établi un plan en fonction de la connaissance des lieux et des mouvements que la patrouille doit exécuter sur le terrain. Nous allons effectuer un coup de main et il faut distinguer deux phases : organisation et exécution. Observez ce croquis.

Il déroula un bristol et l'appliqua sur la vitre du gymnase à l'aide de ruban adhésif. Sous les yeux de la patrouille apparut un embrouillamini de lignes continues et discontinues sur un terrain tactique dessiné topographiquement. Sous les lignes qui s'appuyaient sur la figure dominante d'un angle dont le sommet correspondait aux cuisines des Thermes, apparut une légende impeccablement confectionnée au pochoir :

1. Objectif.
2. Sentinelles.
3. Directions de la réaction ennemie prévisible.
4. Point de dislocation.
5. Groupe de protection.
6. Groupe de soutien.
7. Membres du groupe d'élimination de sentinelles.
8. Groupe d'attaque.
9. Zone de rassemblement.

– Objectif ? La cuisine, et plus précisément l'arrière-cuisine. Sentinelles ? Nous pouvons considérer que Mme Encarnación et son mari sont des sentinelles, et même y ajouter leur fils s'il n'est pas allé traîner à Bolinches. Espérons qu'il ne sera pas nécessaire de les neutraliser au cas où ils auraient vent de l'affaire, mais s'ils débarquent, il faudra les neutraliser. Compte tenu du manque d'effectif en personnel et en armes, toi, le

Basque, tu seras l'avant-garde ; toi, le gros, tu couvriras le flanc gauche et tu seras en même temps groupe de protection ; toi, Sullivan, tu prendras la droite et tu seras en même temps groupe de soutien ; vous, le détective, à l'arrière-garde où vous tâcherez de voir ce que nous, nous ne pourrons pas voir à cause des caractéristiques particulières du terrain. Surveillez surtout les baies du salon, avec le bal de cette nuit, il risque d'y avoir des gens qui se penchent. Moi, je marcherai juste au centre de cet angle et dès que le Basque me fera signe j'avancerai vers l'objectif ; vous autres, ce sera le moment de me suivre, mais seulement *à ce moment-là*. Le Basque éternuera, ce qui voudra dire que la voie est libre. Mais s'il y a des sentinelles, il devra agiter un mouchoir blanc et j'avancerai plus rapidement pour l'aider à les *neutraliser*. Je sais que ce n'est pas classique comme démarche, mais à la guerre comme à la guerre. Des questions ?

– Nous pouvons faire des prisonniers ?

– Comment dois-je comprendre ta question, Sullivan ?

– Mon colonel, tu as parlé de neutraliser le ménage chargé des salles à manger et de la cuisine, mais comment ? Nous les passons par les armes ou nous les emmenons avec nous ?

– Ne te fais pas plus bête que tu n'es, Sullivan. Si nous les emmenions avec nous, notre action serait découverte plus tôt que nécessaire. Malheureusement, nous ne pouvons pas non plus les passer par les armes, ni les assommer, ni les ligoter. Nous ferons donc la distinction entre une *neutralisation théorique* et une *neutralisation factuelle*. Si on s'en tient à la neutralisation théorique, clac, on les exécute. Mais pour la factuelle, on leur gueule de ne pas venir nous déranger. Résumons-nous. Nos mouvements seront : attaque, repli, rassemblement et dispersion.

Carvalho intervint :

– Vous oubliez, colonel, qu'il y a un vigile qui fait sa ronde dehors, dans la propriété. D'habitude, il ne rentre pas dans les bâtiments, mais s'il y pénètre, nous nous heurterons à une sentinelle armée et qui, en plus, ne sera pas au courant de nos intentions réelles. Que faisons-nous si le vigile arrive avec son pistolet à la main ?

– Eh bien, vous lui balancez quelques coups de pied dans les couilles et vous l'envoyez se faire mettre. Le ciel peut aussi nous tomber sur la tête. Les rationalistes, je les vois venir d'ici. Ils trouvent toujours le moyen de poser aux gens des colles rationnelles, mais la vérité, c'est qu'ils ont les foies. Quand il y a trop de cervelle, il n'y a pas beaucoup de couilles au cul. Compris ? Une fois l'objectif atteint, nous nous retirons en ordre inverse à celui de l'arrivée, c'est-à-dire : le Basque, Sullivan, le détective et moi, je partirai le dernier. Point de rassemblement, la porte du vieux pavillon. Heure limite… Voyons ! Réglez vos montres ! À la mienne, il est neuf heures quarante-cinq.

– Une heure de moins aux Canaries, remarqua Sullivan avec une apparente sérénité faciale qu'il ne put maintenir jusqu'à la fin de sa phrase, et de sa bouche jaillit une gerbe de rires et de salive.

Le Basque aussi était victime d'une attaque de rire et il frappait à coups de poing contre le mur pour se retenir. Le colonel les regardait avec mépris, et tapait par terre d'un pied impatient. Quant au jeune homme, il se demandait comment le colonel allait réagir, et Carvalho essayait de démontrer qu'il se désolidarisait complètement de ce qui arrivait. Une fois éteint l'accès d'hilarité, ils s'apprêtèrent à quitter le gymnase selon l'ordre convenu. Le Basque sortit dans le jardin et inspecta tous les endroits fondamentaux qui avaient été mentionnés. En haut à gauche, le salon éclairé et les ombres chinoises des couples de danseurs. À droite, en bas de la pente, le pavillon des boues, en face, à quelque cent mètres, la piscine, et à gauche de la piscine, les dépendances comprenant la cuisine et la salle à manger.

– Sacré bon sang ! s'écria le colonel en sourdine. Personne n'a eu l'idée d'apporter du cirage pour la figure ? Il faut que je pense à tout ! Cette chemise, Sullivan, te trahit ; ôte-la. Nous allons être obligés d'y aller à quatre pattes dans les lauriers-roses et, une fois de l'autre côté, à plat ventre sur l'herbe, c'est presque un champ à découvert et nous serions vulnérables sous le feu de l'ennemi.

Le commando se déploya en formant un losange, et le Basque prêcha par l'exemple, tapi, d'abord presque accroupi, puis, tout à coup, à peine dépassé le front de lauriers-roses, il se jeta sur le sol et avança en rampant sur les coudes et les genoux. Avec des fortunes diverses, ses compagnons se livrèrent à l'exercice, et le colonel ne fut pas le dernier à dissimuler son impuissance à la reptation et à avancer accroupi derrière l'éclaireur qui continuait à zigzaguer. Le colonel leva le bras pour arrêter la marche en avant et attendre que le Basque le renseigne sur l'objectif. Un éternuement indiqua que le champ était libre et les quatre membres restants de la patrouille enveloppèrent progressivement le territoire qui les séparait et convergèrent devant la porte latérale de la cuisine.

– Rien de neuf, sergent ?

– Rien de neuf, mon colonel.

– Des pertes ?

– Le radiotélégraphiste nous a laissé tomber.

– Pourquoi ?

– Sa femme attend un bébé, mon colonel.

– On le fera passer devant le conseil de guerre. Maintenant, toi, le gros, ouvre la porte.

– Elle est fermée.

– C'est bien ce que je dis, ouvre-la.

– Mais c'est qu'elle est fermée de l'intérieur.

– Bon à rien ! Il te faudrait une bonne guerre ! Tu crois que c'est une réponse ? Elle est fermée ! On ne peut pas arrêter une opération sous prétexte que la porte est fermée.

– Vous assumez la responsabilité collective si j'arrive à couper le carreau ?

– Pas de problème.

Carvalho sortit de sa poche un couteau à usages multiples auquel il avait ajouté un coupe-vitre. Il traça un arc de cercle à l'angle droit du carreau le plus proche de la serrure. Il ne disposait pas de ventouse et il prévint que le carreau allait faire un peu de bruit en tombant.

– Tousse, Basque, ça couvrira peut-être le bruit.

Le Basque toussa tandis que Carvalho appuyait sur le carreau pour le faire tomber de l'autre côté où il se cassa en mille morceaux. Le bruit n'eut rien de tonitruant. Carvalho passa la main et le bras et parvint à toucher du bout des doigts la clé qui était restée dans la serrure, il la tourna et la porte s'ouvrit sous son propre poids. L'un après l'autre, ordonna le colonel. Ils étaient dans la salle à manger, les tables étaient mises pour le petit déjeuner des curistes qui étaient déjà sortis du jeûne. Mais il n'y avait rien de comestible, sauf de petites bouteilles en plastique de saccharine liquide et de petits récipients pleins de son, produit fondamental pour que les triomphateurs du jeûne retrouvent des fonctions intestinales normales.

– Ici, il n'y a rien à réquisitionner. Passons dans la cuisine.

Par-delà la porte battante, il y avait la cuisine et ils en prenaient la direction quand les lumières s'allumèrent et, d'un seul geste, ils se jetèrent tous les cinq à terre. Quelqu'un, venu de l'extérieur, était entré dans la cuisine, remuait des ustensiles, ouvrait et fermait des tiroirs. Et ses pas s'approchaient de la salle à manger, la porte s'ouvrit et en quelques dixièmes de seconde la lumière se fit sur les tables et sur le commando. Nul n'aurait pu reprocher à Villavicencio de manquer de réflexes. Il se redressa d'un bond et s'écria :

– Haut les mains ! Vous êtes mon prisonnier !

Le Basque vint à la rescousse aussitôt et à eux deux ils s'assurèrent du mari de doña Encarnación, qui mit du temps à saisir la situation ou n'y parvint jamais tout à fait car, alors qu'il commençait à sourire en reconnaissant des visages, le colonel le poussa contre le mur, l'obligea à mettre les mains sur la nuque et le fouilla consciencieusement.

– Gros. Neutralise le prisonnier. Bâillonne-le et attache-lui les mains.

Mais déjà Sullivan faisait une corde avec des serviettes et quelques secondes plus tard, le halètement effrayé du captif fut étouffé par un serpentin de serviettes jaunes, ses poignets attachés par des liens également polychromes. Le colonel poussa les portes de la cuisine et ils pénétrèrent dans un paysage d'acier et de formica. Une cuisine propre et aseptisée avec plusieurs fourneaux centraux et d'immenses faitouts, mais sans le moindre semblant de quelque chose à porter à la bouche. Ils soulevèrent les couvercles des faitouts, ils étaient vides et toutes les espérances se concentrèrent d'abord sur les placards de l'arrière-cuisine et sur les deux grands réfrigérateurs, mais les portes étaient cadenassées. C'étaient des cadenas à fermeture électronique et Carvalho se déclara impuissant à les ouvrir.

– Amenez le prisonnier.

Le marchand de fromage guida le prisonnier avec les plus grands égards en lui disant de ne pas s'inquiéter, que ce n'était qu'une plaisanterie ; mais le colonel n'avait pas envie de plaisanter, ni le Basque.

– Voilà, monsieur, lui dit clairement le colonel, nous

vous considérons comme prisonnier de guerre, mais membre du corps des personnels religieux ou sanitaire, par conséquent, si vous collaborez, nous vous remettrons à votre pays aussi vite que possible. Bien que vous ne portiez pas le brassard permettant de vous identifier.

– Mais comment cet homme pourrait-il porter un brassard, il ne savait même pas qu'il y avait la guerre !

– Tais-toi, Sullivan, ou je te fous dedans. Les lois et les usages de la guerre sont très clairs là-dessus : tout le personnel doit porter autour du bras gauche un brassard, résistant à l'humidité et pourvu du signe distinctif (Croix-Rouge, Croissant-Rouge ou Lion et Soleil-Rouge, sur fond blanc), distribué et tamponné par l'autorité militaire. Il portera également une carte d'identité spéciale. Enlevez le bâillon au prisonnier. Je vous préviens que vous feriez mieux de ne pas crier, vous vous en repentiriez. Autrement, il ne vous arrivera rien. Reconnaissez que vous ne portez pas le brassard de membre du personnel subalterne, sanitaire et autre. Nous pourrions, par conséquent, vous considérer comme belligérant. Pour l'instant, nous serions très copains si vous nous expliquiez comment ouvrir la réserve ou les frigos.

– Eh bien, je ne sais pas trop comment vous pouvez faire, colonel, nous remettons les clés à Mme l'Intendante tous les soirs depuis qu'il y a eu un vol de confiture, l'automne dernier.

– La garce ! Qu'est-ce qu'on fait ?

Le Basque envoyait des coups de poing dans le vide et se refusait à accepter l'échec de l'expédition, il ouvrait et fermait les tiroirs, essayait de forcer les cadenas.

– Je vous préviens que nous allons vérifier vos allégations, et si vous nous avez menti, vous serez passé par les armes.

– Là, il y a une pomme, annonça la voix abattue du marchand de fromage, et tous les yeux reconnurent l'évidence d'une pomme sur un coin du marbre où les cuisiniers effectuaient leurs manipulations.

Use seule. Une seule pomme. La pomme. La pomme essentielle. Et sur cette pomme se rua le Basque pour y mordre le premier, et les dents de Sullivan étaient déjà sur le fruit quand la main du colonel s'interposa.

– Ce butin appartient au Haut Commandement qui décidera de son juste partage. Cette opération a été un fiasco. On décroche. Éteignez les lumières, nous emmenons le prisonnier, il ne faudrait pas qu'il aille donner l'alarme. Sullivan et toi, Tomás, prenez le prisonnier avec vous, faites le tour de la piscine et descendez ensuite au point de rassemblement. Basque, tu pars en avant au cas où il y aurait des surprises et vous, le détective, fermez la marche et surtout, attention à ceux du salon.

Une fois dans le jardin, ils entendirent même l'air qu'on était en train de danser. Quelqu'un avait ouvert les fenêtres et on jouait un fox lent, *Trois pièces dans la fontaine*, si Carvalho avait bonne mémoire. Il suivit le colonel et parvint dans son sillage à la porte du pavillon, où les attendait Duñabeitia. Les autres n'arrivaient pas et le colonel se laissa tomber sur les marches qui descendaient vers le pavillon.

– Je vous ai observés et il y a chez chacun d'entre vous de la matière militaire, et pas qu'un peu ! Je ne parle pas du courage à chaud, de ce que le théoricien Villamartín appelait *courage sanguin*, mais du *courage de volonté* et du *courage à froid*. Vous comprenez ce que je dis ? Je peux vous réciter par cœur le texte tel que je l'ai appris à l'Académie militaire : « Il existe un courage que l'on peut appeler *courage sanguin*, ce courage impétueux, joyeux, turbulent, étourdi, qui se lance en avant sans regarder derrière lui, mais qui, s'il lui arrive d'être contré par une réaction violente, est susceptible de dégénérer en terreur, en panique. Il existe le *courage de volonté*, le courage de position qui, s'il n'est pas impétueux, ne peut pourtant être tenu en échec par aucun courage humain. Il existe un courage qui a besoin de *se préparer* pour le danger, avec des émotions graduelles, et qui, devant un danger imprévu, est perdu. Il y a le courage issu de l'amour-propre, mais celui-ci a besoin d'un théâtre et de spectateurs. Il y a aussi le courage *à froid*, le courage de l'homme qui se présente au milieu du danger comme s'il lui était étranger et comme si la mort n'était pas une donnée qu'il peut intégrer dans ses calculs. C'est le courage du général qui fixe toute son attention sur son bureau tandis qu'il lit sur la carte qu'il examine, sans voir la poussière que soulèvent les balles à ses pieds ; c'est le courage de l'officier qui observe minutieusement la situation, les directions et les accidents d'une fortification ou d'un retranchement, de la même manière que s'il se trouvait sur un terrain d'exercice. C'est le courage stoïque des grands hommes. » Suffit pour les citations, et j'ajoute : c'était le courage de Franco. Et les autres, où sont-ils allés se fourrer ?

Bien qu'ils les eussent eux-mêmes éteintes, les lumières de la salle à manger et de la cuisine s'étaient rallumées. Quelque chose venait d'arriver, là-bas et tout près, parce qu'ils entendirent un bruit de branches et une respiration humaine qui sortait du feuillage. Sullivan apparut à découvert et courut vers eux et leur présenta, malgré l'obscurité, un visage contrarié.

– Les cons seront toujours des cons. L'autre gros s'est échappé avec le prisonnier. Enfin, il s'est échappé, il est parti avec lui et il m'a crié que nous étions allés trop loin. Maintenant, si ça se trouve, ils vont nous renvoyer des Thermes.

– Notre opération sera correctement comprise et, pour ce qui est du gros, dès que j'aurai l'occasion de le coincer, je lui sonnerai les cloches. Je ne sais pas ce qui se passe avec ces nouvelles générations. Ils se foutent de tout et ils ne respectent rien de ce qu'ils devraient respecter. Ce garçon n'avait pas l'air nouvelle vague, pourtant, mais on dirait que tout est pourri aujourd'hui.

Ils perçurent des voix provenant de la cuisine ; la musique s'arrêta, tout à coup presque toutes les baies du salon s'ouvrirent en même temps et les danseurs se penchèrent pour assister au spectacle annoncé. Le commando regardait vers les fenêtres, puis vers les lumières de la cuisine, d'où se rapprochait peu à peu le faisceau lumineux d'une torche.

– Derrière la torche, il y a le type au pistolet. Et ce n'est pas un pistolet pour rire ! Ils vont nous prendre pour des voleurs et ce sera bien fait pour nous.

– Tais-toi, le Basque ; ce qui est fait est fait. Dès qu'il arrivera devant nous, nous nous rendrons et je lui fournirai une explication publique de notre excellent exercice tactique.

– Halte ! Ne bougez pas. J'ai un pistolet et il est tout ce qu'il y a de chargé.

– Nous voulons nous rendre dans l'honneur ! Je me présente, colonel d'infanterie Villavicencio, en mission spéciale, et voici mes hommes. Je vous rappelle que selon les Lois et Usages de guerre, nous ne sommes tenus de déclarer que nos noms, prénoms, grade, date de naissance, numéro matricule et régiment. Les interrogatoires seront conduits dans une langue comprise par le prisonnier et en aucun cas ne seront exercées sur lui de pression ou de tortures physiques ou morales pour obtenir d'autres renseignements.

– Bon, assez rigolé, maintenant. C'est incroyable de voir des messieurs comme vous se comporter comme des voyous.

– Il faut bien soutenir le moral des troupes, chef.

Le Basque s'avança vers le vigile, que suivaient le prisonnier capturé dans la cuisine, un rouleau à pâtisserie à la main, et Mme Fedorovna, sa pâleur indignée dissimulée par la pénombre. Il sembla aussi que le squelette du colonel perdait la raideur dont il avait été gratifié toute la soirée et, en se relâchant, Villavicencio alla vers le vigile, lui serra la main et le félicita pour la perfection de son action.

– Vous avez très bien utilisé l'effet de surprise.

– Il n'y avait que vous ? Vous quatre plus le jeune homme qui est venu me prévenir ?

– Nous cinq, c'est tout. Un commando évidemment insuffisant pour l'envergure d'une telle opération.

– Alors, cette dame, qu'est-ce qu'elle fabrique ici ?

Les corps se retournèrent suivant l'indication du faisceau lumineux de la torche, qui découvrit mistress Simpson collée à la peau de la porte du pavillon. Tous s'immobilisèrent et se turent, sauf mistress Simpson, qui retrouva ses mouvements, passa parmi eux et prit la direction des Thermes sans donner aucune explication. À longues enjambées sur des chaussures de toile mouillées, glacées et gémissantes.

Même, on pouvait parler d'une mort athlétique dans le cas de mistress Simpson. Son corps flottait sur l'eau de la piscine quand il fut retrouvé, mais son cadavre n'était pas de ceux qui s'abandonnent à la volonté de la mort ou des derniers instants de la flottabilité, il conservait une certaine tension musculaire, comme si, de l'au-delà, il voulait envoyer un dernier message de maîtrise du corps. L'homme chargé du nettoyage de la piscine le découvrit et prévint Mme Fedorovna et le directeur, mais en quelques secondes la nouvelle parvint à la salle d'attente de la pesée et rattrapa à temps ceux qui se préparaient à partir pour la promenade matinale sur les rives du Sang. Voilà pourquoi Mme Fedorovna devait se résigner à voir se presser une foule de clients autour du corps de mistress Simpson, sur lequel se penchait le docteur Gastein pour un simple constat de la mort. Seuls les nouveaux arrivés semblaient bouleversés ou surpris ; les pensionnaires plus anciens connaissaient les vices sportifs de mistress Simpson et savaient qu'au petit jour elle se jetait souvent dans la piscine et nageait ses mille mètres nage libre en apéritif à toutes les activités qui l'attendaient au cours de la matinée. Un malaise. Une perte momentanée de connaissance avait été sans doute la cause de l'accident et seul Carvalho crut percevoir une intention particulière dans l'insistance avec laquelle Gastein déplaçait doucement la tête et le cou de la victime et dans la gravité supplémentaire qui imprimait ses traits. Gastein soutint le regard de Mme Fedorovna comme pour lui envoyer un message qu'elle seule fût capable de comprendre et il se releva après avoir caché le visage de la morte avec la couverture qui recouvrait son corps. Il avança sans voir dans le couloir qu'ouvrirent les curieux et, passant près de Carvalho, il mit du temps à assimiler l'observation proposée qui sortit des lèvres du détective :

– Fracture de la base du crâne.

Quand Gastein comprit ce que Carvalho avait dit, il lui opposa une expression critique et la question :

– Vous êtes médecin ?

– Moi, non. Mais vous, si.

Les deux hommes se regardèrent longuement et Gastein baissa la tête, reprit sa progression, et murmura :

– Possible.

Carvalho garda cette remarque pour lui et, toute la matinée, fonctionna au ralenti, comme les autres pensionnaires, passant de groupe en groupe, écoutant les conversations, les remémorations des exploits sportifs de mistress Simpson, vengeance logique de ceux qu'elle avait vaincus et qui prétendaient maintenant que c'était à prévoir, qu'il était impossible qu'une femme de son âge fût capable de déployer une activité si grande en quantité et en qualité. Quelqu'un suscita des espoirs en échafaudant des théories sur un genre de suicide superénergétique que pratiquent beaucoup de vieillards. Surmontant leurs déficiences et leurs douleurs, ils se lancent à corps perdu dans une hyperactivité qui les conduit sciemment, volontairement, au coup d'arrêt final. Ils préféraient presque tous cette mort causée par un trop-plein d'activité à une fin grabataire ; en moins d'une heure, mistress Simpson avait fait son entrée dans le livre du bien mourir au titre de modèle de conduite.

Protocolairement, la voiture de patrouille de la police apparut, pour que les choses soient faites selon les règles, aurait-on dit, et pour escorter l'ambulance qui emportait le corps de mistress Simpson ainsi que M. Molinas vers l'Institut médico-légal de Bolinches. L'autopsie était inévitable dans un pareil cas, déclara Mme Fedorovna au petit cercle de clients qui l'interrogeaient sur le devenir de la dépouille de mistress Simpson et sur l'opportunité de procéder à un service funèbre aux Thermes. Mme Fedorovna affirma qu'elle ignorait la confession à laquelle appartenait la morte, mais au cas où cela se révélerait souhaitable, on aurait recours à un rituel éclectique très simple, très fonctionnel, susceptible de ne blesser ni la sensibilité religieuse de la majorité, ni celle de la minorité. On pourrait lui faire un service mortuaire selon le rite végétarien, suggéra Sullivan, et le Basque dut se cacher derrière une haie pour rire tout son saoul, ou peut-être pour échapper aux reniflements d'indignation provoqués par le *manque de respect* que traduisait un tel commentaire dans une pareille situation. Je ne nie pas, dit Villavicencio à Sullivan, que vous, les *señoritos* andalous, soyez amusants quelquefois, mais vous tueriez père et mère pour faire un mot d'esprit. Pourquoi pas, si le mot est bon ?

Mais Carvalho n'avait pas la tête à s'occuper de détails secondaires, il sentait tendus ses muscles profonds, comme à l'affût d'événements qu'il était seul à flairer. Il s'assit dans un coin du salon qui lui permettait de voir le mouvement autour des bureaux de la direction. Le retour de Molinas, taciturne. L'appel de Mme Fedorovna et de Gastein en consultation. Ensuite du personnel chargé de l'entretien ou de la surveillance des bâtiments et du parc, puis une question qui filtre, savoir si quelqu'un avait vu mistress Simpson aux alentours de la piscine juste après le lever du jour, pour être plus précis, disait-on, à l'heure de l'accident. Carvalho attendait le bruit de la sirène d'une voiture de police ou, à défaut, ce bruit reconnaissable entre tous de portières qui claquent, l'apparition dans l'embrasure de la porte de deux ou trois hommes aux yeux fureteurs et à la démarche réticente. L'autopsie aura lieu aujourd'hui. Elle a lieu en ce moment. Ils essaient de trouver la famille de mistress Simpson aux États-Unis. Mais à la nuit tombée, aucun événement ne s'était encore produit et le faire ou ne pas faire ordinaire des Thermes retrouva sa routine. La soirée promettait même d'être intéressante, la vidéo de langue anglaise annonçait *Deux sur la route*, avec Audrey Hepburn et Albert Finney, la première ancienne cliente du centre, le second, à en juger par sa tendance à l'embonpoint, client plus que probable pour le futur. Par ailleurs, la télévision devait diffuser un match éliminatoire d'un championnat européen entre une équipe espagnole et une équipe belge, Madrid-Anderlecht, à ce qu'on disait, et il y eut des mouvements stratégiques préliminaires et ininterrompus pour occuper les places offrant une bonne vision de la partie, à tel point qu'en cette soirée de deuil on se bousculait à la porte de la salle de télévision et que Mme Fedorovna dut installer un téléviseur supplémentaire dans le salon. Le public se partagea selon la géographie, les Européens réunis autour du téléviseur du salon et les Espagnols autour de celui de la pièce spécifiquement télévisuelle. Nul facteur extérieur ne provoqua cette séparation. Mais un facteur intime rassembla les Allemands, les Suisses, les Français, les Belges d'un côté et les Espagnols de l'autre. Les jeunes Italiennes disparaissaient au crépuscule. Elles souffraient de dépression et dormaient pendant des heures et des heures, les yeux clos sur leurs cernes tranquilles et lacustres. Carvalho passait du film au match de football, mais montait de temps en temps dans le hall, pour le cas où ce qu'il attendait se produirait. Ce fut chose faite passé onze heures.

La sirène ne hurla pas, mais le bruit des portières fut presque trop banal, il en ferma les yeux sur sa propre ironie, et quand il les rouvrit, ils étaient là, deux hommes, le plus haut dans la hiérarchie devant, un jeune homme pâle aux vêtements passablement négligés, qui, d'une démarche réticente, ouvrait le chemin à son collègue, armoire à glace lente aux moustaches tombantes promenant un regard fureteur sur les personnes et les choses. Il y eut une courbette respectueuse devant la réceptionniste et un brin de conduite rapide vers le bureau de Molinas, une insolite apparition de Gastein, qui n'était jamais à la clinique à cette heure, accompagné de Mme Fedorovna. Porte close quelques minutes, qui s'ouvrit pour laisser le passage à un Molinas abattu marchant en tête d'une file indienne, encadré par les deux inspecteurs à un mètre de distance, qui semblaient protéger son ombre encore plus désolée que lui. Une messe basse avec Mme Fedorovna au centre du salon déclencha une série d'ordres que la Russe se donna à elle-même et donna à la demoiselle de la réception qui était de garde jusqu'à minuit. Elles partirent dans deux directions opposées et Carvalho vit que demeuraient, au centre du salon, les deux policiers, Molinas et Gastein, et peu après des portes s'ouvrirent et les pensionnaires commencèrent à monter les escaliers, tous convoqués à une réunion immédiate dans la salle des actes. Jusqu'aux jeunes Italiennes qui furent obligées de sortir de leur léthargie et arrivèrent en retard, mettant de l'ordre dans leur apparence d'animaux fatigués et somnolents.

M. Molinas prit la place occupée naguère par Juanito de Utrera, le *Niño Camaleón*, et s'adressa aux clients en espagnol, en anglais, en français et en allemand. Son message fut bref. Il fallait éclaircir certaines circonstances de la mort de mistress Simpson, et tant que durerait l'enquête policière et judiciaire, il était demandé aux clients et au personnel de ne pas quitter les Thermes. Les clients dont le départ était prévu dans les deux jours allaient devoir rester et les frais de séjour supplémentaires seraient pris en charge par la société Faber and Faber. M. Molinas souligna qu'il s'agissait là de mesures de simple routine, dont il ne fallait inférer aucune dérivation alarmiste de ce qui s'était passé et que les mêmes mesures auraient été prises de la même manière dans n'importe quelle situation semblable et dans tout autre lieu, éclaircissement énigmatique qui inférait de l'exceptionnel et dans les circonstances et dans le lieu au-dessous de tous soupçons. La police, ajouta Molinas, voudra poser des questions à notre clientèle et je vous demanderai de lui faciliter les choses autant que possible. Plus nous lui faciliterons les choses, plus vite l'enquête sera terminée. Après un silence général, un Allemand demanda si l'interdiction de sortir des Thermes devait être comprise dans son sens le plus géographique : interdiction de sortir des frontières physiques du centre de cure. En effet, confirma Molinas qui s'était institué porte-parole, demain, nous voulons espérer que cela se limitera à demain, personne ne sera autorisé à sortir des Thermes, ensuite il est possible que la limite géographique s'élargisse à la commune, mais il fallait s'attendre à une succession d'interrogatoires ininterrompue au moins pendant deux ou trois jours. Cette précision mobilisa les plus inquiets, qui se précipitèrent vers les téléphones pour prendre contact avec consulats et ambassades. Molinas essaya de les retenir et les supplia de retourner dans la salle de vidéo ou d'aller voir le match, puisque messieurs les Inspecteurs, eu égard à notre régime alimentaire spécial et au repos qui lui est indispensable, avaient remis au lendemain les interrogatoires, ce n'était pas la peine de déranger inutilement les consulats. Et puis, ce genre de démarche risquait de se retourner contre les pensionnaires, car la presse ne manquerait pas de s'emparer de l'affaire et se mettrait à vous harceler, ce qui n'était souhaitable pour personne.

Il se produisit un petit remous comme on en voit dans les aéroports, quand va partir le dernier avion, laissant à terre des passagers qui s'imaginent manquer le dernier vol possible, ou dans les gares, quand le train part et laisse sur le quai des gens qui fuient une terreur imprécise, qui courent, courent inutilement jusqu'au moment où le quai va disparaître sous leurs pieds. Pour un groupe de clients allemands en colère, auquel s'adjoignit le trafiquant d'antiquités ennemi de l'aubergine, les décisions prises étaient intolérables, elles lésaient leurs intérêts et ils réclameraient des dommages-intérêts. Carvalho étudiait la réaction du policier. Il paraissait ne pas prêter attention à ce qui se passait, son corps reposant sur une jambe, l'autre souple, les épaules abandonnées et le regard perdu dans un repli de sa pensée. Vint le moment où il sembla se fatiguer de la situation et il dit quelque chose que Molinas fut seul à entendre. Le directeur engagea une conversation inquiète avec le policier. Les expressions de l'inspecteur étaient lourdes de décision, de force, il mettait Molinas en demeure d'en finir avec cet état de fait ou bien il s'en chargerait personnellement. Il martela quelque chose à l'oreille de Molinas qui ne put faire autrement que répéter en différentes langues :

– L'inspecteur Serrano me demande ce que vous préférez : être interrogés ici, en poursuivant vos activités habituelles, ou bien à Bolinches, dans les locaux de la police ?

Serrano connaissait déjà la réponse. Il ne broncha pas quand les protestations redoublèrent, passage obligé avant que la majorité n'impose la modération et le respect des règles les plus tolérables. L'inspecteur se joignit au groupe de direction en repli vers ses locaux, sans regarder personne, réservant son regard de chasseur pour le moment où, chacun son tour, il les aurait à portée de fusil. Dès qu'ils furent sortis de la pièce, des groupes nationaux se formèrent, l'allemand d'abord, le plus nombreux, ensuite le belge, puis l'espagnol, suivi d'un sextuor français, d'un quintette suisse et des deux jeunes Italiennes. Molinas réapparut, vit le tour que prenaient les choses, s'adressa au groupe espagnol et l'exhorta plusieurs fois : aidez-moi, aidez-moi, aidez-moi, sans s'expliquer davantage, puis il passa sans transition auprès des autres groupes, où il distribua les sourires et les assurances. Non, messieurs, non. Il serait absurde de disperser nos initiatives. Je comprends votre nervosité, mais il vaut mieux que la direction des Thermes reste le seul intermédiaire officiel entre les clients et la police. De plus, annonça-t-il, MM. Faber ne vont pas tarder à arriver. Étant donné la situation, ils ont décidé de venir de toute urgence.

L'annonce de l'arrivée prochaine des frères Faber tranquillisa les Allemands et les Suisses ; en revanche, elle inquiéta davantage les Français et laissa les Belges indifférents, mais l'indifférence des Belges était peut-être conditionnée par la froideur de leur leader putatif, le général Delvaux, qui semblait planer au-dessus des contingences, tels les héros impassibles de la légende arthurienne. La première liaison internationale fut établie par Villavicencio qui, escorté du Basque, vint se planter devant le général et lui dit :

– En ces heures extraordinaires, il est nécessaire que des personnes comme nous, douées du sens de la discipline et du commandement, prennent leurs responsabilités et s'efforcent de prévenir l'hystérie des masses et ses effets irréparables.

En effet, répondit Delvaux, qui mit en branle sa tête entière pour souligner son approbation, en effet, *c'est extraordinaire, c'est extraordinaire**. Je reste à votre disposition pour toutes les initiatives que vous prendrez, mon général, ajouta Villavicencio, et il tourna les talons aussi sec, laissant le Basque traduire. Quand il fut revenu auprès du groupe espagnol, il fit part de ce qu'il venait de dire au Belge et ajouta : il fallait le faire. Presque tout le monde était d'accord, il fallait le faire, seuls les Catalans se montrèrent réticents, l'un d'eux alla même jusqu'à dire à voix basse que c'était « complètement débile », formule qui poussait aux limites de l'agressif la sensation que ce qu'avait fait Villavicencio était une bêtise dépourvue de sens commun. Mais le groupe espagnol ne se faisait aucune illusion sur l'éventualité d'une collaboration de ces Catalans renfermés sur eux-mêmes, qui, chacun était payé pour le savoir, ne s'occupaient que de leurs petites affaires et venaient au monde avec la ferme conviction, transmise chromosomiquement de père en fils depuis le dix-septième siècle, que tous les habitants du monde sitôt passé l'Èbre n'étaient que de sacrés flemmards et, au-delà des Pyrénées, des bandits.

Les frères Faber firent leur entrée aux Thermes au beau milieu de la matinée. Le plus grand, le plus gros, le plus chauve des deux marchait devant, suivi de celui qui avait l'air de son modèle réduit. Ils faisaient la tête requise par le caractère exceptionnel de la situation, mais se crurent obligés d'accentuer leur rictus d'inquiétude quand ils eurent pris la mesure de la secousse qui avait ébranlé l'établissement. Presque personne n'était allé à la pesée et la vie sociale était partagée entre les pensionnaires occupant les chaises longues de la piscine, répartis en cercles de causeurs nationaux, et ceux qui déambulaient autour des bureaux de la direction, où l'inspecteur Serrano, son second et une dactylo enregistraient les dépositions. L'arrivée de Hans et Dietrich Faber interrompit les interrogatoires et les deux policiers prêtèrent une oreille attentive aux remarques désapprobatrices que, très suavement, émettaient les grosses lèvres brillantes de Hans Faber, remarques fondées sur son désaccord quant à la décision d'enfermer les gens à l'intérieur des Thermes, comme si toute la clientèle était suspecte d'un crime. L'hypothèse même du crime n'était pas encore démontrée, croyait-il, et le seul mot qui lui venait à l'esprit quand il voulait qualifier ce qui se passait ici était : « Précipitation. » Serrano l'écoutait avec une attention exagérée et il prit son temps avant de se décider à répondre, utilisant Molinas comme interprète. Mme Simpson avait bel et bien été assassinée, elle ne présentait pas seulement une fracture à la base du crâne, mais d'autres traces de violence sur le corps, lesquelles ? – le moment n'était pas venu de le dire. Compte tenu de la configuration des Thermes, le problème était presque une variante du type exact du crime dans une chambre close, par conséquent, tant que tous les occupants de la maison n'auraient pas dressé un tableau approximatif de la situation de chacun et de l'ensemble au moment du crime, la logique voulait qu'ils demeurent à la disposition de l'enquête. Chambre close ? Depuis quand les Thermes sont-ils une chambre close ? C'est un endroit éloigné de tout centre habité, mais qui peut être rejoint facilement par la route et par les chemins de montagne. N'importe qui pouvait entrer et tuer mistress Simpson, et après s'évanouir dans la nature. Il y avait des chances que l'assassin se trouve déjà à des milliers de kilomètres de là.

– Chaque enquête correspond à un type de crime et le type de ce crime requiert que nous interrogions tous ceux qui se trouvaient ici au moment des faits. Je tâcherai d'accélérer le processus.

Faber sortit de sa bouche un atout énorme, en technicolor, brillant, définitif, cette fois en espagnol :

– Très prochainement, monsieur Serrano – vous vous appelez Serrano, n'est-ce pas ? –, vous recevrez un coup de téléphone directement du ministre de l'Intérieur avec lequel j'ai parlé ce matin avant de quitter Zurich. Comme vous le savez sûrement, notre clientèle compte plusieurs anciens ministres et des hauts fonctionnaires, y compris de l'actuelle Administration de l'État. J'espère que de notre mutuelle collaboration jaillira la justice dans toute sa splendeur et que notre établissement en subira le moins de dommages possible.

– J'ai déjà parlé avec le ministre, répondit Serrano, dédramatisant et le fait et la théâtralité avec laquelle Faber avait étalé ses pouvoirs politiques et administratifs. Monsieur le Ministre approuve les mesures que j'ai prises et l'esprit dans lequel elles ont été prises.

Faber ferma les yeux et tendit la main au policier.

– Dans ce cas, je ne veux pas m'immiscer dans votre travail. Plus tôt vous en aurez fini, mieux cela vaudra pour tout le monde.

Il changea de ton et de langue pour parler avec Molinas et le reste du personnel dirigeant puis prit la tête de la retraite de son équipe vers la salle de réunion de la direction. Faber discutait avec son frère et écoutait ses réponses comme s'il avait l'intention d'en tenir compte. Deux pièces se fermèrent. Dans l'une d'elles discutait la direction des Thermes, dans l'autre se poursuivaient les interrogatoires de routine des pensionnaires : connaissaient-ils mistress Simpson ? Quand l'avaient-ils vue pour la dernière fois ? Quelle révélation leur avait-elle faite pouvant avoir un rapport quelconque avec le crime ? Portait-elle des bijoux qui ne figuraient pas dans le maigre inventaire que la police leur montrait ? Puis une nouvelle se mit à circuler, que la chambre de mistress Simpson avait été retrouvée sens dessus dessous, le coffre-fort de l'armoire fermé mais vide. L'argent de mistress Simpson avait disparu, mais pas ses cartes de crédit ni les bijoux qu'elle portait quand on l'avait trouvée dans la piscine. Le vol, avancé comme mobile, ne concordait pas avec les circonstances du meurtre. À quel endroit ? Dans sa chambre, quand le voleur avait été surpris par mistress Simpson ? Comment l'assassin avait-il pu transporter le corps d'une chambre située au premier étage, à quatre cents mètres de la piscine, sans être vu et sans faire le moindre bruit qui aurait pu réveiller quelqu'un ou alerter le vigile ? De semblables controverses agitaient les cercles de discussion, tandis que restait seul, en plus des Italiennes, le mari de la Suissesse, écrasé par une intime mélancolie, étranger aux événements, assis dans un coin du salon pendant que sa femme picorait des bribes de conversation dans le groupe allemand ou suisse. Helda, l'infirmière, fut obligée de restaurer le rituel qui donnait son sens au séjour dans le centre en avisant les futures victimes des lavements que leur tour n'allait pas tarder et Mme Fedorovna incita la masseuse en chef à rappeler par téléphone les massages ajournés. La tendance à la normalisation s'imposait, surtout vu la rapidité, la simplicité des interrogatoires, au fur et à mesure que s'atténuait le souvenir traumatisant de mistress Simpson métamorphosée en cadavre dégoulinant recouvert d'une mauvaise couverture. La conscience que les gens avaient des Thermes était partagée en deux parties : dans une de ces parties, il y avait un établissement balnéaire proche et lointain à la fois, objectivable même comme bâtiment dans le paysage, où un crime avait été perpétré ; dans l'autre, c'était les mêmes Thermes de toujours, un lieu d'expiation décontractée, à la longue agréable, des péchés commis au préjudice du corps.

La mécanique interne de l'esprit tribal de presque tous ceux qui étaient isolés là les amenait progressivement à considérer l'affaire de mistress Simpson comme un épisode d'un feuilleton télévisé à l'intérieur duquel ils pouvaient se déplacer à la fois en spectateurs et en figurants et dont ils apprendraient la fin avant le reste du public de l'univers. La presse espagnole du matin donnait la nouvelle et mentionnait un accident, sans préciser le nom de l'établissement, et l'on spéculait parmi les pensionnaires sur la possibilité que la télévision en parle, et même que les caméras de la télévision soient déjà à la porte à attendre l'autorisation des frères Faber. Les interrogatoires ne répondaient à aucun ordre logique – classement alphabétique ou numérotation des chambres – et avaient toujours lieu en présence de Molinas, qui faisait office d'interprète. Mais, pour Carvalho, cet ordre revêtit un sens particulier et il fut convoqué le quinzième et premier parmi les Espagnols. Il l'avait pressenti et il avait l'intention de s'en tenir au comportement du patient ordinaire quand il entra dans le bureau, mais il lui suffit de voir le sourire du policier moustachu pour comprendre qu'il aurait du mal à y parvenir, et quand l'inspecteur Serrano demanda à Molinas de quitter la pièce, il comprit que ce serait impossible. Molinas se fit prier, mais Serrano allégua que M. Carvalho était un cas spécial et le directeur se rendit à cet argument. Serrano était assis de l'autre côté du bureau du directeur et ne le regardait pas, mais son second ne le lâchait pas des yeux.

– Voyez-vous ça. Qui aurait dit que nous allions trouver un collègue ici ?

Serrano laissa échapper un petit rire bref et il échangea un regard amusé avec son subordonné.

– Pas de fumée sans feu. Dès qu'on voit un détective privé, ça ne rate pas, il y a anguille sous roche. Peut-on savoir ce que fait un garçon comme vous dans un endroit pareil ?

– Santé. Je me refais une santé.

– J'ai votre dossier en tête. Ils me l'ont lu au téléphone depuis Barcelone et je vais le recevoir par télex. Vous êtes bien connu sur la place, mais il paraît que ça ne marche pas fort côté finances. Et cet endroit est cher. Ici, c'est même très cher de ne rien manger. Pouvez-vous vous offrir le luxe de cette absence de nourriture, monsieur Carvalho ?

– C'est vrai que je ne roule pas sur l'or, mais si je voulais, je pourrais me payer un manteau de vison, par exemple.

– Et pourquoi tu irais… ?

– Vous me vouvoyez, s'il vous plaît, jeta Carvalho, cinglant, au moustachu, adoucissant d'un sourire la sécheresse de son ton.

– Dis-lui vous, Paco, dis-lui vous. M. Carvalho est un client de la clinique parmi d'autres. Mais il a raison, que voulez-vous faire d'un manteau de vison ?

– Il existe des caprices plus chers.

– Autrement dit, vous êtes ici par caprice.

– Caprices… Manies… Je ne voudrais pas m'avancer, mais vous avez l'air d'un homme en bonne santé, vous avez un bon coup de fourchette, vous buvez sec mais votre santé est pourtant excellente.

– Exact.

– J'étais comme vous il y a vingt ans. Mais maintenant, je dois faire attention.

– C'est le premier fouille-merde que je rencontre

capable de foutre son pognon en l'air dans une maison de fous comme celle-là.

Carvalho examina le moustachu et adressa ses conclusions à Serrano.

– En revanche, votre ami n'a pas bonne mine. Il a l'air mince, mais il a les hanches larges et le ventre en avant. Il passe trop de temps assis.

Serrano ferma les yeux et sa mimique freina l'avance de son collègue vers Carvalho. Il avait toujours les yeux fermés quand il demanda :

– Jouez cartes sur table. Tôt ou tard, nous saurons, et ce sera tant pis pour vous. Vous avez un travail en train, ici ? Saviez-vous quelque chose pouvant amener à penser que mistress Simpson allait avoir des ennuis ?

– Non.

– Parlez-moi de ce qui s'est passé hier soir.

– De quoi ?

– De la tentative de vol dans la cuisine.

– Le colonel Villavicencio vous l'expliquera mieux que moi. C'était le chef du commando.

– De quel commando ?

– Le nôtre. Nous n'étions pas assez nombreux pour former une vraie patrouille, alors nous avons décidé d'être un commando. Ne vous en faites pas pour l'histoire d'hier soir. C'était un enfantillage, ni plus ni moins. Nous nous ennuyons énormément ici, nous réprimons l'agressivité dont nous n'avons pas réussi à nous débarrasser avant d'entrer, jusqu'au moment où nous trouvons un moyen pas méchant de l'extérioriser. Comme dans les prisons ou les casernes.

– Vous auriez monté à plusieurs une expédition nocturne pour vous emparer d'une pomme. Vous, monsieur Carvalho, vous vous seriez joint à cette expédition pour vous défouler. C'est difficile à croire.

– Ce qui est encore plus difficile à croire, c'est que l'expédition était dirigée par un colonel.

– Un ex-colonel.

– Un colonel sera toujours un colonel et un policier sera toujours un policier.

– Monsieur est philosophe.

– Du calme, Paco. M. Carvalho a été engagé par quelqu'un à la suite des tentatives de vol qui se sont produites ici. C'est le motif réel de votre séjour, pas vrai ?

– Non. J'étais déjà ici quand j'ai appris les tentatives de vol. J'étais presque à poil. Allongé sur une table et une masseuse essayait de me reconstruire le dos. C'est comme ça que j'ai appris les tentatives de vol. Et si j'étais venu à cause de menaces de vol, j'aurais été engagé par la société. Demandez à Molinas ou aux frères Faber.

– Je pense que je vais le faire. Et gare à vous si vous m'avez menti !

Il n'eut pas le temps de répondre. Un coup discret fut frappé à la porte qui s'ouvrit pour encadrer Molinas, décomposé.

– Je vous en prie, suivez-moi et ne dites rien. Je viens de découvrir quelque chose de terrible.

Il n'attendit pas la réponse et sortit en titubant, mais, apercevant un groupe de pensionnaires qui s'approchaient, il se reprit et marcha même avec une certaine gaieté. Les deux inspecteurs le suivaient et Carvalho se joignit à l'expédition spontanément ; apparemment, personne n'y prit garde. Molinas descendit au jardin, emprunta un sentier empierré qui conduisait à la piscine, fit un détour pour ne pas passer par le coin des baigneurs et parvint au petit bâtiment qui abritait l'appareillage d'épuration d'eau. À la porte du bâtiment se trouvait Gastein, définitivement démoli, comme un ange gardien qui sait qu'il ne garde plus rien, et il agit en conséquence : il s'écarta comme un automate et Molinas et son escorte entrèrent. De toute évidence, un corps humain pendait du tuyau supérieur, le plus solide, qui reliait la vidange de la piscine au filtre. Jamais le corps d'un pendu ne présente de posture élégante, bien qu'il y ait eu des pendus pour prier leurs bourreaux de veiller à leur aspect, une fois qu'ils seraient morts. Mais dans le cas du professeur de tennis, Carvalho aurait admis volontiers que son cadavre offrait un dehors élégant, celui d'un cadavre qui aurait pu être invité dans les meilleurs romans policiers, de par la belle allure de sa défaite contre les lois de la gravité, et même la petitesse et la franche couleur du morceau de langue qui sortait de sa bouche étaient admirables. Au moment où il jetait un coup d'œil un peu partout pour capter le moindre détail révélateur, le policier à la moustache se rendit compte de la présence de Carvalho. Ils eurent tous l'impression qu'il allait lui sauter dessus comme un chat mais son collègue l'arrêta en le retenant par le bras.

– Du calme, Paco, du calme. Je savais qu'il était venu avec nous.

Carvalho négocia la promesse de ne pas révéler la découverte qu'ils venaient de faire et les rares clients qui, ce matin-là, se plaignirent de ne pas trouver von Trotta à son poste s'entendirent répondre que le professeur était indisposé. Une fourgonnette vint de Bolinches prendre le corps et l'emporta par la porte située à l'arrière du parc. L'inspecteur Serrano la regarda partir en sifflant un air, les lèvres presque fermées, et en fourrageant dans les poches de son pantalon. Les Faber s'étaient retirés dans leur chambre pour s'arracher les cheveux qui leur restaient, Gastein échangeait des points de vue avec le médecin légiste, à l'abri des regards, dans le gymnase, et Carvalho suivit les policiers à la trace jusqu'à ce que Serrano parût se fatiguer de sa présence et l'incitât à s'en aller d'un mouvement de doigts.

– Vous pouvez partir maintenant. À l'heure qu'il est, ça n'a plus d'importance si tout le monde est au courant de ce qui s'est passé.

– Ce sera difficile de tenir les gens enfermés ici. On dirait qu'il y a une épidémie de crimes.

– Allez vous faire masser et fichez-nous la paix.

De retour dans le bâtiment principal, Carvalho se rendit compte aussitôt que les gens étaient sortis de leur passivité du matin et avaient retrouvé l'exaltation des meilleurs moments de la veille, juste après la découverte du cadavre de mistress Simpson. Maintenant, celui de von Trotta résolvait la question, selon l'opinion de M. Molinas, confiée à une avant-garde de clients. Un rapport inexplicable, inexplicable pour l'instant, unissait mistress Simpson et le professeur de tennis, quelque histoire ancienne et scabreuse qui avait dû inciter le professeur à donner la mort à la vieille femme et ensuite à se suicider. Tandis que des lèvres de Molinas fluait l'explication de la direction, un détachement de la garde civile était déjà arrivé dans le val du Sang, chargé de garder toutes les entrées – par là même éventuelles issues – des Thermes. Oui, vous êtes autorisés à téléphoner, – surtout depuis qu'une équipe spéciale d'écoute est installée dans une camionnette cachée sous les arbres du bois voisin. Serrano avait demandé une autopsie d'urgence et ce matin de bonne heure on saurait, pensa Carvalho, que von Trotta aussi avait été assassiné, ce qui bouleversera encore une fois l'humeur dominante, et le coin va se mettre à grouiller de policiers venus de Madrid. Ce ne fut pas Villavicencio qui fit courir le bruit qu'il s'agissait d'une provocation terroriste à mettre sur le compte de la série d'actions contre le tourisme que l'E.T.A. avait déclenchée aux approches de l'été. Mais le besoin où l'on était d'un ennemi venu de l'extérieur se matérialisa d'abord dans l'hypothèse terroriste, lourde de menaces, certes, mais offrant le mérite de blanchir la communauté tout entière. C'était l'explication irrationnelle la plus rationnelle possible et l'on avait besoin de cette explication irrationnelle raisonnable qui innocentait la communauté. L'après-midi, tout le monde avait appris le suicide de von Trotta et cette nouvelle laissa le temps aux esprits de s'adapter aux circonstances et de faire des projets pour la soirée : vidéo, télévision, bridge, lecture, conversation, projets par communautés nationales, non encore dissoutes, comme si persistait une méfiance de chacune des identités envers les autres, suspectes seulement parce qu'elles étaient autres. La majorité se cramponnait à l'explication de la direction, mais les spéculations allaient bon train, en dépit des efforts des frères Faber qui accompagnèrent ce soir-là Mme Fedorovna dans son circuit de stimulation des jeûneurs.

Moins habitués que la Russe à cette mission, les Faber portaient à son paroxysme leur amabilité envers la clientèle, et, pour ce faire, ils adoptaient une voix chantante, particulièrement désagréable en castillan, idiome peu propice aux assauts de politesse. Ils exagéraient aussi l'enthousiasme avec lequel ils débusquaient un client récidiviste, ou l'espoir qu'ils invoquaient pour encourager les débutants, surtout ceux qui étaient sur le point de quitter les Thermes et de se retrouver dans un monde plein de whisky étiquette noire, de vieux bourgognes et d'une cuisine sans autre objectif que l'obscénité du plaisir. La coutume voulait qu'à l'issue du jeûne et au commencement de la courte période de réadaptation à un régime mâchable, les pensionnaires reçoivent un diplôme dans la salle à manger normale et qu'on leur allume des bougies comme prix de leur persévérance à jeûner. Pour l'observance de ce rituel, Mme Fedorovna avait tout à fait attrapé le coup, mais les Faber ne l'accomplissaient que lors de leurs visites exceptionnelles ou de leurs tournées d'inspection et ils maltraitaient les petites bougies en les approchant maladroitement de leur briquet. Curieusement, aucun client, au long des nombreuses années passées depuis que Faber and Faber avait fondé sa succursale espagnole, n'avait protesté contre ce rite et n'avait dénoncé l'esprit véritable de cette scène, voisin du ridicule, et son sentiment d'assister à une comédie mal interprétée. On soupçonnait pourtant les clients d'un certain âge venus d'Europe centrale et les Français d'accepter de bon gré cette commémoration et de garder pour le reste de leurs jours le diplôme reconnaissant leur aptitude au jeûne. En même temps que le diplôme, chacun recevait une table des calories, qui, pendant quelques semaines, celles que duraient les bonnes résolutions, allait devenir leur compagne inséparable. À la moindre offre d'un aliment quelconque qui leur était faite, les clients frais émoulus des Thermes la sortaient de leur portefeuille, comme un calendrier de poche ou une machine à calculer japonaise, et, après avoir constaté que dix olives fourrées faisaient plus de cent vingt calories, ils pouvaient choisir de les manger ou non en connaissance de cause. Quelques recettes et un programme alimentaire hebdomadaire – concocté par des individus persuadés que leurs clients étaient sortis avec un palais blindé jusqu'à la fin de leurs jours et déprogrammé à tout jamais du *confit d'oie** ou de l'agneau basquaise – complétaient la documentation. Mme Fedorovna s'était composé un personnage de missionnaire décontractée que ne réussissaient pas à interpréter les frères Faber, qui ressemblaient plutôt à des distributeurs de tracts des Témoins de Jéhovah.

D'après le tableau d'affichage des activités de la semaine, ce soir-là Gastein devait faire une conférence intitulée « Plaisir sensoriel et alimentation rationnelle », mais, seules à répondre à l'appel, les sœurs allemandes transformèrent la causerie en une agréable discussion sur les qualités nutritives de la pomme de terre et le bas indice calorique des saucisses de Francfort par rapport aux autres charcuteries fraîches du même acabit. Les sœurs allemandes adoraient les pommes de terre et les saucisses et elles essayaient d'arracher au docteur sa bénédiction pour pouvoir continuer à en manger une fois parties du centre. Cela dépend de la quantité, répondit Gastein, bien que les saucisses de Francfort contiennent des additifs de conservation et des stabilisateurs de couleur indispensables à leur fabrication dont la toxicité n'a toujours pas été vérifiée. La causerie informelle de Gastein fut interrompue par un appel urgent à la réception. Carvalho s'était laissé avaler par un fauteuil holothurie et dans un fauteuil jumeau, à côté de lui, était venu s'asseoir Sánchez Bolín, désireux qu'il lui fasse un résumé de la situation.

– Je passe mes journées dans ma chambre, à écrire.

– Vous avez raté une de ces expériences humaines qui ne se rencontrent que rarement dans la vie.

– J'aime mieux inventer mes expériences humaines.

– Vous vous servez des résidus de ce que vous avez vécu pour écrire ?

– J'écris parce que j'imagine tout ce que je n'ai pas vécu. C'est pourquoi j'ai tant d'imagination.

– Il y a déjà deux cadavres.

– Intolérable. Les romans policiers les plus bêtes ne se permettent plus aujourd'hui d'avoir plus d'un cadavre. C'est comme dans les familles. On ne voit plus que des enfants uniques. Deux cadavres, c'est presque invraisemblable, littérairement parlant. Mais dans la réalité, n'importe quoi peut arriver. L'homme au survêtement n'a toujours pas été tué ?

– Ce sera peut-être pour la prochaine fois.

– Prévenez-moi le moment venu, si cela ne vous dérange pas.

L'écrivain retourna dans sa chambre, mais Carvalho se rendit à peine compte de sa disparition. Il était beaucoup plus intéressé par le brusque départ de Gastein. Le verdict de l'autopsie était sûrement tombé et Gastein devait avoir maintenant la certitude que von Trotta ne s'était pas pendu. Les deux personnes les plus isolées, les moins sociables, tant dans la clientèle que dans le personnel, avaient été éliminées. On disait de von Trotta que la direction ne savait pas comment s'en débarrasser. Son manque de largesse tennistique n'était pas une volonté d'élégance, mais un signe de vieillesse, et les plaintes de clients peu stimulés par la frappe élégante du vieil homme pleuvaient. Carvalho entendait les critiques que cette clientèle choisie faisait sur le personnel à son service, et ces commentaires étaient sans doute communiqués par écrit à l'administration, dont c'était le rôle d'éliminer les incompétents. Fruit de la sélection des espèces, les forts consacraient une bonne partie de leur énergie à traquer les faibles pour les exterminer, effrayés peut-être que ces faibles ou ces incapables s'unissent entre eux, ou qu'ils ne réfléchissent une image qui puisse remettre en question les capacités qui avaient fait d'eux des forts et des élus. Carvalho possédait encore cette pudeur prolétaire qui consiste à ne pas juger trop durement les perdants, mais il vivait dans un monde d'enfants gâtés où l'on jouait plusieurs fois par jour à demander à César de ne pas avoir pitié des gladiateurs vaincus. En tout cas, quel que fût le nombre de critiques qu'avait suscitées le vieux professeur, quelque sérieux que fussent les désirs de la direction de s'en débarrasser, ce n'était pas là des motifs assez puissants pour que les clients, en particulier les P.-D.G. de Düsseldorf et de Cologne, ou la direction l'étranglent. Surtout compte tenu des facilités de licenciement que l'administration avait obtenues dans la dernière convention collective, signée dans un climat psychologique de situation limite, en une période où pesait sur les travailleurs des Thermes la menace d'un réajustement d'effectif. La difficulté de licencier von Trotta, avait révélé le Basque, vieux client, à Carvalho, venait de ce qu'il avait été attaché à la société depuis sa création, au point qu'on le supposait lointain parent soit des Faber, soit de la direction commerciale ou technique.

Une heure plus tard, le temps qu'il fallait à un véhicule pour venir de Bolinches par une route qui tournait beaucoup, se présentèrent aux Thermes quatre gardes assermentés, équipés de radio-émetteurs portatifs, chargés de surveiller toute la nuit l'intérieur des bâtiments et le parc. Serrano avait proposé de faire appel carrément à la garde civile, mais les Faber la trouvaient trop voyante. Carvalho monta à sa chambre, surexcité et agacé par sa position de témoin passif des événements, et il constata une fois de plus que le jeûne donne des insomnies. Sur cette constatation, le téléphone sonna et il reconnut la voix de M. Molinas déversant une cascade d'excuses avant de l'inviter à se rendre dans son bureau. L'établissement thermal dormait, les couloirs dans la pénombre, les grappes de bouteilles d'eau minérale qui jalonnaient le parcours de Carvalho vers le hall dormaient aussi, et du parc montait une forte odeur de romarin, luttant avec le parfum de persil que la clinique essayait d'expulser de ses murs pendant la nuit. Dans le bureau l'attendaient Molinas, pas rasé, fripé, et Serrano qui somnolait, écroulé sur un canapé, mais un œil entrouvert fixé sur Carvalho.

– Monsieur Carvalho, c'est très aimable à vous, excusez-moi de vous avoir appelé si tard, mais la situation est grave. Très grave. Nous avons reçu le rapport d'autopsie de von Trotta. L'asphyxie est à l'origine de la mort, effectivement, mais il ne s'est pas pendu. Il a été étranglé.

Le mot agit par contagion sur sa voix, et sa phrase s'acheva en râle.

– Je n'en suis pas surpris.

Serrano était sorti brusquement de sa somnolence et s'était levé d'un bond pour attaquer la discussion avec Carvalho.

– Je n'ai pas une grande expérience des pendus, mais à en juger par l'endroit où a eu lieu cette pendaison, il me semble que c'est le dernier qu'aurait choisi un pendu sincère. Il y a trop de tuyaux de chaque côté. Le corps n'avait pas la place de se balancer.

Serrano tendit un doigt vers le devant de la chemise de Carvalho et il y donna plusieurs petits coups.

– Très observateur. Vous vous payez du bon temps ici. On vous a monté un spectacle sur mesure.

– Ah ! Carvalho, nous voudrions vous demander un service.

– Pas moi.

– Pas vous, bien sûr. C'est un service que vous demandent les frères Faber. Vous êtes du métier et en même temps vous êtes client ici. Cela vous permet d'observer ce qui se passe d'un point de vue privilégié et d'être au courant de ce qui se dit, de ce qu'on raconte parmi les pensionnaires. Nous voudrions que vous nous aidiez pendant l'enquête, sans vous faire trop remarquer. Je ne sais pas si vous comprenez ce que je veux dire.

– Qu'il soit bien clair entre nous que c'est une demande irrégulière, presque illégale, dont je ne veux rien savoir.

Carvalho semblait contrarié.

– Vous comprenez, monsieur Molinas, que je ne peux accepter votre proposition si la police est contre.

– Je n'ai pas dit non plus que j'étais contre. Je ne veux pas le savoir.

– Nous vous donnerons les facilités nécessaires pour que vous puissiez travailler, mais il est évident que la direction de l'enquête reste entre les mains de l'inspecteur Serrano.

– Il s'agit bien d'un travail que vous voulez que je fasse ?

– Absolument. Nous avons pensé à une espèce d'échange de bons procédés. En paiement de vos services, si je peux me permettre d'appeler ainsi votre collaboration, considérez-vous comme l'invité des Thermes.

– Je préfère une invitation dans un bon restaurant. Je n'aime pas l'idée d'être invité à jeûner. Je vous appliquerai mes tarifs et, si cette petite plaisanterie ne dure pas trop longtemps, vous vous en sortirez pour moins cher.

– Le moment est bien mal choisi pour discuter d'argent ! Faites comme vous voudrez.

– Avant toute chose, je veux que votre collègue, le moustachu, soit plus aimable avec moi.

Serrano haussa les épaules et retourna à son canapé et à sa demi-somnolence.

– J'ai besoin aussi de savoir tout ce que vous avez appris jusqu'à présent sur mistress Simpson et sur von Trotta.

– Nous avons demandé des renseignements à Interpol et à leurs ambassades respectives. Nous savons pour l'instant que mistress Simpson était veuve et qu'elle avait gardé le nom de son mari. Elle n'était pas américaine d'origine. Elle avait la nationalité, mais elle était née en Europe.

– Le monde a beau tourner, on en revient toujours à cette vieille Europe. Mais c'est très grand, l'Europe. Elle venait d'où exactement ?

– C'est là que les choses se compliquent. Elle disait qu'elle était née en Pologne, mais rien n'est moins sûr. Sa déclaration de nationalité date d'après la guerre.

– Mistress Simpson parlait le russe.

– Comment le savez-vous ?

– Je l'ai entendue parler russe une fois.

– Beaucoup de Polonais savent le russe, pour des raisons de frontière, de profession, d'influence culturelle.

– Et von Trotta ?

– Cela paraît incroyable, étant donné le nombre d'années pendant lesquelles il a travaillé aux Thermes, mais nous en savons moins sur lui que sur le dernier de nos clients.

Carvalho mit dans sa poche un passe-partout qui lui permettrait d'aller et venir dans l'établissement à n'importe quelle heure tout en échappant à la curiosité des vigiles. Molinas l'avertit que, dès le lendemain, serait installé provisoirement un circuit fermé de télévision destiné à accélérer l'enquête autant que possible. Retournant chez lui, il longeait les couloirs lorsque, débouchant dans celui où était sa chambre, il crut voir et, effectivement, vit une forme humaine devant une porte. C'était Helen, la Suissesse, vêtue d'un pyjama vaporeux, le corps pour moitié dans sa chambre, pour moitié dans le couloir, abritée derrière sa porte qu'elle tenait comme un bouclier pudique, un sourire aux lèvres, la voix presque inaudible.

– Qu'est-ce qu'il se passe ?

– Rien. Vous avez des insomnies ?

– Oui. Je ne peux pas dormir. Et puis mon mari va tellement mal.

– Qu'est-ce qu'il lui arrive ?

– Il a eu une crise de nerfs et on lui a administré un sédatif. Entrez, vous verrez.

La porte s'ouvrit en grand et Carvalho suivit ce corps qui sentait l'animal tiède. Sur l'un des deux lits de la chambre, le géant suisse dormait, mais il avait encore des larmes au creux des cernes et sur les joues. Helen restait debout mais comme recroquevillée, les yeux baissés.

– J'ai peur.
– De quoi ?
– Il se passe des choses terribles.
Helen se jeta sur Carvalho, le serra dans ses bras et posa ses lèvres sur les siennes pour les retirer aussitôt.
– Je ne vous embrasse pas parce que ça donne mauvaise haleine de jeûner.
– Moi, j'ai toujours très bonne haleine.
– Partez, partez, je vous en prie.
Une plainte s'échappa des lèvres du mari, comme s'il rêvait de la simple éventualité de l'adultère, et Carvalho sortit à reculons, pour ne pas perdre le couple de vue. Mais l'homme continuait à dormir et elle semblait surtout inquiète de cacher de ses mains l'évidence de ses seins dorés et réveillés sous son pyjama transparent. Revenu dans sa chambre, Carvalho décida que le sommeil, s'il le voulait bien, devrait s'emparer de lui à bras-le-corps et non dans la triste position du dormeur dédaigné. Il sortit sur la terrasse et alluma un Cerdán, le premier cigare qu'il fumait depuis son entrée au centre, quand Mme Fedorovna l'avait prévenu qu'il était absolument interdit de fumer à l'intérieur des Thermes. C'est une transgression moins grave qu'un assassinat, mais le bout de son cigare allumé offrait une cible parfaite aux menaces des alentours. À intervalles réguliers, les vigiles passaient sous la terrasse et arpentaient sans arrêt le jardin jusqu'à l'orée du bois. Mais Carvalho et les vigiles ne sont pas les seuls à veiller. À la porte du cabinet de consultation donnant sur le jardin se tenait Gastein, sa blouse blanche dénoncée par la lune comme un feu follet. Il ne bougeait pas. Il semblait méditer ou contempler obstinément un lointain qui prenait fin au pavillon des boues. Son corps réclama son lit, Carvalho entendit son appel, et dès qu'il fut allongé entre les draps, il s'endormit. Il se réveilla avec la sensation qu'il venait juste de se coucher et qu'il avait quelque chose d'urgent

à faire, mais rien n'était urgent aux Thermes et il refit les gestes de tous les jours : uriner, se brosser les dents, enfiler un slip, un peignoir et prendre le passeport où seraient consignés poids et tension, sortir et se diriger vers le palier où les pensionnaires attendaient la pesée dont était responsable frau Helda, l'infirmière de l'étage.

Normalement, c'était un de ces moments d'ennui et de calme où l'on n'échange que les saluts strictement nécessaires et où l'on discute du temps qu'il fait, à la rigueur, de ces nuages qui arrivent toujours par l'ouest et donnent l'impression passagère qu'il fera mauvais ; ou bien, avant ou après la pesée, un client plus extraverti que les autres exprime l'angoisse que provoquent en lui sa prise ou sa perte de poids et s'abandonne au diagnostic du premier venu, comme si de son opinion dépendait qu'il grossisse ou maigrisse. Mais aujourd'hui, les gens parlent et surtout écoutent un client allemand habitué à être écouté et qui dit ce qu'il pense. Il analyse la situation et la gravité d'une immobilisation qui porte atteinte non seulement à ses intérêts mais aussi à sa santé. Le jeûne par le système Faber requiert un état de tranquillité suprême pour l'esprit. Quelle tranquillité d'esprit peut-on avoir quand on est menacé par un meurtrier à l'affût ? Quelle confiance peut-on avoir dans la police indigène qui a démontré à l'Europe entière son inefficacité dans la lutte contre le terrorisme et maintenant règle la question en transformant les Thermes en camp de concentration ? Et même si l'explication de tout ce qui est arrivé n'est pas le terrorisme, il y a bien eu crime, deux crimes, et il s'agit de savoir qui a potentiellement le plus de chance de les avoir commis, sûrement pas une clientèle qui se caractérise par sa respectabilité tant dans l'établissement qu'au-dehors. Permettez-moi de me présenter, je m'appelle Klaus Shimmel, je dirige une affaire de papiers peints, je suis le dernier rejeton d'une véritable dynastie d'industriels qui remonte à mon arrière-grand-père, le meilleur staffeur d'Essen. Combien y a-t-il de gens comme moi, ici ? Si chacun de vous racontait son histoire, nous aurions un panorama de ce qu'il y a de plus solide, de plus solvable et de plus digne en Europe, l'Europe qui travaille et qui se développe en dépit des difficultés intérieures et extérieures. Est-ce que nous méritons d'être traités comme des moutons, est-ce qu'on peut se permettre de nous imposer une situation que nous n'avons rien fait pour créer ?

L'industriel d'Essen fut dépossédé du premier rôle par le mari de Helen. Celui-ci avait écouté le speech en approuvant de la tête, mais il venait de se lancer dans une envolée et occupait le devant de la scène avec une véhémence proche de l'incohérence. Nous sommes cernés, entourés de salopards qui veulent nous tuer parce qu'ils nous envient, ils envient tout ce que nous avons, notre argent, notre culture, nos femmes, et ils veulent nous les prendre. Assez de passivité. Il faut forcer le siège par n'importe quel moyen et nous retrouver enfin en sécurité chez nous. Au beau milieu de son discours, les femmes de ménage passèrent, chargées de pyramides de linge blanc, et l'orateur les désigna d'un doigt accusateur : c'est parmi ceux-là qu'il faut chercher, c'est parmi ceux-là que se trouvent les assassins, quelle raison avons-nous de nous tuer entre nous ? En dépit de sa véhémence, qui rendait moins crédible son raisonnement, ce dernier argument fut approuvé par la majorité des assistants. Évidemment, si mistress Simpson n'avait pas été assassinée par le terrorisme politique, ce ne pouvait être que le terrorisme économique. Les terroristes politiques portent un uniforme moral et esthétique, pas les terroristes économiques, et encore moins dans des pays attardés et remplis de chômeurs comme l'Espagne, l'Italie ou le Portugal. Pourquoi les enquêteurs ne cherchent-ils pas de ce côté-là ?

Les sœurs allemandes approuvaient en chœur tout ce qui était dit avec un talent polyphonique d'anciennes petites filles prodiges de la famille Trapp et l'une d'elles, l'aînée, proposa de désigner une délégation représentant toutes les communautés étrangères pour faire pression sur la police et la direction. L'industriel d'Essen ne fut pas d'accord. Étant donné que l'initiative avait été prise par le groupe allemand, auquel se joignait ardemment notre ami suisse, nous sommes en droit de constituer notre propre délégation, les autres n'ont qu'à s'arranger entre eux. En effet, le comportement des Français et des Belges s'était révélé bien passif et on ne pouvait pas compter sur les autres. Sur ces entrefaites, Sullivan arriva, traînant son long squelette, et il fut un moment sans comprendre ce qui se passait. Carvalho lui fit un résumé.

– Par la pureté de la race, vers l'innocence congénitale. Ils sont allemands et riches et par conséquent innocents. Bientôt les Français, les Belges vont découvrir la même chose et le cercle autour des délinquants, des assassins, se resserrera encore.

– Assassins ? Mais ce n'est pas ce von Trotta, ce vieil enculé, qui a tout manigancé ?

– Non. Von Trotta aussi a été assassiné.

– Eh bien, il va falloir que nous fassions quelque chose, nous aussi.

– Qui ça, nous ?

– Les Espagnols, tiens ! S'ils commencent à vouloir jouer les nationalistes, moi je ne me laisserai pas marcher dessus.

– Ils soupçonnent le personnel de service.

– On pourrait commencer par là, il y en a quelques-uns qui ont l'air de débarquer de leur montagne avec la pétoire dans leur panier. Et ce Serrano, celui de la police, il sait ce qui se passe ?

– Il s'imagine qu'il le sait. Mais il a plus peur que

nous tous réunis que l'affaire ne le dépasse et à l'heure qu'il est il doit subir toute sorte de pressions de la part de la direction, de la police, des diplomates pour que ce mic-mac soit éclairci le plus tôt possible.

– J'espère qu'ils ne vont pas m'empêcher de partir samedi. S'ils essayent, je leur trouverai un assassin et je leur dirai : envoyez donc celui-là au trou et chacun chez soi. Après, ils n'auront plus qu'à se débrouiller entre eux.

Vint le tour de Carvalho de se faire peser et Helda le reçut avec ses bonjours et ses plaisanteries habituelles. Voyons, voyons ce poids. Combien de whiskies avez-vous bus hier soir ? Bien. Bien. Vous n'avez pas beaucoup perdu, mais avec le climat qui règne ici, l'organisme ne répond pas au traitement comme il le faudrait et les nerfs retiennent des liquides.

– Curieuse, l'histoire de von Trotta.

– Ne m'en parlez pas. Je n'ai pas fermé l'œil de la nuit. Un geste incompréhensible. Cet homme si, si…

– Élégant.

– Élégant, c'est le mot.

– Mais on sait maintenant que von Trotta ne s'est pas tué. On sait qu'il a été assassiné.

C'est à peine si Helda crut devoir se montrer surprise. À peine un hochement de tête et un ah, oui ? qui ne distrayait pas l'attention avec laquelle elle surveillait les tressautements de l'aiguille qui enregistrait la tension de Carvalho.

– Votre minimale a beaucoup baissé. C'est bien. C'est très bien. Je ne crois pas que vous fassiez de l'hypertension chronique, mais vous êtes arrivé ici en très mauvais état. Une fois dehors, surveillez votre tension aussi souvent que possible, il y a des appareils dans les pharmacies, maintenant, qui marchent avec des pièces et qui prennent la tension parfaitement.

– Vous aviez l'impression qu'il y avait une relation quelconque entre von Trotta et mistress Simpson ?

– Moi ? Pourquoi ? Von Trotta travaillait déjà ici avant mon arrivée et, pour mistress Simpson, je crois que c'était la quatrième année qu'elle venait. Cette histoire est tellement absurde, tellement inexplicable.

– C'était une cliente difficile ?

– Mistress Simpson était une cliente exigeante, mais pas difficile. Exigeante envers les autres et envers elle.

– Mais elle ne se gênait pas pour réclamer. Je l'ai vue moi-même se disputer avec quelqu'un de la direction.

– Il fallait savoir la prendre. Ici, chaque client est aimable et gentil jusqu'à ce qu'il démontre le contraire. Le matin, avec votre peignoir, vous vous ressemblez tous. Mais c'est un faux uniforme. Vous laissez vos problèmes dehors, pour plus tard, seulement pour plus tard.

– Quels problèmes ?

– Les gens qui n'ont pas une angoisse réelle s'en inventent une, monsieur Carvalho. Vous ne croyez pas ?

– C'est possible.

Carvalho sortit avec son passeport en règle et trouva Sánchez Bolín seul dans la salle d'attente.

– Qu'est-ce qu'il se passe ? Ils évacuent les Thermes ?

– C'était plein de monde il y a cinq minutes.

– Eh bien, quand je suis arrivé, ils partaient tous en file indienne, conduits par cette espèce de fou, le mari de la pin-up. Du nouveau ?

– Von Trotta a été assassiné.

– Qui est-ce, celui-là ? Il a quelque chose à voir avec la cinéaste allemande ?

– Je ne crois pas. C'est le professeur de tennis.

– Mon Dieu, le pendu ! Non content de se pendre, il a trouvé le moyen de se faire assassiner.

Sánchez Bolín partit pour apprendre quelque chose de plus sur lui-même, à savoir le poids qu'il pesait ce matin-là, et Carvalho partit vers le bureau du directeur. La délégation allemande s'y trouvait déjà, dirigée tantôt par l'homme d'affaires d'Essen, tantôt par le Suisse, dont l'assurance se décomposait et explosait en stridences hystériques au fur et à mesure qu'ils avançaient. En revanche, l'honorable commerçant dominait la situation avec une poigne de fer, dont ses compatriotes, qui commençaient à voir dans le Suisse une gêne plus qu'une aide, lui étaient reconnaissants. Carvalho chercha Helen dans le groupe, mais elle n'était pas là. Elle était restée à l'écart et se mordait le bout des doigts en regardant obstinément son mari, comme si elle avait voulu lui envoyer un message télépathique qu'il ne pouvait ou ne voulait pas recevoir. Le tumulte allemand avait rameuté toute la population de l'établissement, d'autres groupes se formèrent à bonne distance, d'abord, et se mirent à critiquer le comportement des Allemands, puis à le comprendre de mieux en mieux, enfin à se convaincre que si les Allemands eux-mêmes, gens froids et raisonnables, réagissaient de cette manière, c'était qu'il y avait une bonne raison et qu'il était nécessaire de s'engager. Molinas vint à la porte et leur demanda de former une délégation, qui se composa finalement de l'homme d'affaires, d'une des sœurs allemandes et du joueur de tennis qui, chaque matin depuis qu'il était là, avait essayé de démolir von Trotta. Le Suisse ne put supporter d'être exclu de la délégation qui allait négocier. Il s'écarta du groupe et se mit à vociférer des insultes contre tout le monde, à trépigner, à lancer des coups de poing dans le vide pour finir par tomber par terre en se tordant et en bavant. Il ne faisait aucun doute qu'il s'agissait d'une crise d'épilepsie et, dans le cercle des spectateurs, Helen se détachait, sautillante, s'approchant parfois sur la pointe des pieds du corps contorsionné de son mari, d'autres fois reculant et cherchant refuge parmi les badauds. Carvalho essaya d'imposer sa voix pour que quelqu'un lui entrave la langue, mais ce fut peine perdue, et il se précipitait vers le Suisse avec la ceinture de son propre peignoir à la main quand Helda arriva en courant, en tête d'un peloton sanitaire dont faisaient partie Gastein et le plus costaud des masseurs. Ils entourèrent le corps du Suisse, lui introduisirent dans la bouche un objet métallique qu'il ne pourrait pas avaler et qui en même temps l'empêcherait de se mordre la langue et, tandis que les hommes le tenaient, Helda fit une piqûre de calmant dans ses fesses blanches en forme de poires couvertes de boutons et de cabalistiques tracés velus. Ils mirent ensuite le corps sur un brancard qui s'en alla à toute vitesse vers l'ascenseur escorté du commando médical et de Helen.

Carvalho profita de l'affolement pour s'introduire dans le bureau utilisé par la police. Serrano y était. Il écoutait un programme de radio sur un petit transistor.

Oui. Il était au courant de ce qui s'était passé dehors. Mais il restait attentif à l'émission qui traitait du problème de la lutte contre la drogue et de l'action de la police espagnole dans ce domaine. De temps en temps, Serrano lui faisait un clin d'œil et murmurait : Mensonge, rien que des mensonges. Ils nous donnent cent pesetas de budget et ils veulent qu'on leur mette Al Capone en prison tous les jours. Il y avait un contraste total entre le langage érudit, conventionnel, cérémonieux, employé par les policiers, les fonctionnaires du ministère de l'Intérieur, les psychologues et l'animateur qui dirigeait l'émission et les jurons que Serrano semblait s'adresser à lui-même, et à Carvalho par la même occasion. Le policier se lassa d'écouter des choses qui ne le convainquaient pas et il coupa la voix du transistor.

– Sottises. Discours. Blablabla. Moi, j'ai travaillé sur la drogue pendant trois ou quatre ans et je sais ce qu'il en est. On se casse le cul à leur faire des chatouilles, et ça les fait rire, c'est tout ce que ça leur fait. Mais on obtient des résultats, petits, inutiles, mais des résultats, alors ils t'appellent et ils te disent : Très bien, Serrano, encore une saisie comme ça ce trimestre et on parlera de cette brigade. Moi je savais comment ils opéraient tous. Les dealers. Les shootés. Les putes droguées, filles ou garçons. Je connaissais mon terrain comme ma poche. Comme si j'avais tout arrangé à l'avance. Ils se comportaient tous comme je l'avais prévu.

– On dirait que vous regrettez ce temps-là.

– Oui. Un policier doit connaître ses limites et ne doit pas aller au-delà. On nous donne une portion de territoire et c'est à nous de la travailler. Le reste du monde ne dépend pas de nous. Et le sort des gens avec lesquels nous sommes en rapport, pour le meilleur ou pour le pire, non plus. Ils sont ce qu'ils sont et ils seront toujours ce qu'ils sont, quoi qu'on fasse. Vous comprenez ? C'est pour ça qu'après un interrogatoire un policier peut allumer une cigarette tranquillement et la partager avec le pire des assassins. Après l'interrogatoire, les deux types ont fait ce qu'ils avaient à faire et ils ne doivent plus avoir peur l'un de l'autre.

– Même pas après un passage à tabac ? Vous croyez que celui qui a reçu la raclée ne hait pas le type qui l'a tabassé ?

– Non. Ça dépend du bonhomme. Moi, je n'étais pas encore là à l'époque politique, quand on cognait sur les politiques. Je n'ai eu affaire qu'à des dealers, et ceux-là, quand on leur a refilé deux baffes, il n'y a plus personne. Bon. Trêve de nostalgie. Qu'est-ce qu'il se passe ici ?

– Ces gens n'entrent pas dans votre règle du jeu, Serrano. On ne vous a pas encore dit que vous ne saviez pas à qui vous parlez ?

– Si.

– Eh bien, ça devient un cri de ralliement dans tous les Thermes. Ils se mettent tous à dire : vous ne savez pas à qui vous parlez.

– J'obéis aux ordres et j'ai un moyen de calmer les esprits pour un moment. Mais je préfère attendre encore un peu, jusqu'à l'arrivée des renseignements sur les deux refroidis. Il ne faudrait pas que le remède soit pire que le mal. Cette histoire n'intéresse personne, mon vieux, mais le ministre ne veut pas d'une interpellation parlementaire pour un détail. Si les députés se mettaient la langue où je pense, j'aurais liquidé tout ça en deux temps trois mouvements.

– Vous avez la biographie de tous ceux qui se trouvaient dans les Thermes la nuit où la vieille a été tuée ?

– Celles des Espagnols, oui. Pour les étrangers, c'est incomplet.

– Quelque chose d'intéressant ?

– Il y a de quoi donner à réfléchir. Quelqu'un à qui faire porter le chapeau, si besoin est. Mais il faut attendre.

Il ralluma son transistor. Le débat était terminé. Carvalho se rendit à la réception. Les voix altérées de la délégation allemande discutant avec Molinas parvenaient jusque-là. Les Belges attendaient leur tour, mais Delvaux n'avait pas pris la tête de la délégation. Il se cantonnait à l'arrière-garde, épaulant l'action, en réserve, conscient du supplément de transcendance que représenteraient ses étoiles jetées sur ce tapis-là. Les Espagnols étaient réunis dans le salon de télévision, lui apprit Mme Fedorovna, comme pour dire : eux aussi. Ils étaient tous là, même Sánchez Bolín, attentifs au discours qu'était en train de prononcer un Catalan, Colom, un automnal aux cheveux teints avec les favoris soigneusement blancs. Il avait le bronzage annuel du Club Natación Barcelona et un abdomen contenu par trois massages hebdomadaires à longueur d'année, un manuel, un autre aquatique et un troisième lymphatique. Il essayait de dire, sans vouloir déranger personne comme il le répétait sans cesse, qu'il ne marchait pas, qu'il ne voyait pas pourquoi il devait se mettre dans une bande avec qui que ce soit. La plupart des Catalans partageaient son opinion, aussi bien les femmes obèses et solitaires que les hommes mûrs et luisants qui considéraient leur séjour aux Thermes deux fois par an comme leurs seules vacances, insistaient-ils, mes seules vacances, voulant par là impressionner les autres Espagnols qu'ils imaginaient peu enclins au travail ou, à la rigueur, pas aussi enclins au travail que les Catalans, troisième peuple travailleur du monde, après les Japonais et les Américains.

– Sans vous déranger, hein ? Sans déranger personne, hein ? Mais ce sont des choses que chacun doit faire comme il le sent. Je ne veux pas dire que je me sens différent de vous autres, hein ? Mais chacun fait comme il veut et à quoi ça va nous servir de faire *ximple*, pardon, de faire simple, de manifester comme des ouvriers du bâtiment et d'embêter ce pauvre M. Molinas, pauvre homme, qui se retrouve avec cette catastrophe sur les bras ? Et puis on ne gagne rien à faire du remue-ménage. On peut parler, on peut se comprendre, mais que chacun se gratte où ça le démange, personne n'ira le gratter à sa place. C'est une façon de parler, hein ? Et je respecte toutes les positions, toutes, hein ?

– Il ne s'agit pas de créer un mouvement subversif, Colom, bon sang ! Mais le fait est que tout ce qui respire ici s'est organisé pour en finir le plus tôt possible avec cette histoire et nous ne pouvons pas être les derniers à nous remuer.

– Et même si nous étions les derniers, colonel, quelle importance ? Et si les autres gagnent quelque chose en provoquant un esclandre, eh bien, nous en bénéficierons.

Une dame née à Madrid, mais élevée à Tolède, comme elle se plaisait à l'annoncer tout de go à qui voulait l'entendre, puisa quelques pensées dans la corniche cantabrique de ses seins et, entre des soupirs étouffés, se lança dans l'arène dialectique :

– Eh bien, moi, je ne suis pas du tout d'accord avec vous, Colom, mais alors pas du tout, du tout.

– Bon. Je ne cherche à influencer personne, hein ?

– Mais, alors, du tout, Colom, mais alors du tout… et ce n'est pas parce que je… parce que moi je ne cherche pas à commander… mais avec vous, Colom, je ne suis pas d'accord, mais alors du tout, du tout, du tout, du tout.

Du tout… Du tout répéta un écho majoritairement féminin.

– Tu vois, Colom, vous, les Catalans, je ne vous comprends pas.

– Je sais, Sullivan, nous sommes à part… Je sais.

– Qu'est-ce qu'on perd à rigoler un peu ? On va trouver Molinas ou les Faber et on leur dit : écoutez, on n'a pas envie de se faire baiser, et si vous faites des concessions aux gens de chez vous, il faut nous les faire à nous aussi. On décharge notre adrénaline. On leur dit merde et puis on va s'enfiler le bouillon de légumes ou le lavement, après tout on est là pour ça. Qu'est-ce que ça coûte de les secouer un peu ?

– Je ne suis pas d'accord avec notre ami catalan, mais avec toi non plus, Sullivan.

– Explique-toi, colonel.

– Ce qu'il a en trop, c'est de la prudence, ce qu'on appelle *seni* en Catalogne.

– *Seny*.

– Bon, *seny*, si vous voulez. Mais ne nous embarquons pas dans des problèmes linguistiques, ne nous disputons pas. Je ne suis pas d'accord pour que nous

nous asseyions sur ce que nous avons à dire et que nous nous laissions marcher dessus. Mais je ne pense pas non plus qu'il faut faire n'importe quoi simplement pour rigoler. Rien n'empêche de rigoler de temps en temps, comme l'autre soir. Mais les choses sérieuses doivent être prises sérieusement, Sullivan, tu n'as plus vingt ans.

– Moi, j'aimerais entendre l'opinion de ce monsieur – l'homme au survêtement s'était levé et désignait Sánchez Bolín d'un air accusateur. Je suppose qu'un écrivain a beaucoup à dire dans une situation comme celle-ci.

Sánchez Bolín regardait l'homme au survêtement comme s'il était un nain mental, mais comme il n'avait rien d'un nain physiquement, il opta pour une réponse dilatoire.

– Que je sois écrivain ne veut pas dire que j'aie une opinion préconçue sur tout ce qui se passe. Tant que nous n'avons pas un troisième cadavre, je considère que nous sommes dans une situation encore tolérable.

– Mais de quel cadavre parle ce monsieur ? cria, alarmée, la dame élevée à Tolède.

– C'est une métaphore, madame, répondit Sánchez Bolín en regardant ses seins.

– Ce n'est pas le moment de la ramener avec des métaphores, le temps presse.

Villavicencio se leva en hochant la tête, comme s'il était obligé de jouer un rôle malgré lui.

– Nous nous conduisons vraiment comme des enfants. Nous discutons sur des bêtises. Il faut le faire, faisons-le, point. Je propose que nous formions une délégation pour aller demander des explications et je me permets de désigner un représentant de chacun des métiers, fonctions, idéologies et autonomies ici présents : toi, le Basque, Colom, le détective, l'écrivain et moi.

– *Olé*, vive ton esprit démocratique, Villavicencio ! hurla Sullivan.

Sánchez Bolín se leva, inclina la tête et s'exclama :

– Je m'incline devant la proposition pluraliste du pouvoir militaire.

Le Basque applaudit et Villavicencio fut grandement félicité, répondant aux compliments en murmurant à qui voulait l'entendre : Nous, les militaires, il faut nous comprendre.

La dame qui avait exposé sa pensée de manière si fulminante n'avait pas l'air d'accord du tout, en revanche, et comme on lui demandait la cause de son mécontentement, elle dénonça le caractère machiste de la délégation, intolérable à une époque comme la nôtre.

– Ernesto, ce n'est pas bien. Mettez une femme, nous ne sommes pas de pierre, ordonna doña Solita en levant le regard par-dessus ses lunettes et son tricot qu'elle avait continué à faire pendant toute la discussion.

– Nous sommes des ânes. Des ânes. Excusez-nous, madame, non seulement je propose qu'on vous incorpore dans la délégation, mais encore je m'incline devant vous.

– Je n'en demande pas tant, mais tout de même…

La délégation réunie, il ne manquait plus qu'à se mettre d'accord sur les revendications minimales.

– Pour commencer, je donnerais l'ordre d'arrêter la piscine et la salle des chaudières.

Non seulement la délégation, mais la communauté tout entière resta bouche bée.

– Chez les militaires, quand quelque chose ou quelqu'un est cause de dommage sur une personne, ou cause de mort, il est immédiatement arrêté avant de passer en conseil de guerre.

– Et qu'est-ce qu'on gagnerait à arrêter la piscine ?

Qui est-ce qui irait faire passer une piscine en conseil de guerre ?

– Il s'agit de mesures symboliques pour faire prendre conscience à la communauté de la gravité de ce qui est arrivé. Quand j'étais jeune officier, nous avons passé par les armes un âne qui avait expédié le fils d'un brigadier d'un coup de pied au foie.

Colom regrettait d'avoir cédé et d'avoir accepté de faire partie de la délégation et il disait tout bas qu'il n'avait pas une tête à entrer dans les bureaux en demandant qu'on arrête la piscine. La critique de Colom parvint aux oreilles de Villavicencio.

– Je vous parie vingt mille pesetas, Colom, que le général Delvaux a demandé la même chose.

– Colonel, ne propose rien si tu n'es pas sûr que Delvaux ne l'a pas fait avant toi, suggéra Sullivan et Villavicencio accepta, ce qui apaisa l'agitation de Colom, et l'on put passer à l'établissement d'une liste de réclamations prioritaires : information égale à celle que recevraient les autres membres de la communauté, délai maximal au bout duquel les portes s'ouvriraient pour tous de manière égale, garanties sur la surveillance intérieure et extérieure.

Et s'ils disent non ? S'ils disent non, nous faisons la grève de la faim, proposa le jeune détaillant en fromage.

– Grève de quoi ? Mais, mon garçon, tu crois qu'on peut avoir encore plus faim qu'en ce moment ?

On décida que Colom serait porte-parole parce que les Catalans bénéficiaient d'une présomption de capacité de dialogue et de prudence dans les négociations. Colom opposa en vain qu'il s'exprimait très mal en castillan et que son accent ressortait beaucoup. Tous les accents d'Espagne sont espagnols, lui répondit le colonel, et l'expédition se mit en marche, le reste de la communauté hésitant entre épauler ses délégués jusqu'à la porte du bureau et rester dans le salon de télévision en attendant le résultat. La première proposition allait s'imposer quand doña Solita annonça que *Mieux vaut prévenir* commençait et que l'émission portait précisément sur le problème des enfants obèses. Ah, mais, ça m'intéresse ! s'exclama la dame originaire de Madrid mais élevée à Tolède, et elle voulut laisser sa place dans la délégation à une autre femme. L'opposition fut générale et la dame sut prendre les responsabilités qu'elle avait acceptées, mais à condition qu'on lui raconterait l'émission par le menu.

– J'ai un fils, celui du milieu, qui a l'air d'un gros patapouf et je ne veux pas que ce petit subisse tout ce que j'ai subi dans ma vie, moi.

L'expédition espagnole déchanta et perdit de son ardeur quand, arrivée au premier camp de base situé dans le hall, elle s'aperçut que la délégation belge n'avait pas encore été reçue. Ses membres s'étaient partagés en Flamands et Wallons et une première discussion sur la nécessité de s'exprimer dans les deux langues, bien que Molinas ne comprît pas le flamand, avait mis le feu aux poudres et avait dégénéré en un violent échange verbal à l'issue duquel Flamands et Wallons avaient fini par parler chacun dans leur langue et par faire semblant de ne pas comprendre les autres. Des cris de colère volontairement incompréhensibles, on en était passé aux actes, qui s'étaient limités à quelques bourrades, à des poings brandis, quand la délégation wallonne décida de prendre les devants et de se rendre à l'audience sans attendre l'accord des Flamands. Villavicencio regardait ce qui se passait et n'y comprenait rien, en dépit des explications du Basque, content de faire remarquer que rien n'est nouveau sous le soleil. Une fois qu'il eut saisi le grave problème du séparatisme belge, Villavicencio n'en persista pas moins à ne pas comprendre pourquoi le général Delvaux n'intervenait pas, en sa qualité de militaire qui le plaçait au-dessus des haines fratricides. Invité à se prononcer, Delvaux avait refusé discrètement de prendre parti, ce qui ne l'empêchait pas d'être concerné par la question, ajouta-t-il, mais tout cela dépassait sa compétence et le moindre de ses gestes risquait de compromettre l'institution qu'il représentait : le Traité de l'Organisation de l'Atlantique Nord. N'ayant pas consulté son commandement, et compte tenu que ces événements avaient lieu en pays étranger, un faux pas de sa part pouvait entamer le prestige de l'organisation. Molinas trouva une solution à ce divorce en venant parlementer en français avec les Wallons et en allemand avec les Flamands, à qui il déclara qu'il regrettait très vivement de ne pas pouvoir s'adresser à eux dans leur langue. C'est le prix à payer pour une langue opprimée, lui répondit la plus véhémente des Flamandes. De l'endroit où la délégation espagnole était placée, ses membres ne pouvaient saisir le sens du chuchotement apaisant de Molinas qui ne parut convaincre personne mais eut le mérite d'enrayer pour l'instant la montée de l'agressivité. Molinas leva les yeux au ciel puis les ferma, comme s'il voulait profiter au maximum de la force divine qui était descendue en lui, les rouvrit et vit les Espagnols s'approcher.

Le ton contrit avec lequel Colom commença son exposé ne plut pas au reste de la délégation ; il énonça ensuite leurs trois conditions préalables à toute négociation et quand il eut fini, Molinas en était presque attendri et les remercia pour leur compréhension. Il accepta leurs trois conditions et Colom s'inclina devant lui plusieurs fois, surpris et satisfait que sa mission fût si facile. Le Catalan tournait déjà les talons en essayant d'entraîner la délégation à sa suite quand la voix de Duñabeitia arrêta le mouvement de retraite :

– Un instant. Je suis surpris, Molinas, que vous acceptiez si vite. Que vous ont demandé les autres ?

– J'espère que je peux compter sur votre discrétion et sur l'aide que nous nous devons entre compatriotes mais, tout à fait entre nous, ils ont demandé des folies. L'autorisation de porter une arme, par exemple, l'exigence que le petit personnel, c'est-à-dire les femmes de ménage, les dactylos, les jardiniers, l'équipe d'entretien des machines, etc., soit tenu de ne pas bouger des Thermes. Fouille quotidienne de toutes les chambres du personnel subalterne…

– La deuxième demande ne me paraît pas si bête, remarqua Sullivan devant la communauté espagnole au grand complet quand l'expédition fut de retour. Ils ont beau être nos compatriotes, ce n'est pas une raison pour les border dans leur lit. C'est logique de penser que les crimes peuvent venir de ce côté-là. Moi, par exemple, j'y ai réfléchi pendant des heures et je trouve que ça colle parfaitement. Ils ont eu envie de quelque chose qui appartenait à mistress Simpson, ils le lui ont volé, elle s'en est rendu compte, ils l'ont tuée. Von Trotta a tout vu et ils se sont occupés de lui. C'est l'explication la plus simple.

– Et si c'était un vagabond qui avait pénétré dans la propriété…

Un important secteur féminin penchait pour cette solution, et Carvalho rechercha la connivence de Sánchez Bolín quand il dit :

– C'est le genre de chose qu'on n'utilise même plus dans les mauvais romans policiers, la première explication qui vient à l'idée des personnages d'Agatha Christie, et qu'ils rejettent tout de suite.

– Ça finira bien par arriver un jour ou l'autre, remarqua Sánchez Bolín, et il ajouta : Le jour où le vagabond aura vraiment commis le crime, c'en sera fini du roman policier.

Villavicencio annonça qu'il disposait d'un pistolet, avec un permis, naturellement, et qu'il le mettait à la disposition de la communauté. Nous devrions savoir le numéro de chacune de nos chambres et centraliser le service de sécurité dans la mienne. Vous voyez quelque chose de louche ? Vous m'appelez et j'arrive avec mon pistolet.

– Moi, je suis au fin fond du bâtiment, Ernesto, quand vous arriverez avec votre pistolet, ils m'auront déjà zigouillée.

– Dans toute action défensive, un certain nombre de pertes est à prévoir. L'important, c'est qu'elles soient aussi peu élevées que possible. Combien d'Espagnols sommes-nous ?

– Vingt-deux, en comptant les Catalans, annonça Sullivan.

– Dix pour cent de pertes, ce ne serait pas un mauvais bilan.

– Deux virgule deux exactement.

Sullivan confirma ainsi ce que les autres n'avaient pas osé s'avouer jusqu'alors : le colonel acceptait l'idée que deux virgule deux membres de la communauté espagnole pourraient ne pas sortir vivants des Thermes. Une clameur de protestation s'éleva et le mot de barbare fut le plus doux qu'eut à entendre Villavicencio, à qui sa femme adressait des reproches, de loin, sans arrêter de tricoter. Agité et gesticulant, Villavicencio abandonna le groupe et alla s'asseoir auprès de sa femme.

– Ernesto, tu parles toujours trop.

– Je sais, Solita, je sais bien. Mais je dis tout haut ce que les autres pensent tout bas. Au combat, on n'a pas le droit de mentir aux combattants. De les inciter au défaitisme non plus, d'ailleurs. Mais il faut qu'ils sachent ce qu'ils risquent.

Peu à peu, la ferveur de la discussion laissa la place à un mutisme général, une sorte de méditation. Chacun pensait à son sort personnel, à sa capacité à se maintenir à flot dans ce courant par ses seules forces et à s'en sortir. Le Basque s'approcha de Carvalho pour lui dire qu'il avait téléphoné à un contact sûr au Pays basque et qu'il avait reçu toutes les assurances possibles que l'E.T.A. n'était pour rien dans ces crimes.

– Il faudrait peut-être voir du côté du terrorisme chiite, ou arménien, ou libyen. Ou bien alors Sullivan a raison, c'est beaucoup plus simple. Hier soir, j'ai été interrogé par le policier qui s'en occupe. Vous y êtes déjà passé ?

– Oui.

– C'est un détraqué, non ? Il change d'humeur toutes les cinq minutes. Ou alors c'est sa méthode pour impressionner les gens. Tous des clowns. Dès qu'ils voient un Basque, ils s'imaginent qu'il a un parabellum dans la braguette. Et son collègue est encore pire. Je vais envoyer une lettre au ministre de l'Intérieur, je ne vais pas leur faire de cadeau. Je ne sais pas pour qui ils se prennent, ces minables qui n'avaient rien à croûter avant d'être fonctionnaires. L'Espagne entière est pleine de fonctionnaires, même les punks sont fonctionnaires. Il faut être barge pour risquer trois sous dans ce pays.

Colom avait entendu les dernières phrases du Basque et il les approuvait avec énergie :

– Ils n'arrêtent pas de nous rabâcher qu'on doit investir, créer des postes de travail. Et allez donc ! Qu'ils ne se gênent pas si ça les amuse ! Moi, je travaille du matin au soir, et mes seules vacances, je les passe ici, à jeûner, et ce n'est pas drôle, oh non ! Après, le peu que je gagne, il faudrait que j'aille l'investir pour que des moins que rien qui se foutent du travail et du reste, et qui se payent notre tête quand ça leur fait plaisir, se gobergent et s'offrent des magnétoscopes. Parce qu'ils ont tous des magnétoscopes, il ne faut pas croire. Ils préfèrent crever de faim et se payer un magnétoscope.

Carvalho laissa les deux industriels à leurs soucis et monta jusqu'à la cabine téléphonique installée dans le hall. Il appela le standard et demanda l'inspecteur Serrano, et quand il l'eut au bout du fil, il lui dit qu'il aimerait le voir dès qu'il aurait terminé l'interrogatoire en cours. Venez, mais passez par le bureau de Molinas. Carvalho entra dans le bureau. Il était vide et il attendit que Serrano ouvre la porte et le fasse entrer. Le visage de l'inspecteur n'était plus qu'un cerne creusé par quelque ennemi intérieur et sur sa peau brillait la viscosité de la fatigue. L'autre inspecteur ne le regarda même pas et la secrétaire profitait de la pause pour s'étirer comme une chatte brune et malgré les traits masculins de son visage, elle avait de beaux seins doux.

– Du nouveau ?

– Non, rien. J'attends les rapports sur les deux macchabées. Ils ne vont pas tarder, mais il semblerait que ça se complique, surtout pour elle. L'ambassade des États-Unis n'y comprend rien. D'après eux, mistress Simpson, avant d'être mistress Simpson, c'est-à-dire avant de se marier avec un certain Simpson, n'existait pas. Il y a bien un certificat de mariage au nom de James F. Simpson et d'une dame Perschka, mais c'est le seul et unique document qui existe sur elle, comme si elle était sortie de nulle part pour se marier.

– Et ici ?

– Ils me donnent de l'urticaire entre tous. Ils viennent me raconter leur vie l'un après l'autre. Bien entendu, ils sont tous très importants et il faut qu'ils partent d'ici le plus tôt possible. Le pire, je crois que c'est le Suisse, celui qui a eu la crise. J'en ai par-dessus la tête de celui-là.

– Il a été transporté à l'hôpital ?

– Pas du tout. Il a été soigné ici et la crise est passée, pour l'instant. Nous verrons bien.

– Des antécédents ?

– Pas grand-chose. Cinq ou six pensionnaires. Des questions d'argent, rien d'important. Un chèque sans provision d'un client espagnol, il y a quatre ans… Un certain Royo, un industriel aragonais, produits pharmaceutiques… Rien. Parmi le personnel, en revanche, il y a de quoi faire, trois employés ont eu des ennuis. Pour un, politiques. Dirigeant d'un syndicat agricole d'un village de la province de Huelva. Il a eu des problèmes, il y a douze ans. Scandale sur la voie publique pour un autre. Il allait montrer son petit oiseau à la sortie des bals. Le troisième est un casseur. Guzmán Luguín Santirso. Un cas intéressant. Vous vous rappelez peut-être. Il était chauffeur d'un notaire, à Madrid, il y a quinze ans. Il a volé des bijoux et de l'argent, pour une valeur de dix millions de pesetas. Il a été surpris par la bonniche au moment où il prenait le large avec le butin. Ils se sont bagarrés et on l'a retrouvée morte.

– Assommée ? Étranglée ?

– Non. Elle a passé l'arme à gauche tellement elle a eu peur. Crise cardiaque. Il a été condamné à huit ans. Il en a fait quatre. Depuis, il s'est tenu tranquille, pour autant que je sache. Il nous a tout raconté de lui-même. Son alibi est invérifiable, comme pour tout le monde ici. À partir de minuit, c'est le château de la Belle au bois dormant. Chacun chez soi, rideau, personne n'a rien vu, rien entendu.

– Il habite ici ou à Bolinches ?

– Ici. C'est un spécialiste des chaudières et des filtres à eau. On peut avoir besoin de lui à n'importe quel moment.

Carvalho se mit à rire.

– S'il n'existait pas, il faudrait l'inventer.

– Je le garde en réserve.

– Ils réclament tous un bouc émissaire.

– J'obéis aux ordres qu'on me donne.

Le téléphone sonna et Serrano le montra du doigt à son second. Celui-ci décrocha et dut lutter quelques secondes avec ses propres facultés de compréhension puis se rendre à l'évidence.

– On se fout de nous, ou alors je rêve. La garde civile vient d'arrêter un certain Juanito de Utrera, le *Niño Camaleón*, avec un autre type.

– Où ?

– Ils voulaient entrer à toute force. On leur a dit que ce n'était pas possible et ils ont commencé à faire du grabuge.

– Le *Niño Camaleón* ! Il ne manquait plus que ça. Qui c'est, ce gars-là ?

Carvalho le mit au fait des activités culturelles des Thermes et Serrano haussa les épaules. Il donna l'ordre de le laisser entrer et se dirigea vers le bureau de Molinas, où il en apprendrait sûrement plus long sur le chanteur de flamenco. Molinas était avec les Faber qui rentraient de Madrid, dirent-ils, et, ce disant, ils regardaient Serrano avec insistance. Molinas se lançait dans des explications sur Juanito de Utrera et dans des excuses adressées aux Faber pour ne pas s'être souvenu d'annuler la représentation du duo, quand, du hall, leur parvinrent des hurlements. Ils sortirent du bureau et trouvèrent Juanito de Utrera en train d'éventer de son chapeau cordouan le guitariste effondré sur le canapé.

– Voyez ce que les gardes civils ont fait, cette bande de sauvages !

Le *Niño Camaleón* expliqua en long et en large que le garde civil en faction à la porte était une tête de mule, qu'il n'avait pas voulu les laisser passer et qu'ils ne s'étaient pas gênés pour lui dire ses quatre vérités. Le garde était si nerveux qu'il leur avait flanqué une gifle, mal intentionnée, je vous le jure, monsieur Molinas, mal intentionnée, voyez ce qu'il a fait à mon postiche, on dirait un béret. Et ce pauvre petit qui ne s'était jamais trouvé dans une situation pareille, regardez-le, il est devenu tout pâle, jaune, vert et voilà, regardez de quoi il a l'air. Ça ne devrait pas être permis. Molinas expliqua à la décharge des gardes qu'ils étaient en service depuis des heures. Il apprit ensuite au duo de flamenco ce qui s'était passé et ajouta qu'il ne serait pas convenable que, dans de telles circonstances, vous nous charmiez de vos chansons.

– Nous, on s'adapte à l'ambiance, monsieur Molinas, on va vous faire ça profond, profond… un peu triste, impressionnant. À côté de ce qu'on est capables de faire, le *Requiem* de Mozart, c'est du cha-cha-cha.

– Non, non, merci beaucoup, mes chers amis, je reconnais là votre professionnalisme, mais les gens ne comprendraient pas, tout le monde est très nerveux.

– Écoutez seulement le texte de cette chanson, monsieur Molinas :

Tu es mort et je chante,
Petit camarade de mon âme,
Tu es mort et je chante,
Petit camarade de mon âme.

Le guitariste, qui avait recouvré ses esprits, s'était à demi soulevé sur le canapé et commençait à encourager le chanteur et à frapper dans ses mains en cadence. Molinas répéta que ce n'était pas le moment mais qu'ils ne devaient pas s'inquiéter pour leur cachet. Ils le remerciaient beaucoup, ils acceptaient volontiers, bien que ce ne fût pas leur genre, et l'assuraient que rien n'est plus joli dans une cérémonie funéraire qu'un fandango chanté du fond du cœur. Carvalho les laissa à leurs échanges de politesse grand siècle et emboîta le pas à Serrano, qui retournait voir les Faber. D'abord, les deux frères toisèrent Carvalho avec l'air de se demander ce qu'il faisait là, mais Molinas, revenu, fit les présentations. Les Faber ne lui prêtèrent aucune attention, tant ils étaient pressés de dire à Serrano qu'ils avaient obtenu une audience du ministre de l'Intérieur, par l'entremise d'une relation haut placée dans le gouvernement, qui venait souvent aux Thermes, et qu'ils avaient reçu toutes les assurances qu'une fin rapide allait être apportée à leurs ennuis. Je crains que cet établissement ne se remette pas de sitôt du préjudice qu'il vient de subir, insistait Hans Faber, et il aurait continué à se lamenter sur son sort si un nouveau vacarme ne s'était élevé du côté de la porte d'entrée. Ils sortirent tous pour voir ce qui se passait. Ils tombèrent sur Juanito de Utrera et son guitariste en pleine crise d'hystérie, leurs postiches encore plus de travers que tout à l'heure, si possible, encadrés par deux gardes civils.

– Nous sommes innocents, monsieur Molinas, je vous le jure !

Innocents de quoi ? demandait le directeur, perplexe, en regardant les chanteurs et la garde civile. Sa perplexité monta d'un cran lorsqu'il vit entrer, par la porte à tambour, deux autres gardes civils poussant un homme : Karl Frisch. Un gradé s'avança et apprit à Serrano qu'en contrôlant la voiture des artistes à la sortie ils avaient découvert le Suisse plié en quatre dans le coffre. Juanito et son compagnon gémissaient et se montraient le Suisse comme si c'était un O.V.N.I. Tu connais ce type-là, toi ? Je ne l'ai jamais vu de ma vie. Carvalho jeta un coup d'œil aux alentours et, au pied de l'escalier, aperçut Helen, les bras serrés autour du corps, bouleversée par la scène qu'elle devinait aux cris qu'elle entendait. Son mari, soutenu par les gardes civils, pouvait à peine marcher et Helda décréta qu'il fallait le transporter à l'infirmerie. Vous ne l'avez pas vu monter dans le coffre ? Non, monsieur l'inspecteur, jamais de la vie, il est monté pendant que nous parlions avec vous et avec M. Molinas.

Les deux artistes s'en allèrent pour la deuxième fois et Carvalho suivit Serrano jusqu'à l'infirmerie. L'inspecteur avait quelques pas d'avance sur lui et Carvalho fit semblant d'emprunter par hasard le même itinéraire. Karl était de nouveau endormi sur la civière. Helda lui prélevait une éprouvette de sang pour une analyse et Helen s'était assise dans le coin le plus reculé de la pièce, comme si elle voulait passer inaperçue. Elle fut effrayée quand elle vit entrer Serrano, mais la présence de Carvalho la rassura. Helen était en tenue de tennis et avait posé sa raquette sur ses genoux dorés. Non. Elle n'avait pas vu Karl s'échapper. Elle avait réservé le court avec M. Dörffman et, apparemment, Karl dormait quand elle l'avait quitté. Il veut s'en aller à tout prix. Ces derniers temps, il ne va pas bien du tout. Il a les nerfs à fleur de peau, il ne lui manquait plus que ça. Maintenant, il va dormir une heure ou deux, dit Helda. Je vais en profiter pour aller me changer et écrire quelques cartes postales, répondit Helen, lançant à Carvalho un regard lourd de sens. Ils attendirent que Serrano soit parti, puis la jeune femme sortit la première, suivie du détective. Avec sa queue de cheval, son tricot sans manches, sa jupe courte qui soulignait ses fesses rondes, ses jambes droites et polies, ses socquettes, elle apparaissait à Carvalho comme une fiancée adolescente qu'il aurait suivie, son jeu même était adolescent, quand elle tournait la tête de temps en temps et, dans le peu d'espace que lui laissait ce mouvement, offrait à Carvalho un sourire tendre plein d'yeux bleus et de lèvres maquillées de rose pâle. Elle ouvrit la porte de sa chambre et la laissa grand ouverte. Elle posa sa raquette sur l'un des deux lits, passa la main sur sa queue de cheval en un geste mécanique et, quand elle la retira, elle avait ôté sa barrette, libérant ses cheveux qui retombèrent avec une lenteur de rêve. Elle se retourna vers Carvalho et ce qui avait été un sourire n'était plus que larmes.

– Aidez-moi !

Elle se jeta contre lui et resta blottie là, cramponnée à ses bras. Elle leva la tête ensuite et lui offrit ses yeux en pleurs, ses yeux bleus brillants de larmes et une bouche qui s'ouvrit comme une petite blessure et se posa d'abord sur sa joue droite, puis sur la gauche pour chercher finalement ses lèvres et rester là, à respirer, et puis elle s'ouvrit encore et laissa passer une langue mince et tendre qui pénétra dans la bouche de l'homme et s'agita comme un papillon prisonnier volontaire. Carvalho constata que son haleine sentait le persil fermenté, mais il avait perdu le contrôle de ses sens et c'étaient ses mains qui savouraient la texture des mamelons de Helen, son tricot remonté jusqu'aux épaules et ses deux seins, libérés de leur captivité, souriants et légers. Carvalho l'embrassa plus profondément et elle leva les bras pour qu'il l'aide à parachever la nudité de son torse. Il prit son temps pour pétrir ses mamelons, les caresser avec la paume de la main, et pour soupeser ses seins bronzés et chauds. Elle se dépêcha de baisser sa courte jupe de tennis pour se retrouver en culotte blanche, minuscule, comme s'en aperçurent les mains de l'homme quand elles descendirent pour lui caresser les fesses. Culotte qui n'insista pas pour rester en place, et il se retrouva devant un pubis de poupée teinté de châtain clair. Il déconseilla à la jeune femme d'enlever ses socquettes tricolores et ses chaussures de tennis et il la poussa vers le lit, où les langues vidèrent les corps de leur goût de persil fermenté avant de les remplir de saveurs de peau humaine bronzée au Badedas bleu.

– Aide-moi ! s'exclamait-elle de temps en temps, comme pour lui rappeler une dette qui arrivait bientôt à échéance, et lui, il était prêt à lui apporter toute l'aide qu'elle voudrait, alors qu'il tenait sous son désir son corps de poster de *Penthouse*, mais de poster d'un numéro moins ordinaire, plus réussi que d'habitude.

Helen était si délicieuse dans sa tendresse vaincue qu'il prolongea ces jeux tactiles et anthropophagiques, attendant pour la pénétrer que ses yeux aient perdu le nord et sa syntaxe aussi. Des gémissements plus que des mots annoncèrent que le moment était venu où s'ouvrent tous les sphincters de la femme et le pénis de Carvalho se présenta après une longue attente à cette porte étroite s'ouvrant sur la cité dolente. La métaphore était bien excessive, se dit-il, mais ce qui était là sous son corps était fastueux, les halètements de Helen lui donnaient l'impression de descendre et de monter une gamme merveilleuse, et les mouvements de son petit visage étaient si vifs, comme s'ils cherchaient un espace plus grand pour absorber ou comprendre tant de plaisir. Pourtant quelque chose s'était cassé dans la conscience de Carvalho scindé en cet animal qui entrait dans la femme nue et en sortait presque et en cet autre homme capable de prendre ses distances et de contempler cette scène comme si elle se déroulait dans une autre galaxie. Ce dédoublement ne diminuait pas sa force et les yeux de Helen s'ouvraient de temps en temps, entre des gémissements à n'en plus finir, étonnés et éblouis par la kyrielle d'orgasmes dont la gratifiait ce chevaucheur consciencieux. Bientôt faiblirent les *continue, continue*, prononcés dans un français bégayant. C'était presque de la douleur que dénoncèrent d'abord ses yeux, ensuite ses lèvres réclamant une trêve dans ce qui, de coït bien tempéré, se transformait en exercice obstiné de marteau-piqueur à sens unique, écorcheur de la peau la plus délicate de l'âme sexuelle. Carvalho essaya de retrouver une personnalité unique dominée par le chevaucheur tenace qui était en lui, et de prendre son plaisir pour la première fois, alors que son désir était épuisé et disloqué comme une poupée avec laquelle on a trop joué, mais il n'y parvenait pas et les *assez! assez!* qui jaillissaient des lèvres de Helen, haletants d'abord, devinrent plaintifs, et elle, qui était offerte, se mit à lutter pour se libérer de cette bête affligée du mouvement perpétuel. Carvalho reprit ses esprits et se retira, son sexe toujours dressé, saisi d'un besoin impérieux d'aller à la salle de bains achever en imagination et manuellement ce qu'un si long assaut n'avait pu conclure. Devant le siège des cabinets, il s'offrit d'abord un souvenir, le plaisir d'un souvenir, le souvenir d'un corps de femme ambigu, moitié Charo, moitié rêve, probablement Helen, et un visage offert perdu dans un repli de sa mémoire, peut-être une femme avec laquelle il avait été absolument ingénu et heureux et dont il ne pouvait ou ne voulait pas se rappeler le nom, et alors vint l'orgasme, maladroit, rapide, misérable, comme si, après une livre de caviar, il avait eu la fantaisie de manger un sandwich au calmar à la romaine. Il revint dans la chambre, elle était là, recroquevillée sur elle-même, un corps doré sous le dernier soleil de l'après-midi.

– Tu es un homme terrible.

– Ça ne m'était pas arrivé depuis la fin de la guerre de Corée, et encore.

La jeune femme hésita entre essayer de comprendre ce qu'elle venait d'entendre et profiter de l'instant pour atteindre l'un des objectifs de la fête. Elle couvrit sa nudité d'un peignoir et Carvalho eut l'impression que, soudain, la chambre était devenue plus obscure. Elle s'approcha de lui, l'embrassa doucement sur les lèvres.

– Tu m'aideras ?

– Je t'aiderai à quoi ?

– Il faut que je parte d'ici. Sinon, Karl va devenir fou et je vais le payer cher.

Elle allait le payer très cher car sa voix se brisa et des larmes lui montèrent aux yeux, tandis que ses petites mains s'agrippaient aux manches de la chemise de Carvalho.

– Et pourquoi devrais-je t'aider ? Je ne suis qu'un client des Thermes comme les autres.

– Non. Tu n'es pas un client comme les autres. Je t'ai vu faire. Tu domines la situation.

– Tu veux partir seule ?

– Seule ? Tu es fou ? Il faut que je parte avec Karl. Sinon, il me tuera. Je ne plaisante pas. Il me tuera !

Elle répétait ces mots en détachant chaque syllabe, pour qu'il comprenne la charge de vérité et de pressentiment qu'il y avait dans ces mots-là.

– Il faut que nous partions tous les deux, Karl et moi. Après, si tu veux, nous pourrions nous revoir et refaire l'amour, comme aujourd'hui. C'était merveilleux.

Il avait déjà vu des scènes semblables au cinéma et dans la vie. Plus souvent au cinéma que dans la vie, s'avoua-t-il. Lentement, la fatigue l'envahit et il se mit à transpirer. Il se leva et essaya de s'éloigner le plus possible de la jeune femme, comme s'il voulait éloigner sa présence à lui et effacer le soir.

– Non. Ce n'est pas ce que tu crois. Je ne me suis pas servie de toi pour le sauver, mais pour me sauver, pour me sauver moi… moi…

Elle se jeta à nouveau dans les bras de Carvalho et il l'écarta doucement, la maintint à bout de bras, la regarda longuement, profondément. Elle est ravissante, se dit-il, et il lui tourna le dos, sortit de la chambre et ferma la porte derrière lui. Quatre ou cinq fois dans sa vie seulement, la nature lui avait fait un cadeau aussi prodigieux et, cependant, quelque chose aigrissait sa pensée, comme un arrière-goût évidemment sentimental. Il avait l'impression qu'il avait fait l'amour avec elle et qu'en contrepartie il avait contracté une dette et seule le consolait la certitude presque absolue qu'il n'aurait pas les moyens de la payer. Il pourrait tout au plus surveiller le Suisse et essayer de sonder Serrano sur ce qu'il comptait faire de ce pensionnaire encombrant. Serrano se trouvait maintenant en compagnie de Gastein et le docteur n'éprouva aucune surprise quand Carvalho entra dans la pièce comme chez lui et se mit à écouter ce qu'ils disaient.

– Vous avez frappé ?

– Non. Mais ça tombe très bien que le docteur Gastein soit avec vous. Je viens de bavarder avec Mme Frisch, la femme du Suisse. Elle se fait énormément de souci pour la santé de son mari, la santé mentale, s'entend. Vous ne trouvez pas que vous allez trop loin en gardant cet homme ici, vu le merdier dans lequel nous sommes ?

– Précisément, j'en parlais avec l'inspecteur Serrano. Il serait préférable que M. Frisch parte de la clinique et s'en aille suivre un traitement psychiatrique à l'hôpital de Bolinches. Naturellement, si l'inspecteur considère qu'il peut encore avoir besoin de lui comme témoin, quelqu'un le surveillera.

– Je n'ai pas plus besoin de lui que des autres. Mais si je le laisse sortir, tout le monde va m'être après pour me dire : pourquoi lui et pas moi ?

– Pour ma part, je suggérerais à M. Serrano de laisser sortir M. Frisch, sous surveillance, naturellement, et de garder Mme Frisch à la clinique. Cela nous éviterait toute sorte de remarques mal intentionnées. Lui aura le droit de sortir parce qu'on ne peut pas faire autrement et elle restera, non comme otage, mais pour démontrer qu'on ne fait pas deux poids, deux mesures.

– Ce type est toqué au point qu'il faut le mettre chez les fous ?

– Il ne s'agit pas de cela. Mais la dépression dont il souffre peut devenir chronique ou dégénérer en manie de la persécution, ce serait très embêtant pour nous. Le garder ici, c'est exactement comme si on allumait un feu de Bengale dans une poudrière.

– D'après ce que j'ai pu voir de leurs rapports à tous les deux, il est complètement dépendant d'elle. Je ne veux pas me mêler de ce qui ne me regarde pas, mais si cet homme se réveille à l'hôpital et voit que sa femme n'est pas à côté de lui, il risque de créer des problèmes.

– S'il y a quelqu'un qui est susceptible de me donner des conseils qui me servent à quelque chose, c'est un médecin, cher ami. Et le docteur Gastein me conseille de le faire partir, lui, et de la garder ici, elle.

– Je ne nie pas que M. Carvalho ait raison en partie, mais je pense qu'à partir du moment où il sera dehors, M. Frisch sera maintenu pendant quelques jours en état de demi-somnolence. Quand il émergera, heureusement, tout ce cauchemar aura pris fin et les époux Frisch pourront rentrer chez eux en bonne santé, heureux et satisfaits.

– Très bien, docteur. Je vais téléphoner à mes supérieurs, je leur exposerai la situation et ce sera à eux de prendre une décision. Vous, restez, Carvalho.

C'était une manière de donner congé à Gastein que celui-ci encaissa avec le sourire. Dès que le docteur fut sorti de la pièce, Carvalho eut la sensation qu'entre lui et Serrano un nouvel abîme de suspicion allait se creuser.

– Je vous mentirais si je vous disais que je n'ai plus de doute à votre propos. Je n'ai pas encore compris clairement ce que vous faites ici. Et surtout pourquoi vous passez vos nuits à brûler des livres et des brochures dans les coins, en particulier dans les espaces verts de cet établissement. Vous trouvez que c'est une conduite normale ?

– Non.

– Vous en convenez ?

– J'en conviens.

– Pouvez-vous me dire ce que vous avez brûlé et pourquoi ?

– J'ai lu par hasard dans un journal qu'un livre d'un certain Juan Goytisolo, *Chasse gardée*, venait de sortir. Le journal expliquait l'histoire et reproduisait un débat entre Goytisolo et son frère sur le problème de savoir si leur grand-père touchait le zizi ou non audit Juan Goytisolo quand il était petit. Nous en sommes là. Que la littérature se consacre à spéculer sur la moralité de grand-papa est pour moi un symptôme de décadence des temps. Je suis allé à Bolinches, j'ai acheté le livre et je l'ai brûlé. J'ai l'habitude de brûler des livres chez moi, à Barcelone, pour allumer mon feu. Il me reste encore des livres pour allumer mon feu jusqu'à la fin de mes jours, mais cette fois-là, je n'étais pas chez moi et il n'était pas question d'y mettre le feu dans ma chambre. C'est pour ça que je suis allé dans le jardin pour le faire. Quelqu'un m'a vu et est venu vous le raconter.

Serrano semblait fasciné. Mais il y avait autre chose que de la fascination dans les mots exaspérés qui suivirent :

– Qu'est-ce que c'est que ces histoires à dormir debout ? Vous croyez que vous allez vous foutre de moi longtemps ?

– Je vais vous donner le numéro de téléphone et le nom d'une personne à Barcelone. Il s'appelle Enric Fuster et c'est mon comptable et voisin. Quand il décrochera, vous lui demanderez : Connaissez-vous Pepe Carvalho ? Quand il vous aura dit oui, vous ajouterez : Qu'est-ce qu'il utilise pour allumer le feu dans sa cheminée ? Vous verrez ce qu'il vous répondra.

– Eh bien, rassurez-vous, petit rigolo, je vais le faire, et s'il se passe ce à quoi je m'attends, c'est une plaisanterie qui va vous coûter cher.

Il appela son second et il lui expliqua ce qu'il devait faire et dire. Le policier regardait son chef d'un air incrédule qui virait à l'exaspération quand il se tournait vers Carvalho. Mais il accepta. Chez le comptable, on lui passa un autre poste dans un autre bureau et, quand il eut Fuster au bout du fil, il lui posa la question. La réponse ne lui plut pas. Il dit : « Un instant. » Et il se tourna vers Serrano et Carvalho.

– Il demande qui je suis et qu'est-ce que ça peut me faire ?

– Eh bien, dis-lui qui tu es.

Il le lui dit. Il écouta la réponse du comptable. Il raccrocha le téléphone après avoir dit : « Merci. »

– Des livres. Il allume sa cheminée avec des livres.

« Si je vous disais que je me sens concerné par le fait que vous brûlez des livres, je mentirais. Qu'est-ce que ça peut me faire, à moi, ou à vous aussi, d'ailleurs, que je croie à ce que vous venez de me dire, si j'ai bien compris qu'en un sens vous vous vengez de l'époque où votre conduite dépendait de ce que vous lisiez ? Si je passais mes journées à brûler des livres, on dirait que je ne suis qu'un sale fasciste, que je détruis la culture, toutes les gentillesses que nous balancent, à nous autres, les défenseurs de l'ordre, ceux qui font joujou avec le désordre, mais sans y aller à fond. Vous voulez que je vous dise ? Je commence à lui trouver une odeur de merde, à cet hôtel. Les couloirs sentent la merde. À longueur de journée, ici, les gens ne font que pisser, pisser, pisser l'eau qu'ils boivent, et avec cette eau, d'après ce qu'on m'a raconté, toute la merde que le corps accumule normalement fiche le camp. Et quand ils ne pissent pas, ils se font faire des lavements et ils chient. Et quand ils ne chient pas, ils se mettent dans ces espèces de baignoires avec un tuyau dedans et ils se débarrassent des impuretés de leur peau, des peaux mortes, des sueurs. Ma mère était grasse comme une oie, elle a arrêté de manger du pain et elle est devenue maigre comme un clou, elle n'a pas eu besoin de venir dans des endroits pareils, et d'ailleurs elle n'aurait jamais pu, chez moi, on n'avait pas le sou. Elle n'avait jamais été aussi mince de sa vie quand elle a eu son hémiplégie et elle est restée moitié-moitié : la moitié de son corps fonctionnait et pas l'autre. Mon père se tape une demi-bouteille de cognac par jour, dans son café, et il fait de la tension, mais il se pose un peu là. S'il me balançait une gifle, il me soulèverait du sol. Ici, j'ai l'impression qu'il y a beaucoup de dingues d'un côté et des gros malins de l'autre, ce Gastein m'a tout l'air d'un sorcier, avec des diplômes et du bagou ; ce sont les pires. Les pires, ce sont ceux qui se servent de ce qu'ils savent pour entuber les autres, c'est pour ça que je préfère les gens qui ne savent pas grand-chose. Ils ont moins de chance de me tromper. On se comprend très vite. Cet après-midi, j'ai interrogé Sánchez Bolín, l'écrivain. Je n'ai pas cru un mot de ce qu'il m'a raconté, mais maintenant, en relisant sa déclaration, je me rends compte qu'il n'est pas important que je le croie ou non parce qu'il ne m'a rien dit. Il est venu ici pour écrire un roman et pour entrer dans le costume qu'il veut mettre le jour de la sortie du roman qu'il a terminé pendant son séjour précédent. À l'époque où j'étais jeune policier frais émoulu de l'école, il y avait encore des chahuts organisés par les ennemis du régime, les subversifs, on disait, j'y ai été envoyé. Et j'ai eu l'occasion de rencontrer des rouges comme Sánchez Bolín. C'était autre chose. Ils avaient l'air concerné par tout ce qui se passait et par tout le monde, même nous ils essayaient de nous convaincre.

« Aujourd'hui, personne ne s'occupe plus de personne et n'essaie plus de convaincre qui que ce soit de rien. De quoi pourrait-on bien se convaincre ? Ce Sánchez Bolín m'a rendu nerveux. Il joue avec les mots. Il se croit à l'abri des erreurs rien qu'en jouant à ne pas se tromper. Il ne prend pas de risques. Personne ne prend de risques. Il y a eu un moment où j'aurais aimé qu'il joue au communiste et qu'il me sorte une de ces énormités qu'ils lâchaient dans le temps. Pensez-vous ! Après, sur le papier, il peut dire ce qu'il voudra, mais les choses écrites ne convainquent plus personne. Vous connaissez quelqu'un qui croit ce qu'il lit ? Eh bien, malgré ce que je viens de vous dire, et remarquez que je rejoins le début de notre conversation, vous, vous brûlez des livres et Sánchez Bolín les écrit, malgré ça, moi, je ne pourrais jamais brûler un livre. Parfois, je pense à des situations comme celle du Chili ou comme celles que me racontent mes collègues plus anciens qui travaillaient à la Brigade sociale et cherchaient les livres interdits quand ils allaient chez les rouges. Moi, jamais je ne pourrais brûler des livres. Pour moi, les livres sont sacrés. Si je considère qu'ils sont mauvais ou corrupteurs, je ne les lis pas, mais je ne les brûlerais sûrement pas, comme vous le faites. Et je vais vous dire pourquoi, cher ami. Parce que j'ai été élevé dans le respect de tout ce qui coûte un effort, et faire un livre, ça coûte un effort et tout le monde n'est pas capable d'en faire. Pas vrai que ça vous fait chier qu'un policier vous parle comme ça ? Je vous ai catalogué dès que je vous ai vu. Ce fouille-merde classe les policiers en deux catégories : les gros brutaux et les maigres sadiques. C'est pas vrai ? Quand je m'occupais de la drogue, j'avais affaire à des gens vrais, horribles, monstrueux, certains étaient de vraies saloperies, des fils de pute incroyables, mais ils prenaient la vie à bras-le-corps. Ici, dans cet hôtel, ils mettent un gilet pare-balles avant de lever le petit doigt. Cet endroit est plein de types qui peuvent tout se permettre et j'aimerais pouvoir dire qu'ils seront bien obligés de passer par où je leur dirai de passer, mais il vaut mieux que je la ferme, parce qu'à l'heure de la vérité je me mettrai au garde-à-vous : oui, monsieur, oui, monsieur, oui, monsieur, et terminé. Le Suisse partira ce soir pour l'hôpital de Bolinches et demain j'arrêterai Luguín, l'ancien casseur. Une fois Luguín en prison, nous disposerons d'un bon suspect pendant dix ou quinze jours ; à ce moment-là, presque tout le monde aura quitté les Thermes, une autre fournée de clients sera arrivée et quand le juge découvrira qu'il n'y a pas de preuves contre Luguín, il le fera sortir et l'affaire sera classée ou passera à Interpol. Alors, pourquoi voulez-vous que je continue à faire semblant de croire que je ferai ce qui doit être fait ? »

Le lendemain, Carvalho revoyait la scène, le policier en train de se défouler, tandis que son collègue, presque gêné, allait et venait dans la pièce et que la dactylo s'épilait les sourcils. L'histoire du Suisse avait beaucoup plus ému la clinique que l'arrestation de Luguín, du moins sur le coup. Luguín avait été emmené par la porte de derrière et le Suisse emporté en pleine nuit par une ambulance venue de Bolinches tout exprès. Les échos joyeux de l'arrestation du suspect ne s'étaient pas encore répandus partout dans les Thermes que l'on apprit le plus croustillant de l'épopée de Karl Frisch. Les adieux de Helen avaient été déchirants, elle tenait embrassé le corps de son mari somnolent et exigeait de partir, elle aussi. Ensuite, l'infirmière de l'hôpital central de Bolinches raconta que Karl s'était tenu tranquille pendant tout le voyage, mais qu'il n'avait pas arrêté de parler, de délirer, comme s'il avait eu un cauchemar-tumeur au milieu du cerveau. Le document délivré par la police pour le transfert recommandait seulement de placer un surveillant à la porte de sa chambre d'hôpital, sans indiquer que le témoin pût être dangereux ni qu'il réclamât une surveillance particulière. Le Suisse était endormi quand on l'installa dans sa chambre et il dormait toujours quand le surveillant jeta un coup d'œil sur lui vers minuit et quand l'infirmière lui mit le thermomètre à une heure. Mais celle qui vint lui proposer le bassin pour le cas où il ne se serait pas senti la force d'aller jusqu'aux toilettes, à deux heures, à deux heures du matin juste, trouva le lit vide. Le malade n'était pas aux toilettes ni en train de déambuler dans l'hôpital comme un somnambule. Simplement, il avait disparu. Un homme vêtu d'un pyjama bermuda pouvait-il passer inaperçu dans Bolinches à deux heures du matin ? Les chefs de la gare centrale et de la station de Los Borrachos furent prévenus, ainsi que le directeur de l'aéroport, les responsables des lignes d'autocars, les chauffeurs de taxi. On visita les hôtels, les pensions de famille et même les maisons où on louait des chambres en saison mais le Suisse resta introuvable toute la nuit. Vers dix heures du matin, alors qu'il ne faisait plus de doute que Karl Frisch s'était volatilisé et qu'il fallait donner le change à soixante privilégiés, curistes des Thermes, Serrano prit contact avec la direction de la police de la province et on lui ordonna de déclencher le « plan Café », du nom de code qui avait été choisi pour l'opération Luguín. Servez-lui un café.

Eh bien, on va lui servir son café, se dit Serrano, et il se rendit aux Thermes, où il annonça à Molinas qu'il allait procéder à l'arrestation de Luguín avant de l'emmener au commissariat où il serait interrogé. Cette fois, les frères Faber surent prendre leurs responsabilités. Ils lui dirent qu'ils ne l'empêcheraient pas de procéder, mais qu'ils soutenaient à fond leur employé, lequel leur avait donné toute satisfaction au long de ces huit années de mutuelle collaboration. Luguín, menottes aux poignets, quitta les Thermes entre deux gardes civils et le comité d'entreprise se réunit sur-le-champ pour rédiger un communiqué destiné à la presse locale et aux sections de l'U.G.T. et des Commissions ouvrières de Bolinches. Dans son communiqué, le comité tenait à exprimer la confiance que méritait le camarade Luguín et protestait contre le fait que ses antécédents judiciaires eussent conditionné son injuste arrestation. Luguín avait l'air serein, mais ses mains étaient moites et sa pomme d'Adam montait et descendait comme un écureuil apeuré. Pendant le trajet entre les Thermes et Bolinches, l'inspecteur Serrano essaya d'étouffer en lui tout sursaut de mauvaise conscience ou de doute en se montrant très désagréable envers le détenu, qu'il appela *scorie de l'humanité*, mais il ne toléra pas qu'un autre policier lui balance sa main dans la figure après que Luguín lui eut dit qu'il gagnait sa vie plus honnêtement que lui. Devant la porte du commissariat les attendait Luis Hurtado, le meilleur photographe de Bolinches, qui travaillait pour le journal de la province en collaboration avec Javier Tiemblo, le meilleur journaliste de la région, tellement formidable que *El País* d'abord, *Diario 16* ensuite avaient essayé de le débaucher, mais, ainsi qu'il le disait toujours, il était entré au *Meridional* comme saute-ruisseau et cette boîte lui collait à la peau. Luis Hurtado saisit Luguín juste au mauvais moment, un œil ouvert, l'autre fermé et sur le visage une espèce d'expression entre-deux qui pouvait laisser croire que, loin de se protéger de l'agression du photographe, il allait se jeter sur lui, et Javier Tiemblo se fonda sur cette photo pour rédiger à toute vitesse un article sur le poids du destin dans la vie d'un homme. Luguín, un individu qui a peut-être la délinquance inscrite dans ses chromosomes et porte sur le visage la signature de son crime.

À l'arrivée de Luguín, l'effectif policier disponible se mit en place, comme au théâtre. Les hommes entouraient le détenu, hurlaient, riaient de lui. Un peu partout, on traînait des chaises, on donnait de grands coups de poing sur la table et devant les yeux du suspect se succédaient leurs visages, à celui qui aurait le regard le plus agressif et la mâchoire la plus résolue à se transformer en arme de jet. Luguín demanda un avocat pour l'assister pendant l'interrogatoire. On lui répondit, bien sûr, il n'y avait pas de problème, mais l'avocat ne fait que passer et il vaut mieux y réfléchir à deux fois, il vaut mieux se demander à quoi ça mène, de manquer de confiance dans la police, mais il insistait et il ne connaissait pas d'avocat, alors la police elle-même lui en proposa une collection complète avec une célérité si grande que Luguín n'osa pas choisir et demanda à parler d'abord à Molinas, ce qui lui fut refusé. Il n'avait pas de famille, ni à Bolinches, ni aux Thermes, ni à Madrid, d'où il était originaire, et il y avait une ombre d'homosexualité dans son dossier, par conséquent le reste de considération qu'on avait pour lui au moment où il était entré au commissariat partit en fumée et les hommes se mirent à l'appeler tapette, chérie, pédale, sale enculé quand un radio-taxi fit savoir que Karl Frisch avait réapparu à la sortie de Bolinches, vêtu d'un costume en velours côtelé et de chaussures Sebago importées d'Amérique. Sa chemise de coton de la marque Armani avait un trou rond et roussi sur les bords à la hauteur du cœur, par où avait pénétré une balle de parabellum calibre neuf, et le bourreau ou son aide, doué pour l'affabulation littéraire, avait laissé sur le corps, en guise de pochette dépassant de la petite poche supérieure de sa chemise, une grande feuille de papier quadrillé sur laquelle il avait écrit : *L'Exterminateur a été exterminé.*

Serrano claqua la porte et disparut, à l'abri de tout et d'abord de lui-même, dans la pièce la plus reculée du commissariat. Tant que l'heure de l'assassinat n'était pas précisée, le maintien de Luguín en détention conservait encore un minimum de sens, mais dès que l'heure serait connue et qu'il serait prouvé que Luguín se trouvait à presque soixante kilomètres de l'endroit où avait été découvert le cadavre de l'*Exterminateur*, l'échec complet descendrait sur terre, dans ce coin du sud-est de l'Espagne bénéficiant d'un microclimat, et demeurerait comme une langue de feu au-dessus de la tête de l'inspecteur Serrano, tel un signe avant-coureur de la curée. Prévoyant qu'il serait bientôt obligé de relâcher Luguín, Serrano ordonna de faire de son interrogatoire une formalité pure et simple et rédigea un ordre de remise en liberté antidaté d'une heure sur l'annonce de la découverte du cadavre du Suisse. Luguín remarqua un net changement d'attitude, dès lors que les yeux qui l'entouraient se détournèrent et que quelqu'un lui tendit une cigarette légère et qu'un autre lui offrit : Une bière ? Un café-cognac ? Un gin-tonic ? Quelque chose de solide ? Un beignet ? Des gâteaux secs ? Conversation intimiste et décontractée, du genre qu'est-ce que ça peut crever un boulot routinier, on n'est rien qu'une pièce dans un engrenage, ou bien portant sur l'avenir de la *Pantoja* qui devait remonter sur les planches après l'année de deuil qui avait suivi la mort de son mari, le grand *Paquirri*. La mort, il n'y a rien à faire, elle prend pareil les stars et les inconnus. On ne pense pas à la mort assez souvent. Ça nous aiderait à mieux goûter les bons moments de la vie, pas vrai, Luguín ? Oui, monsieur l'Inspecteur. Par exemple, toi, quand tu étais en tôle et que tu avais devant toi tes huit années à tirer, tu les voyais comme une montagne noire qui bouchait tout l'horizon. Il m'est arrivé la même chose quand je faisais mon service. Après, quand tu t'es retrouvé en conditionnelle, ou quand tu as été libéré, tu as dû éprouver une satisfaction formidable, jamais tu n'aurais pu sentir ça avec un procédé plus classique, moins douloureux. Je ne suis pas pédé, monsieur l'Inspecteur. Et qui a dit que tu étais pédé, Luguín ? On sait ce que c'est, les années de prison sont longues, il faudrait être de pierre pour ne pas se taper des types, au fond, c'est par trop-plein de virilité, et moi, j'ai déjà vu de vrais durs devenir dingues pour des petites frappes. Un beau jour, ils sortent et ils dégueuleraient si on les mettait devant le cul d'un homme, si beau soit-il. Mais la prison, c'est la prison. C'est pas vrai, Luguín ? Le seul qui peut dire ce que c'est que la prison, c'est celui qui y a été.

Pendant ce temps, aux Thermes, la satisfaction pour ce qui devait être un dénouement rapide et ô combien souhaité céda la place à la stupeur, à l'indignation, quand arriva la nouvelle de l'assassinat de Frisch. Une jeep était venue chercher la veuve et l'avait emportée vers la morgue de Bolinches. Les curistes restants considérèrent ce crime comme une démonstration supplémentaire de ce qu'ils étaient les jouets d'une conjuration et qu'il était urgent d'en tirer des leçons et surtout de se sortir de cette souricière. Les spéculations dialectiques s'étaient engagées sur cette voie quand, vers une heure de l'après-midi, une voiture de patrouille de la police freina devant l'entrée principale des Thermes. L'inspecteur Serrano en descendit, ouvrant le chemin à un Luguín souriant qui leva les bras en signe de triomphe quand il aperçut un petit groupe de ses camarades. Dans un premier temps, il ne fut pas facile d'identifier l'agresseur, parce qu'il ressemblait comme deux gouttes d'eau aux vingt ou trente Européens de plus d'un mètre quatre-vingt-cinq et pesant cent kilos qu'abritait la clinique. Mais par la suite, il apparut, sans le moindre risque d'erreur, que Klaus Schröder, ingénieur électronicien de Cologne, quand il avait vu revenir Luguín, libre, et avait réalisé que le cauchemar allait continuer, était allé se placer devant le petit homme et lui avait cassé la mâchoire d'un coup de poing sans que Serrano et le garde assermenté qui était près de lui pussent faire autre chose que ramasser Luguín allongé sur le sol comme un pantin démantibulé.

Dans l'opinion de Molinas, opinion qu'auraient sans doute partagée les voisins et parents du défunt, Klaus Schröeder n'était pas méchant et n'avait pas sauté sur Luguín sous l'effet d'un prurit de racisme ou de classe devant le refus catégorique de l'ancien prisonnier de jouer le rôle du bouc émissaire. Non que sa condition d'ingénieur électronicien, résidant et travaillant à Cologne, le mît au-dessus de tout soupçon, même s'il est de notoriété publique que les ingénieurs électroniciens, résidant et travaillant à Cologne, sont gens respectables et doués de maîtrise de soi. L'explication la plus logique, affirma Gastein, était que Schröeder, quand il avait sauté sur Luguín, voulait abattre, en réalité, l'abominable fantôme du mystère.

– Comprenez-vous ? Pour lui, Luguín était la solution du mystère. Il pensait que le mystère était éclairci. Et puis voilà qu'il le voit revenir, l'énigme se repose, le cauchemar recommence. Alors il fonce et cogne.

Molinas conclut son raisonnement par la voie la plus directe, celle qui les ramenait à la situation embarrassante qu'ils étaient en train de vivre aux Thermes, dans un air solide tant il s'était raréfié, spécialement dans les secteurs où se tenait le personnel, peuplés de rumeurs et de têtes renfrognées.

Élevé selon le principe qu'on ne doit pas agresser son prochain, mais qu'une fois qu'on l'a agressé il vaut mieux le mettre hors de combat le plus vite possible, principe qui a tant fait pour la prospérité individuelle et collective des hommes et des peuples, Schröeder n'était pas satisfait de son coup de poing en tant que tel ni de la pulsion qui l'avait produit, mais il était très content du résultat. Autrement dit, c'était une mauvaise action techniquement parfaite. À preuve, Luguín avait la mâchoire démolie. Parmi la colonie étrangère, on chuchotait qu'il n'aurait jamais dû frapper l'assassin présumé, mais que le coup était vraiment très joli.

Bien que l'agresseur eût présenté ses excuses à Molinas en alléguant un coup de folie passager qu'il attribuait au climat d'exaspération et de terreur qui régnait partout aux Thermes, la sirène de l'ambulance qui emportait Luguín à l'hôpital de Bolinches laissa derrière elle un sillage sonore d'hallali, de tocsin qui rameuta le personnel subalterne des Thermes autour du comité d'entreprise. L'histoire des rapports de travail aux Thermes s'était ouverte des années plus tôt sous le signe du paternalisme bien compris avec lequel les Faber avaient donné aux travailleurs les mêmes droits que ceux qu'ils auraient eus à la maison mère en Suisse ou dans toute autre succursale de la chaîne, alors que l'Espagne était encore régie par la loi franquiste. Volonté démocratique et prospérité économique avaient généré un climat de coexistence et de collaboration qui alla en se détériorant au fur et à mesure que les petits chefs mis en place par les Faber agrémentaient avec les particularités de la démocratie paupérisée ces rapports conçus pour administrer la lutte de classe dans un contexte de démocratie riche. Des coûts croissants non assortis d'une volonté de réduire les bénéfices avaient amené une série de compressions de personnel plus ou moins indolores, dissuasives – mises en préretraite, crocs-en-jambe conduisant droit au renvoi –, les places libérées demeurant vacantes alors que le volume de travail de chaque employé avait objectivement augmenté. Le maintien de la productivité avec moins de producteurs plus l'usure progressive dans la négociation des conventions collectives n'avait jamais débouché sur un drame, grâce à la maigreur du marché du travail dans le secteur et à la prudence consécutive des travailleurs n'ayant d'autre choix que Faber and Faber ou le néant. Malgré ces circonstances, le traitement qu'avait subi Luguín fut considéré comme vexatoire et insultant pour tous les travailleurs de l'entreprise, ainsi que le déclara le premier orateur de la réunion, chauffeur de l'autobus de la clinique, dont l'extrémisme se situait à des années-lumière du centrisme modéré des cadres les plus ouverts parmi le contingent indigène : deux infirmières, le professeur de gymnastique et la masseuse en chef.

– Camarades, ce coup de poing a été dirigé contre le cœur des Espagnols et des ouvriers.

– Et si tu te contentais de dire travailleurs, Cifuentes ? Je ne suis pas une ouvrière, moi.

L'opinion se défendait, mais promettait une lutte acharnée à coups d'arguments entre blouses bleues et blouses blanches, à en juger par la vivacité avec laquelle une des infirmières avait répliqué à ce qui, après tout, n'était que la première phrase d'une harangue.

– Si tu veux. Mais travailleurs ou ouvriers, ce qui est certain, c'est que nous avons été frappés et qu'il faut donner une réponse.

Applaudissements. Deux ou trois.

– Et quelle réponse tu veux qu'on donne ?

Silence.

– Quelle réponse tu veux qu'on donne ?

Silence et premières suspicions que l'orateur était encore en train de réfléchir à la réponse qu'il allait faire.

– Eh bien, camarades, c'est très simple...

Mais il ne disait pas quoi.

– Grève illimitée de protestation active !

Les pensées, les respirations et les craintes se libérèrent et la proposition fut immédiatement acceptée par le bas de l'échelle. En revanche, elle fit hocher la tête au professeur de gymnastique, homme d'une certaine culture et de sentiments modérés, socialiste quelque peu désenchanté mais socialiste quand même et très respecté par les travailleurs de la maison parce qu'il parlait un castillan sans accent local.

– On ne tue pas les mouches à coups de canon. Nous

ne devons pas répondre à cette provocation indigne, indigne, bien sûr, par une mesure disproportionnée qui va nous entraîner au-delà de ce qui est raisonnable.

Les infirmières et la plupart des masseurs étaient d'accord avec le professeur de gymnastique. Une large part du reste du personnel était sur le point de se laisser convaincre par la pureté de ses voyelles et l'harmonie de ses consonnes quand le chauffeur reprit la parole :

– Aujourd'hui, le camarade Luguín a eu la mâchoire cassée, demain, ce sera notre tour, à vous, à moi. Ils nous traiteront pire que des chiens parce que nous n'aurons pas su défendre à temps notre dignité. Notre travail consiste à débarrasser leur merde et nous faisons bien notre travail, très bien même, camarades, voilà où se trouve notre force, voilà ce qui est raisonnable. Nous devons leur donner une leçon de dignité. Le capitalisme dans sa troisième phase d'expansion essaie non seulement de nous réduire à la misère, mais encore de nous réduire au silence. Rappelez-vous, l'actuel gouvernement P.S.O.E. a promis huit cent mille postes de travail et huit cent mille personnes, tant bien que mal, attendent encore. Ils abusent de nous parce que nous nous taisons.

– Et qu'est-ce que le P.S.O.E. a à voir avec ce qui se passe ici ?

– Je me comprends, camarades, et mes amis me comprennent aussi. Tout ça fait partie du même système de domination basé sur l'inégalité et sur le silence de ceux qui sont moins égaux que les autres.

Au fur et à mesure que les arguments et l'invisible syntaxe de la sincérité de l'orateur convainquaient les autres, les cadres accentuaient leur sourire, leurs hochements de tête réprobateurs, puis ils se mirent à traîner les pieds vers la porte et à se préparer à effectuer une sortie discrète. Leur fuite lente mais irrévocable n'échappa pas au coin de l'œil de l'orateur enflammé, qui attendit qu'ils fussent partis pour montrer la porte par où ils avaient disparu.

– Vous avez vu ? Vous avez vu comment se comportent les valets d'une entreprise ? Ils sont partis. C'est eux, les ramasse-merde ici, ils aiment bien que le patron leur passe la main dans le dos. La responsabilité de l'action pour le camarade Luguín retombe entièrement sur nous. Nous ne devons pas le décevoir. On ne lui a pas cassé la figure seulement à lui, c'est à nous tous qu'on l'a cassée et nous devons réagir d'une manière qui leur ôtera l'envie de s'attaquer à nous une nouvelle fois. Allons manifester devant le bureau du directeur !

La manifestation subalterne fit le tour par-derrière, comme si elle n'osait affronter les clients ou respectait la suggestion de Molinas, qui était de manifester là où cela gênerait le moins. Mais elle ne manquait pas d'éléments turbulents, non qu'ils eussent des visées politiques ou voulussent leur revanche, mais le soulèvement leur plaisait, parce qu'ils ressentaient personnellement l'injustice commise à l'encontre de Luguín, peut-être aussi parce que leur corps réclamait une opération de refus de l'audace des maîtres et leur punition. Molinas aurait même toléré de ces agités qu'ils se présentent devant la grand-porte et qu'une délégation de porte-parole élue pour la circonstance vienne remettre calmement, en leur nom à tous, une lettre de doléances, mais la raison organique de la foule n'allait pas si loin et, après avoir parcouru les arrières de la clinique, elle se présenta devant la porte de la direction, compacte mais intérieurement désarticulée. Molinas se disposait à sortir, flanqué de Mme Fedorovna et du plus jeune des Faber, persuadé qu'une députation aussi choisie calmerait les esprit, quand il vit que les aborigènes brandissaient une banderole qui le mettait en cause personnellement : « Jusqu'à quand, Molinas, leur lècheras-tu les bottes ? »

– Nom de Dieu, les salauds ! s'exclama Molinas, et il ajouta : C'est intolérable ! – en allemand, à l'adresse du plus jeune des Faber.

Mais il n'était pas au bout des raisons directes et indirectes qu'il avait de s'indigner. Il battait en retraite derrière la porte à tambour quand une voix puissante, de ténor dramatique, à première audition, et qu'il attribua au livreur des Thermes, hurla :

– *Molinas, cocu, le travail, tu l'as dans le cul !*

Si je comprends bien, c'est après moi qu'ils en ont. Moi qui les ai reçus, qui ai toujours reconnu qu'ils avaient raison quand ils avaient raison. Qui viens de dissuader l'inspecteur Serrano d'intervenir pour l'instant. Molinas avait fait une école de gestion d'entreprise en Allemagne et une autre en Espagne. En Allemagne, il avait appris à traiter les situations conflictuelles par une négociation équilibrée, entre collectifs d'intermédiaires acceptables pour les deux parties, ce que le professeur Hoffman, de l'université de Tübingen, croyait-il se souvenir, appelait *la dissuasion par les dissuadés*. Mais à l'école qu'il avait faite en Espagne et qui dépendait du syndicat patronal du Sud-Est, on lui avait inculqué qu'étant donné le caractère de notre peuple le dirigeant qui montait en première ligne faisait bien souvent avorter des conflits qui, abandonnés à eux-mêmes, devenaient des bouillons de culture où prospéraient les professionnels de la rancœur et des coups en douce. Il ne comprit jamais vraiment pourquoi, à ce moment-là, il opta pour l'enseignement espagnol au détriment de l'allemand. Ce qui est sûr, c'est qu'il se retrouva seul de l'autre côté de la porte à tambour, regardant d'un air froid mais dur les manifestants.

– Vous avez tout à fait le droit de dire ce que vous voulez. Mais je refuse d'admettre que je sois votre ennemi. Je n'ai pas mérité cette banderole.

Il leva un doigt accusateur vers la banderole et ses

porteurs se regardèrent, chacun avec son bâton entre les mains, ne sachant pas s'ils devaient la plier ou la tendre encore plus.

– Et je vais vous dire pourquoi je ne la mérite pas. Quand les réajustements de personnel ont été discutés au début de l'année, qui est-ce qui s'est battu pour vous dans cette entreprise ?

– Personne ! cria une voix anonyme.

– Comment, personne ? Il a une bien mauvaise mémoire, celui qui a crié « personne » ! Ils voulaient licencier vingt pour cent du personnel et j'ai refusé tout net. J'ai réussi à vous sauver, vous, et vous…

Ceux qu'ils désignaient commençaient à se sentir mal à l'aise et la même voix qui avait crié « personne ! » lança, cette fois :

– Vous allez nous faire pleurer.

Une bouffée d'indignation lui monta à la tête et Molinas sauta deux marches, le corps prodigieusement gonflé, comme s'il avait atteint cet effet psychosomatique à la portée de quelques animaux seulement, qui parviennent à simuler une augmentation de taille quand ils se sentent menacés ou quand ils attaquent.

– Que ce fils de la grande pute s'avance et vienne me répéter en face ce qu'il a dit !

Le fils de la grande pute s'avança. Comme Molinas l'avait prévu, c'était le livreur. Le directeur ne pouvait plus faire marche arrière, il s'avança donc vers l'homme pour l'attraper par les revers, mais, de revers, il n'y en avait point, l'homme portait une combinaison de travail vert bouteille sans rien en dessous, et les mains qui prétendaient l'agripper lui paraissant menaçantes, il recula d'un pas et projeta un poing qui alla frapper de plein fouet le nez du directeur et envoya dinguer ses lunettes dans l'abîme du saut, de la chute et de la cassure. Sur ce, Mme Fedorovna commença à crier « Au secours ! » derrière la porte à tambour et une spirale de tourniquet et de vent se leva et livra passage à deux vigiles qui se jetèrent sur le comité tête baissée, pistolet dans une main, de l'autre distribuant les coups à des gens peu habitués à en recevoir, en particulier les femmes de ménage, dont deux roulèrent au bas de l'escalier. Le spectacle de ces deux femmes pleurant, assises par terre, meurtries, impuissantes, exaspéra les hommes, qui entourèrent les deux vigiles et suppléèrent à leur manque d'agressivité initial par la force du nombre et par quelques coups de râteau bien ajustés, assenés avec une telle violence que l'un des vigiles lâcha son pistolet et s'écroula, la tête en sang, tandis que l'autre, au risque de perdre la face et probablement son emploi, tournait le dos à la vengeance des mutins et gagnait la porte à tambour comme on saute dans un canot de sauvetage.

Forts de leurs martyrs, les vingt manifestants se mirent à lancer des objets contondants en direction de la porte et résolurent de blesser Molinas et la direction dans leurs parties les plus sensibles en franchissant, contrairement aux usages et en complète rupture avec les rapports d'équilibre établis entre les différents espaces des Thermes et leurs fonctions, le bosquet qui les séparait du secteur de la piscine et des tennis et ils envahirent l'endroit préféré des clients, où prenaient le soleil ceux qui – rares – en avaient encore le courage, en majorité des femmes, leurs abondants ou maigres, pleins ou vides, fermes ou flaccides seins à l'air. Ce déferlement subalterne leur fit l'effet d'une patrouille tartare se montrant aux confins de la steppe et, après une légère hésitation, le temps qu'il faut au cerveau collectif de quelques baigneurs pour détecter une agression tout aussi collective, les pensionnaires éparpillés de-ci de-là rassemblèrent leurs nudités et leurs cris, rameutant des effectifs plus éloignés, y compris ceux qui attendaient leur tour chez Gastein ou chez les masseurs et ceux qui échangeaient des balles rageuses sur les courts de tennis.

Il y avait presque égalité numérique entre les deux camps, où s'affrontaient divers états d'âme primitifs, peur agressive chez les clients, violence démultipliée pour justifier à leurs propres yeux toutes les violations de tabous qu'ils avaient commises chez les travailleurs. Du côté des clients se forma une avant-garde, composée en majorité d'hommes, dont les joueurs de tennis qui brandissaient leur raquette. Les moins acharnés n'étaient pas les Espagnols, et parmi eux Sullivan et le colonel, qui se saisirent d'un banc et coururent sus à l'ennemi. La différence de stature et de rapidité à la course fit que le colonel perdit pied et roula sur la pelouse descendant en pente raide vers la piscine, heureusement freiné par l'imperfection cylindrique de son corps, car son ample ventre formait un appendice conique aléatoire qui amortissait peu à peu l'accélération de la rotation. La chute du colonel laissa Sullivan à découvert sur le flanc, son banc entre les mains qu'il ne pouvait plus soulever, à la merci de ses adversaires. Ils lui tombèrent dessus à grands coups de poing et de pied quand ils eurent reconnu en lui un compatriote, ce qui les mit à l'aise. Il tomba à terre sous les coups, et ils continuèrent à le frapper alors qu'il était au sol, tant et si bien qu'il ne lui resta plus qu'à se laisser rouler sur la pente que le colonel avait empruntée bien involontairement. En revanche, cinq P.-D.G. allemands très remontés, un producteur d'endives belge et un important grossiste de produits du Périgord chargèrent les mutins avec une science admirable et distribuèrent des coups si heureux et si sûrs qu'ils parvinrent à ouvrir une brèche dans la troupe des assaillants et à la faire reculer jusqu'au bosquet.

Les choses en seraient restées là si, à ces cris, n'était sortie par une porte latérale, celle qui donnait sur le secteur purement médical de l'établissement et sur le gymnase, une foule inattendue de femmes de ménage ignorées qui, voyant ces étrangers rosser leurs maris, fondirent sur eux comme un essaim de guêpes puis disparurent, les laissant le visage couvert de griffures qui allaient mettre quinze jours à cicatriser, avec, au cœur, une rage aveugle qu'ils n'oublieraient jamais leur vie durant. Ces femmes qui leur demandaient l'autorisation, presque pardon, même, d'envahir leur chambre tous les matins, de faire leur lit, de passer l'aspirateur, de nettoyer le siège des toilettes des éclaboussures mal effacées des diarrhées enemiques, ces femmes qui leur servaient dans leur chambre avec une ponctualité japonaise le thé de deux heures et demie ou la compote du jour de sortie du jeûne ou le yogourt supplémentaire en cas de chute de tension brutale, avec cette éternelle amabilité orientale qu'aucun anthropologue n'aurait raisonnablement attribuée à des substrats ignorés, oubliés de l'archéologie de l'âme espagnole, ces femmes se jetaient sur les clients comme des piranhas sur des bœufs puissants qui ne savaient pas comment les chasser de leurs pattes couvertes de morsures. Le soleil de midi brillait à son zénith au-dessus du champ de bataille et personne n'écoutait les ordres du colonel qui, remis sur pied, suggérait à grands cris un repli stratégique après avoir examiné la situation et conclu que, pour l'instant, le camp des clients avait le dessous. Seules deux femmes, celle de la corniche cantabrique et une dame à mi-chemin entre la minceur et le culturalisme, prenaient part efficacement à la bataille, griffant, griffées à leur tour, réussissant même à rendre gifle pour gifle. Au contraire, le reste de la troupe avait reculé à distance prudente et hurlait, laissant l'avant-garde masculine se faire sévèrement rosser tandis que les plus vieux, les plus gros et les plus prudents perdaient tout sens de la solidarité et désertaient l'un après l'autre. Parmi ces derniers, il y avait Colom, et Delvaux.

Personne ne l'écoutait, mais si on l'avait fait on n'aurait pas été surpris d'entendre les mots que prononçait Delvaux :

– *C'est extraordinaire* !*

Colom s'exhortait lui-même, s'imaginant être écouté par les autres, et criait que ce n'est pas comme ça qu'on arrive à s'entendre, que les gens doivent se parler pour se comprendre. Une détonation claqua par-dessus les cris et une balle de caoutchouc monta vers le ciel comme un bouchon de champagne. Sur les talons des employés, Serrano apparut, emmenant un détachement des forces de l'ordre déployé pour occuper plus largement le terrain. L'inspecteur en second, le chauffeur de la voiture de patrouille et cinq gardes civils. Le but de la charge n'était pas de prendre les indigènes entre deux fronts, mais de les encercler et de les forcer à reculer, pour laisser le champ libre et le rendre à ses usagers légitimes. Chaque groupe interpréta la charge du septième régiment de cavalerie à sa manière et selon sa mémoire particulière, par conséquent les curistes se sentirent sauvés alors que les mutins s'enfuyaient dans toutes les directions pour échapper à ce qui leur apparut comme un guet-apens. Certains parvinrent à rejoindre leur position de départ par des chemins détournés, mais d'autres, courant à l'aveuglette, se retrouvèrent en territoire ennemi, encerclés par des groupes qui avaient repris du poil de la bête et se réjouirent de les voir réduits à l'état d'animaux en fuite coupés du courage de la horde. Naquirent alors des velléités de lynchage qui en restèrent là, pour cause de faiblesse jeûneuse chez la plupart des pensionnaires qui avaient derrière eux une demi-heure de combat au cours de laquelle ils avaient dépensé presque toute la santé qu'ils avaient emmagasinée pendant leur séjour aux Thermes. Les isolés s'échappèrent tant bien que mal et parvinrent à reprendre leur place sous la férule d'une minorité dirigeante qui ordonna le repli et le rassemblement en terrain dégagé, à l'arrière de l'hôtel cette fois, tandis que les pensionnaires se rassemblaient sur la pelouse entre la piscine et le pavillon des boues, et qu'entre eux prenaient position les huit hommes des forces de l'ordre, ne sachant pas quelle faction surveiller le plus mais dissimulant mal en tout cas leur tendance spontanée à se méfier des agitateurs. Serrano descendit à la rencontre des résidents et leur demanda de retourner à leurs occupations et de ne plus s'inquiéter, car il contrôlait la situation. Frau Helda et les deux autres infirmières se partageaient parmi les blessés, étanchaient le sang des blessures et consolaient les hystériques. La direction fut définitivement prise en main par l'aîné des Faber, qui imagina apaiser les esprits en offrant la même assistance sanitaire aux éclopés de l'autre camp. Il hurlait à tue-tête, penché à la fenêtre qui donnait sur l'arrière des Thermes où était réunie en assemblée ouverte et permanente la presque totalité des travailleurs de la clinique. Sa proposition ne fut pas retenue, mais personne ne l'insulta et Hans Faber crut observer une fatigue profonde chez les travailleurs, comme si, soudain, ils se fussent sentis écrasés par le poids de l'irrationalité qui les avait conduits fatalement à ce jeu d'attaque et de contre-attaque. Soudain, l'assemblée se mit en mouvement et avança vers l'intérieur du bâtiment jusqu'à l'une des portes du gymnase, y pénétra et verrouilla la porte. Le gymnase donnait sur les couloirs des salles de massage et par ce couloir circula un communiqué annonçant que les travailleurs de l'entreprise Faber and Faber, plus connue sous le nom de « Les Thermes », décidaient de commencer une grève de la faim illimitée, en protestation contre les vexations qu'ils avaient subies.

– Une grève de la faim ! Le mot faim manque singulièrement de sens dans ce contexte, vous ne trouvez pas ?

Sánchez Bolín avait posé cette question et ses deux

compagnons d'observatoire – la terrasse du salon d'où l'on dominait le champ de bataille –, Gastein et Carvalho, ne surent pas à qui elle s'adressait.

– N'est-ce pas la lutte des classes en action ? demanda Carvalho à l'écrivain.

– Non, je ne crois pas. Il s'agit plutôt d'une lutte entre le national et le racial. Les travailleurs de l'établissement se sentent dévalorisés précisément parce qu'ils sont d'ici. Leur revendication est nationale. Les clients se sentent confusément menacés par une race obscure et méridionale. Leur a-priori est presque raciste ou culturel.

– Et le comportement des clients espagnols ? Ils se sont rangés aux côtés des étrangers.

– Chez eux, peut-être, a pu agir un mécanisme de lutte des classes. Mais très peu scientifique, si vous me permettez d'utiliser l'expression. Au fond, ce qui dérange le plus un Espagnol riche, c'est que les pauvres puissent pisser dans sa salle de bains.

– Et vous, vous prenez parti ?

– Non. Ce n'est ni le lieu ni le moment. Les questions nationales et raciales m'ennuient. Elles me font honte. J'ai honte pour les autres. Elles représentent un recul, elles masquent le sens de l'histoire et la question de la révolution.

Sánchez Bolín ne réalisa pas tout de suite que Carvalho l'avait abandonné et que Gastein ne bougeait pas, absorbé dans la contemplation d'un point indéterminé du parc qui l'attirait comme la voix d'une sirène.

L'assemblée des travailleurs, réunie en session permanente, décida une grève de vingt-quatre heures pour tous sauf cinq femmes de ménage chargées de nettoyer les secteurs strictement sanitaires de la clinique et les chambres des malades les moins valides. De leur côté, les cadres et le personnel paramédical espagnols décidèrent de ne pas se joindre à la grève, mais diffusèrent un communiqué dans lequel ils déploraient ce qui s'était passé et demandaient à l'entreprise que l'honneur de Luguín lui fût publiquement rendu. Si l'objectif de la grève semblait passablement éthéré – il s'agissait de protester contre les vexations subies par un camarade, ressenties comme le symptôme de l'agressivité d'un système contraire aux intérêts des travailleurs –, la proposition des cadres, en revanche, offrait à Molinas une chance d'entrouvrir la porte d'une fin heureuse. Après avoir consulté les Faber et Serrano, il s'enferma avec Mme Fedorovna dans son bureau et en sortit au bout d'une heure avec le texte d'une proclamation destinée à être placardée sur tous les panneaux d'affichage de l'établissement :

La direction des Thermes, société Faber and Faber, tient à proclamer la confiance absolue qu'elle a en la personne de M. Luguín, et à regretter l'agression dont cet employé a été la victime. C'est dans un climat de mutuelle collaboration entre le personnel d'assistance et les clients que naîtront les conditions optimales qui permettront à notre maison d'atteindre son but : la santé du corps et de l'esprit retrouvée dans un îlot de repos et de sérénité, loin des tribulations du monde actuel.

Mme Fedorovna trouva que la dernière phrase était en trop, mais Molinas était très fier de l'avoir écrite et il tint à la conserver. Traduit dans les diverses langues parlées dans la maison, à l'exception du flamand et du catalan, le communiqué fleurit un peu partout et, les panneaux d'affichage ne lui paraissant pas un véhicule suffisant, Molinas prit sur lui de le faire photocopier et glisser sous la porte de chaque chambre. Quelques minutes après la distribution, si les esprits indigènes étaient calmés, il n'en allait pas de même avec les étrangers qui regrettaient, certes, l'agression subie par l'Espagnol, mais considéraient que la direction, quand elle affirmait sa totale confiance en Luguín, laissait purement et simplement tomber l'agresseur, et avec lui tous les pensionnaires des Thermes, replacés devant le fait que le mal habitait parmi eux. On put entendre dans chaque groupe national des interventions passionnées sur l'intérêt, y compris psychologique, qu'il y avait à garder Luguín sous les verrous, la mâchoire fracturée ou pas, dans l'incertitude où l'on était que la police espagnole saurait conduire la recherche de la vérité jusqu'à ses ultimes conséquences. Chaque groupe proclamait qu'il fallait se serrer les coudes, « L'union fait la force », répétait-on à tour de bras dans les réunions, mais l'ajournement du dévoilement du mystère fit naître une pulsion mal réprimée de sauve-qui-peut hystérique qui devait passer, d'abord, par la rupture de la quarantaine obligatoire et par la sortie aussi rapprochée que possible de ces Thermes soudain ténébreux. Serrano opposa un refus catégorique à toutes les autorisations de sortie qui lui furent demandées, et, à partir de ce moment-là, les pensionnaires se mirent à voir en lui l'homme fort de la situation et à l'aborder un par un, chacun avec son histoire, son ton personnel, son habileté à faire valoir ses arguments, après que l'action de groupe se fut brisée contre les normes établies par un groupe plus puissant.

Et c'est ainsi que, dans le bureau réquisitionné par Serrano, commencèrent à arriver des demandes, n'émanant plus d'un consensus, cette fois, mais de l'adhésion spontanée au principe du « sauve-qui-peut ». Vinrent d'abord les demandes écrites, puis une queue furtive de quémandeurs qui composèrent dans le cerveau endolori de Serrano un puzzle d'insécurité et de désir de fuite général. Presque tous étaient retombés dans le vice solitaire de la rédemption individuelle, ce qui ne les empêchait pas de maintenir en vigueur certains rites corporatifs, certaines apparences de vigilance collective, d'autodéfense de groupe et d'organiser, par exemple, des piquets de protection contre toute éventualité d'un attentat terroriste indigène. Quant aux clients espagnols, désunis dès le premier jour, ils eurent à balayer un moins grand nombre de réticences éthiques ou esthétiques avant d'aller frapper à la porte de Serrano dès qu'il se murmura que Klaus Shimmel, le chef naturel du groupe allemand, s'était rendu chez le policier pour obtenir un statut préférentiel de sortant. Cette tentative de Shimmel, bien que tenue secrète, de l'avis même de Serrano, créa un style.

« Oui, monsieur l'inspecteur, Klaus Shimmel, descendant du meilleur staffeur d'Essen. Monsieur l'Inspecteur, on me demande très souvent dans mon pays comment toi, un homme comme toi, avec tout le pouvoir social, le prestige, l'argent que tu as, comment peux-tu aller passer tes vacances en Espagne, un pays au premier abord, seulement au premier abord, bien entendu, un pays de tourisme bas de gamme ? Moi, monsieur l'Inspecteur, j'apprécie ce pays. J'ai toujours su apprécier ce qui était caché derrière l'apparence de désordre, de laisser-aller, de je-m'en-foutisme, de m'as-tu-vu, je crois que c'est comme cela que vous dites. Récemment, le chef du gouvernement espagnol, un homme d'un réel talent, monsieur l'Inspecteur, est venu en visite en Allemagne et la chambre de commerce de Francfort a contacté des hommes d'affaires et des industriels qui travaillent avec l'Espagne pour assister à la réception donnée à Bonn en l'honneur de votre chef du gouvernement. Bien peu de patrons de mon pays ont pris la peine de se déplacer jusqu'à Bonn, mais moi, je me suis dérangé et j'ai eu l'honneur d'être présenté à M. González et à sa charmante épouse et je leur ai dit combien j'aimais venir aux

Thermes et combien ma santé est redevable à cet établissement, et mon expérience les a beaucoup intéressés. Entre nous, je ne suis pas allé les voir simplement pour leur dire bonjour, je monte en ce moment une opération qui a de fortes chances d'être très rentable pour l'Espagne. Il s'agit d'installer non loin d'ici une usine de décors de plafonds en staff synthétique. À partir d'un même module, applicable sur n'importe quelle structure de plafond, nous pouvons offrir jusqu'à trente-quatre variantes décoratives selon les goûts du client, et le même complexe technique est adaptable à la production de revêtement de rampes d'accès pour handicapés. Je vous ai apporté un catalogue pour que vous compreniez l'importance que cela représente pour l'Espagne de devenir le premier pays du sud de l'Europe à fabriquer nos produits. Les Espagnols sont loin d'être bêtes. Vous pourriez avoir votre place à l'avant-garde du monde si vous vouliez. Il faut seulement que vous nous fassiez confiance, et nous vous ferons confiance. Je vous ai également apporté ces photos où je suis avec le chancelier Kohl à la foire du meuble de Cologne. »

« Depuis vingt ans, une fois par an, je traîne mes sœurs en Espagne. C'est moi, Brit, qui ai commencé ; vous ne pouvez pas me confondre avec Frauke et Tilda, nous nous ressemblons mais si vous nous observez attentivement, vous vous apercevrez que Tilda est plus brune que moi et que Frauke a les jambes plus fortes ; c'est la meilleure marcheuse de nous trois, toujours devant ; mais c'est moi qui prends les décisions, ou qui les propose. Dans ma jeunesse, j'ai étudié la philologie romane à Göttingen et j'ai découvert chez vous ce personnage magnifique, cet écrivain extraordinaire qui serait plus célèbre s'il avait été américain : Lope de Vega. Je suis tombée amoureuse de Lope de Vega. Je savais ses tirades par cœur et aussi je savais par cœur un poème historique sur le comte de Benavente. Ce Benavente-là n'a rien à voir avec le Benavente du prix Nobel. Maintenant, je n'exerce plus comme romaniste, mais j'ai gardé le virus de la culture espagnole et, dès que je peux, je m'échappe vers le sud. L'Espagne n'était pas très bien vue par les Allemands quand j'étais jeune. Pour les uns parce qu'elle n'avait pas aidé Hitler autant qu'on aurait pu s'y attendre, et pour les autres parce qu'elle avait un régime fasciste, mais je venais parfois avec mes camarades étudiantes et nous nous gavions d'omelettes aux pommes de terre au *Mesón de la Tortilla* à Madrid et des garçons très sympathiques nous emmenaient danser, ils nous chantaient des chansons sentimentales à l'oreille et ils nous chatouillaient avec leur petite moustache. Moi, j'ai toujours dit du bien de l'Espagne, avant, du temps de Franco, et même maintenant, pour moi l'Espagne, monsieur l'Inspecteur, c'est Lope de Vega, c'est le comte de Benavente, c'est Federico García Lorca. Et c'est à cause d'eux que j'ai réussi à emmener mes sœurs avec moi, elles ont tellement adoré ce pays qu'elles reviennent tous les ans. Une année, nous venons faire notre cure ici, et l'année suivante nous allons manger l'omelette à Madrid. Une fois, nous sommes venues avec mon mari, mon mari est conseiller au ministère de la Justice du Land de Bavière, il a adoré tout ce qu'il a vu. Mon mari connaît plusieurs juges espagnols et il était en relation suivie avec un juge qui a été tué par les terroristes il y a quelques années, le terrorisme ne connaît pas de frontières, l'Allemagne est pleine de Palestiniens qui posent des bombes. Avez-vous envisagé la possibilité que tout ce qui est arrivé ici soit l'œuvre des Palestiniens ? »

« Si je me suis présenté à vous en tant que colonel de l'Armée espagnole, bien qu'à proprement parler je ne le sois plus, c'est que je sais qu'un serviteur de l'ordre saura comprendre qu'un militaire, comme un curé, est un militaire jusqu'à la mort. J'ai eu l'honneur de me mettre à vos ordres l'autre jour, oui, je suis le colonel

Villavicencio, je voulais vous renouveler l'assurance de ma loyauté et vous prévenir que je pouvais vous être très utile. Quand on a commandé des hommes, on a comme un sixième sens psychologique et on perçoit qui est qui au premier coup d'œil. Le genre humain, inspecteur Serrano, se divise principalement en deux catégories : ceux qui pètent et ceux qui se bouchent le nez. C'est aussi simple que ça. Après, vous pouvez subdiviser tant que vous voudrez, c'est le boulot des civils. Nous, les militaires, et, par extension, vous, les policiers, nous devons nous en tenir aux grandes classifications, nous sommes des hommes d'action et nous n'avons pas de temps à perdre avec les nuances. Moi-même, je me suis trouvé dans cette situation plus de cent fois, et c'est votre tour, maintenant. Le général commandant la région est un grand ami, il vous donnera sur moi toutes les assurances que vous voudrez. Je suis sûr qu'il viendra en personne dès qu'il saura que je suis retenu ici, et qu'il me dira : Villavicencio, quitte ce trou humide et viens à la maison, il y a une petite friture de poisson dont tu me diras des nouvelles. Tel que vous me voyez, j'ai été proposé deux fois pour la Grand-Croix du Mérite militaire : une fois, en pleine instruction, une jeune recrue nous avait lancé dessus une grenade, je me suis précipité et j'ai tapé dedans, je ne saurai jamais avec quoi j'ai tapé dedans, mais elle a explosé plus loin et nous nous en sommes sortis par miracle, et j'ai été proposé pour la croix. La deuxième fois, c'était au Maroc, à Ifni, j'étais volontaire au moment des événements. Vous, vous étiez encore en culottes courtes, vous n'étiez pas né si ça se trouve. À Ifni, j'ai enlevé sa mitrailleuse à un Maure et je l'ai rapportée derrière nos lignes. Si vous aviez vu la tête du Maure ! Mon colonel à l'époque, ce pauvre don José Cortés de Comenzana, m'a félicité : Villavicencio, tu es aussi brave que tu es con, et ce n'est pas peu dire. Moi, j'ai les yeux en face des trous, je me rends compte qu'il y a un coup fourré quelque part, il n'y a qu'à voir la réserve, le sang-froid du général belge, Delvaux, vous savez que c'est une huile de l'O.T.A.N. N'est pas général de l'O.T.A.N. qui veut, Serrano, et si vous avez besoin de mon concours pour faire la liaison avec Delvaux, je passerai par-dessus mes intérêts personnels, qui consistent à foutre le camp d'ici le plus vite possible, et je me mettrai aux ordres de tout commandement conjoint qui sera mis en place. »

« Je ne sais pas si vous avez compris la signification de mon grade et de mon poste, général Jules Delvaux, détaché au quartier général de l'O.T.A.N. au Luxembourg, responsable de l'intendance du quartier général, pour être plus précis. Je n'ai rien à ajouter, faites votre devoir. Je tiens à donner l'exemple de la discrétion, mais de hautes tâches m'attendent à Luxembourg et je n'écarte pas la possibilité qu'à l'heure qu'il est le Haut Commandement soit en train d'organiser mon départ des Thermes et qu'un hélicoptère arrive d'un moment à l'autre. Je regrette de ne pas vous être d'une plus grande utilité, mais ma partie, c'est l'intendance, plus précisément les études sur les expériences extrêmes de survie, c'est pourquoi je m'intéresse tellement à la diététique, et je suis désormais à même de démontrer que le lupin est l'avenir alimentaire du monde. Qui dit lupin dit vaches, et s'il a des vaches, l'homme peut assouvir sa faim. Quand je serai à la retraite, j'ai l'intention de me consacrer à l'étude de l'alimentation humaine et des raticides. L'homme ne doit pas seulement résoudre les problèmes fondamentaux de ses ressources alimentaires, il doit aussi exterminer les rats. J'ai un sixième sens pour les détecter et je peux affirmer, sans craindre de me tromper, que cet établissement est plein de rats, même si on ne les voit jamais. »

« Excusez-moi si je ne me suis pas habillé pour venir

vous voir, mais j'ai une allergie de la peau, je suis obligé de rester toute la journée en survêtement. José Hinojosa Valdés. J'ai une usine de chorizos à Ségovie, cinq bars à Madrid et cinquante pour cent du capital du magazine le plus vendu en Espagne, mots croisés et jeux, vous voyez le topo. Je n'ai l'air de rien, avec mon survêtement, mais ne vous fiez pas aux apparences. Vous avez devant vous le plus jeune chef de centurie de la Phalange de la province de Ségovie en 1952 et le Victor d'or 1956 du Syndicat étudiant. J'aurais dû être secrétaire général du Syndicat étudiant, mais un clown habillé en Superman m'est passé par-dessus, aujourd'hui il est correspondant de la télévision à Moscou, le temps passe, la roue tourne. Je vais toujours droit au fait, surtout quand je parle avec un serviteur de l'ordre. Entre nous, on ne va pas prendre de gants. Nous savons tous les deux que les ennemis de l'Espagne, ses ennemis de toujours, sont à l'affût et qu'ils se sont introduits aux Thermes. Ils ne respectent même plus un lieu de paix comme celui-ci. Il faut que je vous fasse part de mes soupçons à propos du séjour ici de Sánchez Bolín, un écrivain communiste avec le couteau entre les dents et qui ne se gêne pas pour dire publiquement qu'il est contre l'ordre établi, contre celui d'avant, contre celui de maintenant, contre celui de toujours. Il est silencieux et discret comme tous les rouges mais je le tiens à l'œil en permanence, et dès que je le verrai faire quelque chose de bizarre, je lui saute dessus et je vous le ramène. J'ai des amis très bien placés, malgré la lamentable situation dans laquelle se trouve notre pauvre Espagne. Les socialistes n'ont pas réussi à se débarrasser de ceux-là, ils tiennent bon la barre et ils seront toujours à mes côtés, comme de bien entendu. »

« Je ne sais pas si vous avez déjà entendu parler du côte-de-dumesneuil, c'est un vin rouge qui provient d'un terroir limitrophe de Nuits-Saint-Georges. Je m'appelle Armand Dumesneuil, je suis propriétaire et j'écris des essais sur le modernisme catholique au vingtième siècle. J'édite mes ouvrages à mes frais, dans la maison d'édition que dirige mon beau-frère, mais que je possède, enfin, j'en partage la propriété avec mon fils, un architecte très réputé qui travaille surtout à Paris et qui est marié avec Renée d'Ormesson, un grand nom, une grande amie de la duchesse d'Albe et de don Pío Cabanillas, un homme politique espagnol très connu, paraît-il. J'ai eu le plaisir de prononcer une conférence à l'Académie royale espagnole sur "Le concept de culpabilité chez Péguy" et ma conférence a fait l'objet d'une critique enthousiaste de don José María de Areilza dans *ABC*. Il n'y a pas très longtemps, je suis passé à "Apostrophes", une émission de la télévision française très prestigieuse, et son animateur, M. Pivot, m'a demandé : Croyez-vous que l'Europe soit religieuse ? Remarquez-vous la malice de cette question ? J'ai fait semblant de réfléchir, mais j'avais la réponse sur le bout de la langue. Et ma réponse fut la suivante : "De quelle Europe parlez-vous ? Peut-être pensez-vous à la Pologne ?" Peut-être l'ignorez-vous, mais les processions en Pologne sont extraordinaires. Dans aucun autre pays je n'ai vu de foi plus collective, plus profonde. Amintore Fanfani m'honore de son amitié et je lui offre mon hospitalité en retour. Malgré ses origines démocrates chrétiennes de gauche, Amintore sait apprécier un bon cru et il adore le *confit d'oie** et le *foie gras** du Périgord, spécialement celui de mon cher Cartaud, le meilleur *artisan-conservateur** de Brantôme. Je vous ai parlé d'Amintore Fanfani, parce que nous avons souvent discuté du sens du mot religiosité. Qu'est-ce que la religiosité ? Un état de conscience ? Un état d'âme ? Une prédisposition du caractère ? »

« Mon mari a été directeur général du premier gouvernement Arias et je suis née à Madrid mais j'ai été élevée à Tolède. Maintenant, mon mari représente une maison nord-américaine d'électronique et il aide mon père à gérer deux ou trois portefeuilles : cristal tchèque, bouées marines soviétiques et un chewing-gum naturel danois qui change trois fois de goût au fur et à mesure qu'on le mâche. Mon mari est vice-président adjoint de l'Atleti, je crois que c'est celui de Madrid, mais je ne suis pas très sûre, parce que je ne l'accompagne jamais au football. Mon mari vient quelquefois me voir pendant mes séjours et il a fait la connaissance de M. Faber, il loge à Bolinches et comme M. Faber sait qu'il aime beaucoup le tennis, il l'invite à jouer avec lui et son frère. Le maire de Bolinches, c'est toujours le petit socialiste qui a une belle-sœur de Tolède, non ? Eh bien, celui-là aussi est très ami avec mon Antonio, et le gouverneur civil de cette province aussi, je crois qu'il était avec mon Antonio à l'U.C.D. ou à l'Alliance populaire, je ne me souviens pas bien, mais je sais qu'ils avaient quelque chose à voir ensemble. Mon beau-père a été dans la Division Azul et mon père a fait la guerre comme ancien combattant, enfin, il a été ancien combattant après la guerre, je veux dire, il l'a commencée comme aspirant et il a fini commandant, mais il a eu une jambe criblée d'éclats et il s'est mis dans l'import-export. J'ai un frère qui est député du P.S.O.E. je ne sais pas où, mais il fait partie des socialistes civilisés, pas un partisan de Guerra, un partisan de l'autre. J'ai aussi un frère qui a fait le tour du monde sur un voilier et qui a eu la couverture d'*As*. Quoi d'autre ? Je vous assure que je ne pourrai pas supporter un jour de plus ici, mon mari et mes enfants sont complètement livrés à eux-mêmes et le régime me pèse sur le foie comme une pierre. »

« Juan Sullivan Álvarez de Tolosa, mais on m'appelle Sullivan, comme si c'était un surnom, en fait c'est le nom de mon père, œnologue, fils et petit-fils d'œnologues, une famille établie à Jerez depuis plus de cent ans. Écoute, Serrano, je ne vais pas te sortir toutes mes relations, si c'est ce que tu attends. Je ne vais t'en sortir qu'une seule. Le roi. Ça vaut la peine que je continue ? Eh bien, le roi est une connaissance qui me vient directement de ma cousine Chon, elle a commencé par être d'extrême gauche et elle a fini par se marier avec un marquis qui est commandant dans l'armée, de la même promotion que le roi. Serrano, demande à Sa Majesté s'il connaît Sullivan et tu verras ce qu'il te dira. Peut-être que ça vous choque que je vous tutoie. Mais je tutoie tout le monde. Il n'y a pas de raison. Eh bien, excusez-moi, mais j'insiste, dites "Sullivan" au roi et je suis sûr qu'il se mettra à rire et qu'il dira : "Sullivan est la plus amusante crapule que j'aie jamais connue de ma vie." Et vous savez que c'est un Bourbon. Un Bourbon est un Bourbon, point à la ligne. Ils ne se prennent pas pour rien. Eh bien, c'est quelque chose quand un Bourbon se souvient de vous. Il n'y a pas longtemps, le maire de Jerez, un socialiste pur et dur, un de ceux qui nous auraient bien enlevé nos villas à la mer s'ils avaient pu, eh bien, il est allé à une audience du roi à Madrid, et quand le roi a appris qu'il était maire de Jerez, il lui a dit : "Si tu vois Sullivan, dis-lui que l'été reviendra", et il s'est mis à rire. C'est comme un mot de passe entre le roi et moi. »

« Oriol Colom, à votre service. Je ne sais pas si vous savez exactement comment nous sommes, nous, les Catalans, mais je vais vous dire un proverbe qui nous dépeint bien : *Els catalans de les pedres fan pans*, autrement dit, les Catalans font du pain avec des pierres. Alors là, tout est dit. Moi, je viens passer mes vacances ici, vous m'avez bien entendu. Quand je prends mes vacances, je viens crever de faim ici pour être en bonne santé et continuer à travailler comme un forcené. Chaque jour de plus que je passe aux Thermes signifie que je perds du travail et de l'argent. S'il s'agissait de se sacrifier pour quelque chose de valable, je serais dans les premiers à foncer. Mais ici, monsieur l'Inspecteur, nous perdons notre temps, voilà tout, je ne vois pas à quoi ça vous sert, de nous avoir enfermés en quarantaine. Mes affaires ne peuvent attendre un jour de plus. Des centaines de familles mangent tous les jours grâce à moi et les choses ne vont pas si bien que le gouvernement puisse se permettre de compliquer la vie aux patrons comme moi, qui prennent des risques, qui investissent, qui capitalisent, et encore, moi, je n'ai pas un problème, pas un, vous m'entendez, avec les gens de mon entreprise. Ils m'invitent au mariage de leurs filles, aux premières communions, aux baptêmes. Et monsieur Colom par-ci, et monsieur Colom par-là, quand la démocratie est arrivée, je n'étais pas très rassuré mais j'ai appelé le gars du parti et je lui ai dit : Giral, qu'est-ce qu'il va se passer maintenant. Le désordre ? Le chahut ? La kermesse ? Rien de tout ça, monsieur Colom, m'a-t-il répondu. Travail et négociation. Ah, bien, Giral, comme ça, nous allons nous comprendre, mais je ne veux pas de grimaces et de sauts de saltimbanques, hein ? Et ça se passe comme ça. Ils ont fait ce qu'ils avaient à faire, on a négocié à tour de bras et je n'ai pas eu de problèmes graves. C'est pour ça que je vous dis que je suis indispensable là-bas et qu'il y a moyen de s'arranger. Vous me posez vos conditions et, si je peux les accepter, je les accepte. Si vous me dites : Écoutez, Colom, je vous laisse partir mais vous devez vous présenter chaque jour dans tel commissariat de Barcelone jusqu'à ce que tout soit arrangé. Parfait, je me présente et tout ira très bien, vous comprenez, monsieur Serrano ? »

« Je m'appelle Anne, Anne Roederer et je suis infirmière, de Strasbourg. Nous allons être enfermés longtemps ? J'ai des problèmes personnels graves à Strasbourg, je suis venue ici pour y échapper, j'ai tout laissé en plan. C'est une bêtise de plus, je suis en bonne santé, je n'ai besoin ni de bains, ni de massages, ni de rien. J'ai laissé ma fille avec mon ex-mari, mais ce n'était pas pour longtemps, en fait, je devrais être rentrée depuis deux jours… Ici, je ne comprends rien à ce qui arrive. J'ai appelé mon ambassade et ils ne me donnent pas grand espoir… Qu'est-ce qu'il se passe, ici ? Ma vie n'est déjà pas très marrante, les situations inquiétantes ne m'amusent pas du tout. À quoi peut vous servir une femme aussi peu inquiétante, aussi peu intéressante que moi ? Si je m'en allais demain, vous ne vous en rendriez même pas compte. Très souvent, je m'en vais de l'endroit où je suis et personne ne s'en rend compte. Même chez moi, ça m'arrive. Au travail. Je suis comme invisible. Mon mari me disait : Dis quelque chose, comme ça je saurai que tu es là. C'est vrai, monsieur l'Inspecteur. »

« Mon nom est Stiller, je suis suisse. J'ai sollicité de mon plein gré ce second interrogatoire pour éliminer tous les doutes que vous pourriez avoir sur ce que je vous ai déclaré hier. Je suis fondé de pouvoir de la banque Rothschild à Zurich. Je ne sais pas si cela vous dit quelque chose, mais j'aimerais que vous preniez conscience des graves conflits qui peuvent découler de la prolongation de mon séjour ici. J'ai de grandes responsabilités, je suis tenu à un emploi très précis de mon temps et j'ai profité pour venir ici du nombre de jours exact qu'il me restait entre une convention de la banque Rothschild à Paris et un voyage au Brésil où nous devons ouvrir prochainement une succursale. Un retard dans ce voyage au Brésil signifie une perte de millions de francs, enfin, de dollars, si vous préférez. Je comprends que vous fassiez votre devoir, mais je voudrais vous apporter toutes les garanties possibles afin que nous ne perdions pas notre temps, ni vous, ni moi. Quand on a des responsabilités, vous savez cela aussi bien que moi, on sait qu'il y a dans l'uniformité des choses un fond de vérité indispensable, comme dans le protocole. Mais les exceptions confirment la règle et personne ne gagnera rien à ce que je retarde encore mon départ des Thermes de deux ou trois jours. Par ailleurs, imaginez que la presse de mon pays apprenne les motifs de la prolongation de mon séjour ici, il pourrait en découler une spéculation qui nuirait à ma bonne réputation et à celle de ma banque. La banque repose sur le crédit, pour elle-même et en elle-même. Je crois que ce n'est pas difficile à comprendre. Je me tiens à votre disposition pour toute démarche qui pourrait être opportune dans le futur. De plus, si vous faisiez un peu de statistique élémentaire, vous vous rendriez vite compte que la logique veut que le crime soit le fait des gens d'ici. Un vol mineur, cherchez l'explication de ce côté-là. Qu'a à gagner une personne d'ordre dans le meurtre de ces deux vieillards ? »

« Mon nom est Julika Stiller Tchudy et je confirme tout ce que vient de dire mon mari, non parce qu'il est mon mari, mais parce qu'il est la logique même. Je ne veux certainement pas dire que les Espagnols sont plus assassins que les autres, mais étant donné les circonstances, la logique veut que le criminel fasse partie du personnel, ou alors c'est un marginal déboussolé. Deux marginaux déboussolés ? Il est peut-être revenu pour éliminer von Trotta. Oui, bien sûr, l'assassinat de M. Frisch est plus inexplicable, mais il entre dans la même logique. Nous sommes des gens d'ordre et nous sommes venus ici pour nous reposer et nous remettre en forme. Chez moi, je suis obligée de dormir avec un masque et des boules dans les oreilles mais dès que je commence le jeûne je me détends et je profite de votre merveilleux soleil et quand nous avons fini notre cure, nous faisons un tour jusqu'à la côte, quelle merveille ! Votre pays est merveilleux, défendez-le, ne laissez pas la violence ou la médiocrité vous le prendre. La plupart des clients de cet établissement sont, plus ou moins, des V.I.P. et ce sont leurs opinions qui font l'opinion. Vous imaginez un peu ce qui arrivera quand ils partiront des Thermes et iront raconter partout ce qui leur est arrivé, surtout quand ils raconteront qu'on les a pris en otages, car nous avons tous le sentiment d'être des otages. Un gouvernement réellement démocratique ne se serait jamais permis de séquestrer les gens de cette manière ; mais avec les socialistes, il faut s'attendre à toute sorte de grossièretés. Ils ne sont pas pires que les autres ; ils sont seulement plus grossiers. Ils n'ont pas de classe, tout bêtement parce qu'à l'origine ce sont des aigris de la société qui font de la politique pour être moins pauvres et rabaisser les riches. Ne m'interromps pas, chéri, je sais ce que je dis et je ne cherche à vexer personne, je ne parle pas seulement des socialistes espagnols, mais des socialistes en général et M. Serrano comprend ce que je veux dire parce qu'un policier, un vrai policier, un bon policier, en son for intérieur, sait distinguer le désordre là où il se trouve, et là où il y a des socialistes il y a du désordre, du désordre mesquin, petit, mais du désordre. Ils essaient de nous enlever ce que nous avons pour donner le métro gratuit aux retraités et ils sont contents. Ensuite, ils se rendent compte que les retraités ne peuvent pas les voir mais qu'ils votent pour eux seulement pour nous embêter, nous, les riches. »

Moi, nous. Toutes les interventions étaient parties du moi pour arriver au nous, mais ce *nous* de caste était une simple addition de *moi*. Serrano relut la liste des entretiens. Il ne manquait que les petites Italiennes, Carvalho et le Basque. Les jeunes Italiennes étaient toujours vautrées sur leur lit et de temps en temps s'appelaient par le balcon :

– *Chè cosa fai, Silvana ?*

– *Niente.*

Ce n'était pas la peine d'attendre Carvalho, il restait le plus près possible du bureau de Molinas à compter les visiteurs avec un sourire qui ne disait rien à ceux qui venaient à confesse mais que le confesseur interprétait comme une déclaration de principe sur le destin de l'homme et du monde. Ce fut Carvalho lui-même qui interpella Serrano quand celui-ci passa la tête par la porte pour vérifier que plus personne ne faisait la queue.

– Il manque le Basque.

– Je sais qu'il manque le Basque, répondit agressivement Serrano, agacé par la comptabilité de Carvalho. Il manque aussi les Italiennes. Si vous étiez aussi malin que vous croyez, vous vous en seriez aperçu.

– Ces deux filles ne comptent pas. Chaque seconde qui passe, elles grandissent et maigrissent un peu plus.

Le Basque se présenta quand Serrano se préparait à fermer le confessionnal. Il apparut au bout du couloir, pris entre la volonté d'avancer son pied droit et de reculer le gauche, son corps oscillant tel un animal nonchalant qui l'empêchait d'avancer vers le bureau de l'inspecteur. Mais il finit par se décider à dix mètres de la porte, passa comme un éclair devant Carvalho et se glissa dans le bureau de Serrano avant que le détective ait eu le temps d'ouvrir la bouche.

« Oui, oui, je sais qu'il est un peu tard, monsieur l'Inspecteur. Je m'appelle Telmo Duñabeitia, vous me connaissez, je suis un industriel très respecté et très connu dans toute l'Espagne. Il n'y a pas de meilleurs contre-plaqués que les Duñabeitia et je viens vous demander de me laisser sortir le plus tôt possible. Voyez-vous, j'ai de bons amis partout, et ce n'est pas rien à une époque où on regarde à peine les Basques par la faute de quelques exaltés, je veux parler de l'E.T.A. Je reconnais qu'ils ont des couilles, hein, monsieur l'Inspecteur. Ils ne sont pas comme d'autres qui vous font un sourire par-devant et vous fichent leur pied au cul par-derrière. Mais ce sont des exaltés et on a tendance à mettre tous les Basques dans le même sac. Je fais vivre de nombreuses familles et mon séjour ici est une catastrophe. Je connais les gens, chez moi, ils vont penser que je suis retenu ici parce que je suis basque, parce qu'on nous en veut, à nous, les Basques, moi, je suis ami avec tout le monde, je me comprends quand je dis tout le monde. Moi, en fait, je ne suis pas de ceux qui haïssent la police simplement parce que c'est la police. Si vous venez au Pays basque, je ne me promènerai pas dans la rue avec vous, mais si je peux vous rendre service, je le ferai sans problème. On peut faire attention au qu'en-dira-t-on, ça ne nous empêche pas de bien nous entendre entre nous, nous avons tous une mère, bon sang, nous avons tous deux mains et deux pieds. Enfin, quand je dis tous, sauf les manchots et les culs-de-jatte. »

Que le cadavre de Mme Fedorovna fût retrouvé écroulé sur le revêtement asphalté du court de tennis, côté nord, vêtu d'un léger mais chaste ensemble de championne de Roland-Garros des années trente ne surprit pas autant que le fait que quelqu'un, probablement l'assassin, lui eût posé le tamis de sa raquette sur la figure, comme pour protéger ses traits de la curiosité poisseuse des mouches ou déposer une inutile jalousie sur l'orifice de pénétration de la balle, positionné en plein milieu du front, l'orifice de sortie se trouvant dans le creux de la base du crâne. De cette orientation de haut en bas de la trajectoire du projectile, on déduisit que Mme Fedorovna avait été assassinée par un géant, la dame étant elle-même de bonne taille, ou bien alors que l'assassin l'avait obligée à s'agenouiller pour lui donner le coup de grâce au centre de ce front haut, large, blanc, meublé de nobles pensées sur le jus de carotte et de saines préventions contre l'omelette aux pommes de terre et le jambon de montagne. La trajectoire de la balle aurait été un sujet de conversation secondaire en d'autres circonstances, mais la fréquence des assassinats avait amené aux Thermes une espèce d'insensibilité envers la mort, et suscité, en revanche, mainte remarque d'expert sur ce que le colonel appelait les « détails du crime ». De son côté, le chef naturel de la colonie allemande, l'industriel d'Essen, exposa ses conclusions dont la principale tendait à détendre radicalement les pensionnaires :

– Le premier assassinat a touché un client, c'est exact. Mais ensuite nous avons von Trotta et maintenant Mme Fedorovna, c'est une indication que les membres du personnel ont plus de chance d'être assassinés que les clients.

Opinion discutable et par conséquent discutée, on lui rappela le cadavre de Karl Frisch, retrouvé dans les faubourgs de Bolinches. Le Suisse, indubitablement, avait fait partie de la communauté des clients, mais la moue méprisante que fit l'industriel à l'énoncé de son nom donna à penser que, quant à lui, il ne le considérait pas comme un des siens, et le cadavre du mari de Helen fut condamné à graviter à jamais dans la galaxie de ceux qui n'ont pas un bout de terre où se reposer. Le débat sur le fait de savoir si Frisch était considéré ou non comme un membre de la communauté mit au jour une nouvelle énigme, celle de la disparition de sa veuve, partie des Thermes pour de banales obsèques et jamais revenue, que l'on sache. Que la Suissesse ait pu bénéficier d'un traitement de faveur était insupportable et échauffa les esprits à tel point que le cadavre de Mme Fedorovna aurait pu demeurer sous la garde du soleil et des mouches bleues si son enlèvement n'avait dépendu que de la volonté de la colonie. Molinas puisa dans ses réserves de courage pour parvenir à enregistrer avec la moitié de son cerveau la mort indiscutable de son efficace collaboratrice et, avec l'autre moitié de son cerveau, la tempête de réclamations soulevée par la disparition de Helen Frisch. Le corps affaibli par les kilos perdus au cours de nuits blanches et de journées de batailles dialectiques et physiques, il gagna du temps comme il put. Mais il ne savait pas se faire plaindre, il portait, dans son regard de chien de garde, le stigmate du petit chef emporté par la faillite et ses lamentations, lorsqu'il réclamait un peu de considération pour ses malheurs et ses responsabilités, glissaient même sur les frères Faber, définitivement dépassés par les événements, en particulier l'aîné, pourtant le plus fort et le plus actif des deux, tandis que le plus jeune, modèle réduit de l'autre, se cantonnait dans un silence observateur qui n'invitait pas au dialogue.

– Résumé de la situation ? demanda Sánchez Bolín à Carvalho quand il le vit entrer dans le sauna.

– Jugez vous-même. Quatre morts.

– Invraisemblable. Je vous répète que ce n'est pas du bon boulot. Quatre morts, c'est déjà un génocide et le conseil de sécurité des Nations unies devrait intervenir.

– Il y a une certaine logique dans la mort de mistress Simpson, de von Trotta, maintenant de Mme Fedorovna. Frisch fait bande à part.

– Non, pas quand il y a tant de morts en si peu de mètres carrés et dans une même unité de temps. Tout se tient. Avez-vous observé nos compagnons de cure ? Les membres de l'appareil dirigeant ont maigri, mais les clients grossissent, il me semble. Leur métabolisme est déboussolé. L'homme au survêtement est toujours vivant ?

– Toujours vivant.

– Je le verrais très bien en assassin.

– Ce type-là ne s'intéresse plus au monde depuis le jour où Franco est mort.

– Il m'arrive quelque chose de similaire. Je m'intéresse toujours au monde, mais plus du tout à ma propre histoire. C'est comme si mon histoire s'était achevée et que du passé me soit offerte l'occasion inutile de contempler un futur qui m'est étranger.

– Ce qui se passe aux Thermes ne vous intéresse pas ?

– Non. Sincèrement, non. Ces gens méritent ce qui leur arrive. Ils avaient annoncé la fin du drame, la fin de l'histoire et ils s'apprêtaient à vieillir dignement. Le narcissisme m'écœure.

– Mais vous aussi, vous êtes un client des Thermes.

– Chacun a les contradictions qu'il peut.

Les séances de sauna rendaient Carvalho nerveux, mais elles étaient comprises dans le prix de la pension et il ne voulait pas faire cadeau d'un seul centime à Faber and Faber. Quand il eut bien sué, il reprit possession de sa chambre et de ses vêtements et se disposa à aller se rendre compte par lui-même de l'état des principaux protagonistes du désastre. Il rôda comme un chasseur d'images en morceaux et retrouva chacun, fidèlement, dans son rôle. L'inspecteur Serrano avait passé la matinée à hurler après tout le monde, y compris lui-même, Faber and Faber donnaient l'impression de se présenter mutuellement leurs condoléances, tandis que Molinas retrouvait son calme, ou sa perplexité, mais visiblement, il retrouvait quelque chose. Gastein surgissait de temps en temps au coin d'un mur, à l'extérieur ou à l'intérieur des bâtiments, comme à l'affût du moindre événement qui risquait de se produire, et retournait ensuite dans sa tannière-cabinet de consultation. L'assassin avait offert toute sorte de commodités : la balle fut découverte sous le corps de Mme Fedorovna, la douille près du filet et le pistolet mal dissimulé dans les lauriers-roses. Serrano dictait son rapport à la dactylo d'une voix éteinte, les yeux clignotants. Il était cérébralement fatigué et son regard cherchait des objets ou des personnes sur lesquels se reposer, se débarrasser de l'incertitude qui le minait.

– Et vous, toujours en balade ? Je croyais que le directeur vous avait demandé d'enquêter aussi.

– Vous avez besoin d'aide ?

– Non. J'ai besoin qu'on me remplace. En cet instant précis, un ponte du ministère vole vers nous. Dès qu'il sera arrivé, je lui remettrai l'affaire et bon vent. On ne peut plus tenir les gens.

– Il y en a encore qui se font bronzer tranquillement. La piscine est pleine de monde.

– Quel que soit le meurtrier, il est allé trop loin.

– Quand j'ai vu le corps de Mme Fedorovna, j'ai pensé que j'avais peut-être commis une erreur. Il y a quelques jours, j'ai assisté par hasard à la dispute dont je vous ai parlé, entre mistress Simpson et Mme Fedorovna. Molinas trouvait que ce n'était pas important et je l'ai suivi dans ses conclusions parce que je ne voyais pas le rapport entre la vieille excentrique américaine et l'intendante russe.

– Et maintenant, vous voyez le rapport ?

– La mort. Le rapport, c'est la mort. Les expressions, les voix prennent une autre signification. Mme Fedorovna était en train d'engueuler mistress Simpson. En russe.

– Comment savez-vous qu'elle l'engueulait ?

– Le ton de sa voix. C'était une situation qui ne tenait pas debout et les situations qui ne tiennent pas debout devraient arrêter toute notre attention. D'abord, pourquoi se parlaient-elles en russe ? Pourquoi leur fallait-il un langage différent, décalé par rapport à ce qui justifiait leur présence aux Thermes ? Ensuite, depuis quand Mme Fedorovna se permettait-elle d'engueuler les clients ?

– Conclusion ?

– Dans cette histoire, personne n'est ce qu'il paraît être. Ni mistress Simpson, ni Mme Fedorovna, ni von Trotta, ni Karl Frisch.

– Et les survivants ?

– Non plus. Ils sont aussi suspects de ne pas être ce qu'ils disent qu'ils sont. À propos, qu'est devenue Helen Frisch ?

– Sur les conseils du docteur Gastein, elle est enfermée quelque part jusqu'à ce qu'elle ait retrouvé son équilibre nerveux. Je devrais bien y aller, moi aussi, pour retrouver mon équilibre nerveux. Mais personne ne vient me demander où en est mon équilibre nerveux.

– Je suis sûr que vous savez qui étaient réellement mistress Simpson, von Trotta, Mme Fedorovna…

– C'est possible. Je vous ai déjà dit que mistress Simpson était d'origine polonaise, qu'elle s'appelait Perschka.

– Et von Trotta ?

– Allemand.

– Mais en réalité, il n'était pas von Trotta.

– En tout cas, il ne s'appelait pas von Trotta, mais Siegfried Keller.

– Et il n'était pas professeur de tennis.

– Il aurait pu l'être. Il a remporté le Trophée pangermanique en 1941. C'est dans son dossier.

– Ce qui signifie que vous avez des dossiers sur eux.

– Ils sont confidentiels et incomplets. Mes supérieurs me les ont fait parvenir et j'attends l'arrivée de la personne du ministère dont je vous ai parlé. Mais je n'ai aucune raison de vous faciliter les choses, Carvalho. Vous travaillez habituellement en solitaire, il n'y a aucune raison que vous attendiez à la porte de mon bureau que je vous serve la soupe toute prête.

– Il pourrait y avoir d'autres morts.

Serrano haussa les épaules.

– Ce n'est plus mon problème. Entre la première et la deuxième mort, on pouvait faire quelque chose et on aurait dû faire quelque chose. Maintenant, il n'y a plus de raison que ça s'arrête. Je ne vais pas lever le petit doigt pour que ça s'arrête. Les ordinateurs tournent à plein, les banques de données du monde entier cherchent les raisons de ce qui arrive ici. Qu'est-ce que je peux faire de plus ? Recevoir poliment ceux qui vont venir chercher les restes.

Il suivit les conseils de l'inspecteur et sortit pour chercher une explication sans autre allié que ses cinq sens. Il profita d'un moment où Molinas soufflait un peu pour l'entraîner vers la salle de vidéo et l'inviter à pénétrer dans la pénombre, presque l'obscurité, qui attendait le passage de *Petulia* programmé ce soir-là.

– Qu'est-ce qu'on est bien ici ! soupira Molinas. Pas de cris. Pas de délégués. Pas de comités. Pas de crimes.

– Vous travaillez ici depuis combien de temps, Molinas ?

– Huit ans. Ça fait déjà un bail. Les frères Faber étaient là à l'origine, Mme Fedorovna, et le docteur Gastein, naturellement. Quand les affaires ont commencé à bien marcher, le fonctionnement est devenu trop complexe et ils ont eu besoin de quelqu'un du pays. Il faut avoir la main pour traiter avec les employés et les clients, et pas la même, croyez-moi, une pour les employés, une pour les clients.

– Von Trotta était déjà professeur de tennis quand vous avez commencé à travailler ici ?

– Oui. Il faisait partie de l'équipe de départ.

– Quelles étaient les relations entre von Trotta et Mme Fedorovna ?

– Bonnes. Excellentes, même. Ils se connaissaient depuis très longtemps et il y avait une réelle amitié entre eux.

– Et avec les frères Faber, il était ami ? Avec Gastein ?

– Il s'entendait très bien avec l'aîné des Faber, mais on ne pouvait pas parler d'amitié, alors que c'est le mot qui reflète exactement les rapports de Mme Fedorovna et de von Trotta. Gastein est à part. Il aime rester à l'écart, mais c'est lui le véritable maître de cette maison. Je vous dis ça entre nous, mais ici, personne ne lève le petit doigt sans l'avis de Gastein. Je parle de circonstances normales, bien entendu.

– Les Faber sont les seuls propriétaires ?

– C'est une société anonyme, mais il paraît qu'ils sont principaux actionnaires.

– Il paraît seulement ?

– Gastein a des parts. Mme Fedorovna et von Trotta en avaient aussi.

– Von Trotta ?

– Mais oui, von Trotta.

– Les clients racontaient qu'il était sur le point d'être renvoyé.

– Ils se trompaient. Von Trotta travaillait pour l'amour de l'art. J'irais jusqu'à dire que c'était un homme riche. Il possède une villa splendide à Los Monteros qu'il n'a sûrement pas payée grâce à ses leçons de tennis.

– Mme Fedorovna aussi était riche ?

– Elle en avait l'air parfois. D'autres fois, non. Elle aimait se plaindre mais je crois qu'elle devait avoir son petit magot.

– Merveilleux. Ils étaient tous riches, agiles, dignes, beaux. Soudain arrive une soi-disant veuve américaine et tout bascule. Elle est tuée, ou elle fait tout pour qu'on la tue, et elle déclenche une ribambelle de morts qui n'est toujours pas terminée. Mme Fedorovna ne vous a jamais rien dit sur mistress Simpson ?

– Rien que de très banal. Elle revenait régulièrement, elle était un peu excentrique. C'était la quatrième année qu'elle venait aux Thermes. J'ai été très surpris qu'elle ne soit pas vraiment américaine, pour moi, elle était le type même de la vieille Américaine riche qui refuse de vieillir.

– J'ai la tête pleine d'images éclatées, monsieur Molinas. Petit à petit, les morceaux se replacent au bon endroit et des scènes complètes apparaissent qui sont quelquefois intéressantes, pas toujours. Il y a deux fragments qui reviennent sans arrêt : la dispute en russe entre Mme Fedorovna et mistress Simpson et la mystérieuse apparition de mistress Simpson à la porte des anciens thermes la nuit de l'expédition militaire du colonel Villavicencio.

– La première scène est bizarre, je vous l'accorde, mais pas la seconde. Elle se promenait, voilà tout.

– Elle sortait du pavillon.

– Impossible. Le pavillon est fermé à clé tous les soirs à six heures, quand le dernier masseur s'en va.

– Si on vous demandait ce que vous pensez de ces événements, qu'est-ce que vous diriez ?

– Je dirais qu'on a affaire à un maniaque. Un sadique. Un fou qui arrive à se contrôler le reste du temps. Je ne vois pas d'autre explication.

– Il n'y aurait pas d'autre explication si la mort était le seul lien entre les victimes. Mais il y a ce dialogue en russe entre les deux femmes et un autre aspect important : Frisch. Karl Frisch a tout fait pour partir des Thermes. Il voulait absolument sortir d'ici et il a imaginé un tas de simagrées pour se faire vider. Et dès qu'il est arrivé à Bolinches, il a été assassiné. Le tueur fou qui rôde ici l'a sans doute suivi ?

– J'ai la tête qui explose. Ce n'est pas mon boulot, après tout. Vous et l'inspecteur, vous êtes là pour ça. Entre nous, j'ai l'impression que cette affaire n'est pas tout à fait de la pointure de Serrano.

– Il est spécialisé dans les drogués. Il n'est heureux que quand il arrête des drogués. Le reste de l'humanité le laisse froid. Il est comme certains chasseurs de lapins qui ne tirent jamais sur une perdrix.

Molinas le planta là et sortit de la salle de vidéo. Sans savoir pourquoi, Carvalho n'avait pas envie de remonter vers le centre nerveux de l'établissement thermal et il traîna dans les couloirs du rez-de-chaussée. De temps en temps, il surprenait une action isolée qui, ajoutée à d'autres actions, contribuait à la bonne marche de cette machinerie de la santé qui continuait à fonctionner malgré les relents de cadavre. Une jeune fille poussait un chariot plein de draps, le jardinier portait un pulvérisateur, l'esthéticienne était en retard et courait vers un rendez-vous, le mari de la responsable de la salle à manger traînait une malle trop grande pour son manque d'entrain. Il déboucha sur le vestibule d'où partaient les couloirs qui desservaient le domaine des massages ou de la gymnastique, il pensa gagner le jardin de derrière en traversant le gymnase et il y dirigea ses pas. Mais il s'arrêta juste devant la porte quand il entendit des voix courroucées qui lui parvenaient de l'intérieur. La porte n'était pas complètement fermée et, par l'interstice, il vit les frères Faber qui interprétaient un fragment non identifié d'un psychodrame. L'aîné criait en allemand en direction du miroir, de son image, congestionné, hors de lui, le corps arqué par la tension imposée par ses mains crispées. L'autre Faber était aux prises avec une bicyclette fixe, indifférent, on aurait dit que l'exaspération dramatique de son frère ne s'adressait pas à lui ou, plutôt, qu'il la méprisait ou qu'elle le laissait froid et ne lui inspirait rien sinon des grognements goguenards.

Carvalho ouvrit la porte en grand et l'aîné des Faber s'immobilisa net, comme un cafard surpris par un halo de lumière. L'autre non plus n'apprécia pas l'irruption, et, après une brève interruption de son pédalage, il fit semblant d'accélérer pour atteindre l'extase de l'effort physique.

– Excusez-moi, je voulais juste aller dans le jardin de derrière.

– Entrez, entrez, invita l'aîné des Faber d'une voix mal assurée, frottant ses mains sur son visage pour essayer d'y effacer les restes de son accès de fureur.

Carvalho passa devant eux sans rien demander en réponse à son aimable sourire d'excuse qu'un bref salut de la tête, il sortit dans le jardin et se dirigea vers le coin d'herbe modeste qui recouvrait la partie du mont du Caroubier contre laquelle venaient s'accoter les Thermes, délimitée par une haie de cyprès dont on ne savait pas si elle était là pour retenir l'établissement dans ses limites ou pour contenir l'invasion du maquis vierge dans cette oasis de nature domestiquée. Il ne réalisa pas tout de suite qu'il n'était pas seul, que, dans cet angle aigu formé par la haie, comme protégés ou en un certain sens cachés par deux murs qui ne pouvaient être quatre, Tomas et Arancha échangeaient des baisers profonds et en salives, plutôt haletants et mal ajustés, comme le sont toujours les baisers des amoureux un peu gras. Les gros embrassent avec leur âme de maigres. Mais pas les corps. Les corps ne sont jamais à la hauteur.

Le matin qui suivit la découverte du cadavre de Mme Fedorovna, deux vigiles surprirent un reporter d'*Interviu* au moment où il sautait la clôture de barbelés qui marquait la frontière entre les Thermes et la nature libre du mont du Caroubier. C'était signe que les événements des Thermes s'étaient transformés en marchandise médiatisée, et, quelques heures plus tard, une caravane de voitures bondées de journalistes et de photographes se présenta devant les portes de la propriété et fut stoppée et contenue par un cordon de gardes civils et de vigiles qui déclarèrent obéir aux ordres. Les hurlements de protestation des journalistes n'atteignirent pas la piscine, contrairement au ronronnement de l'hélicoptère qui survolait les Thermes tandis que les baigneurs cachaient précipitamment leurs parties honteuses et protestaient contre les photos qu'on prenait sûrement d'eux de là-haut. La conscience des habitants du lieu était partagée : ils désiraient, d'un côté, être photographiés et avoir enfin, devant l'opinion, un premier grand rôle, qu'ils jouaient déjà pour la plupart dans les sphères étroites de leur activité professionnelle, mais, d'un autre côté, ils craignaient le mal qu'une publicité de mauvais aloi pourrait faire à leur réputation professionnelle, commerciale ou industrielle.

Pendant ce temps, les journalistes établissaient un véritable campement délimité par leurs voitures, certaines équipées d'un téléphone dont ils se servaient pour annoncer à leur rédaction qu'on les empêchait de travailler. Ils essayèrent d'abord de soutirer des informations aux gardes civils et aux vigiles, ensuite ils prirent d'assaut les fourgonnettes de livraison qui entraient ou sortaient du domaine, se suspendant à la portière, suppliant les conducteurs de leur donner des informations sur ce qui se passait dedans. Quelqu'un trouva sur sa radio une station de la bande F.M. qui ne passait que de la musique, la brancha à fond et deux photographes unisexes se mirent à danser ensemble au milieu des applaudissements et des encouragements. On déboucha des bouteilles de whisky et de vin et un commando partit pour Bolinches, avec mission d'acheter un jambon, du pain et du fromage.

– Le siège sera long, mais on ne nous fera pas bouger d'ici.

Molinas s'approchait de la grille d'entrée d'assez près pour voir les assiégeants sans être vu.

– Hé, vous êtes le propriétaire de la baraque ?

Se voyant découvert, il battit en retraite précipitamment, poursuivi par les cris et les appels de la foule de journalistes alertée par le cri de la jeune photographe. Enfermés à double tour dans le bureau, les Faber, Molinas et Serrano discutèrent de l'opportunité d'émettre un communiqué qui satisferait les assiégeants sans qu'ils aient besoin de violer l'intimité des Thermes.

– Une invasion de journalistes serait une catastrophe pour nous. Encore pire qu'une douzaine de crimes.

– Ce n'est pas à moi de vous dire si vous devez faire un communiqué ou pas, mais j'ai reçu l'ordre du ministère de garder la plus prudente réserve jusqu'à l'arrivée de monsieur le Sous-directeur général.

– Monsieur l'Inspecteur, vous avez vos raisons et nous avons les nôtres. Nous ne pourrons pas garder les portes fermées bien longtemps.

Un journaliste réussit à déjouer la surveillance des gardes et surgit soudain près de la piscine, tel un être émergeant d'une hibernation de plusieurs siècles ou un habitant d'une autre planète descendu par erreur d'une soucoupe volante. Son costume à la mode avait perdu depuis belle lurette l'élégance du négligé ; sur le devant de son ample chemise de coton pendaient les yeux mécaniques menaçants de ses appareils de photo. Le journaliste était jeune, assez jeune et agile pour avoir réussi à sauter la grille, mais maintenant ses muscles et ses yeux étaient mal assurés, surpris peut-être parce que l'eau de la piscine était bleue et non pas teintée de sang, ou parce que le comportement des baigneurs à demi nus, qui le regardaient comme un dangereux intrus, rappelait plus celui de membres choisis d'un club privé scandalisés par l'entrée d'un importun que celui d'un groupe humain menacé par une épidémie d'assassinats. Le jeune homme recula, repoussé par les regards réprobateurs des clients et par l'avance tactique des vigiles qui l'encerclèrent peu à peu et finirent par l'acculer contre une haie, excités de savoir le gibier à leur merci, irrités par les photos que le garçon n'avait pas cessé de prendre au fur et à mesure qu'il reculait. Quand il fut adossé à la haie, ils le saisirent par les bras, sans prêter l'oreille à ses protestations, et le traînèrent vers un endroit caché et sûr, où ils lui tapèrent dessus jusqu'à ce que Molinas arrive comme un Superman salvateur et l'arrache de leurs mains à grand renfort de cris, de claques et d'excuses avant de le confier à Gastein, pour le cas où il aurait été blessé pendant l'échauffourée.

– Excusez-moi, mais je ne peux pas être partout. Ils ne font pas la différence entre ne pas laisser entrer les gens et les démolir.

– Ils ont cassé mon appareil.

– Faites une liste, nous vous dédommagerons et vous ne perdrez pas au change.

– Dites, vous pouvez m'expliquer ce qui se passe ici ? J'ai vu les gens à la piscine. Ils faisaient une sale gueule, quand ils m'ont vu j'ai cru qu'ils allaient me bouffer.

– Ils souffrent de psychose d'enfermement. Voilà tout.

– Faites-moi quelques déclarations en exclusivité et moi et mon journal nous oublierons ce malheureux incident.

– Je n'ai rien à vous dire. Venez à la fenêtre. Que voyez-vous ? Des gens pacifiques qui se font bronzer, qui boivent de l'eau, qui se baignent. Tranquillement. Est-ce que vous avez l'impression de vous trouver devant le théâtre d'un massacre ?

– Non, mais il y a bien eu des morts.

– On a beaucoup exagéré et une explication bien plus simple n'est pas à exclure.

– Laquelle ?

– Ne soyez pas trop pressé. Mais vous avez observé vous-même qu'il y a un décalage entre ce qu'on raconte et la réalité. Vous avez vu une poignée de gens heureux sous le soleil.

– Vous pouvez dire ce que vous voudrez, mais ces gens ont l'estomac bien accroché.

– Ce sont des personnes bien élevées, qui ont l'habitude du monde et qui ne se laissent pas émouvoir par une première impression. Qui réfléchissent sur les choses.

Qui les digèrent. C'est une façon d'être que les Espagnols ont encore à apprendre ; nous sommes trop primaires. Dites à vos lecteurs qu'aux Thermes ces malheureux incidents ne perturbent absolument pas la paix que vient y chercher l'élite européenne et espagnole.

Le journaliste fut raccompagné à la porte par deux gardes civils. Il avait dans sa poche un chèque d'un montant trois fois plus élevé que le prix du meilleur appareil photographique et il ne lâcha pas un mot quand il fut entouré par ses collègues, il n'admit pas même que la marque bleue qu'il avait sous l'œil était le résultat d'un coup de poing. Il courut jusqu'à sa voiture et ordonna au chauffeur de démarrer tout en s'asseyant sur le siège arrière et en dictant le chapeau de son article sur un petit magnétophone : « Aux *Thermes de la Mort*, j'ai vu les morts vivants. Qui parmi eux sera la nouvelle victime des mystérieux assassinats du Val du Sang, la vallée bien nommée où sont situés les Thermes Faber and Faber ? » Le journaliste ne savait rien du kyste de colère et de peur caché au fond du cerveau de tous les centres de cure, même si, en apparence, la fatalité des événements, la complexité des circonstances avaient eu pour effet d'habituer les pensionnaires à l'éventualité du malheur et à se sentir un peu dédommagés aussi par le spectacle qui leur était offert. Mais chaque communauté nationale avait sa capacité particulière d'assimilation et de rejet, les Belges, par exemple, échangeaient des paris sur le décompte final des cadavres, les Allemands avaient pensé à une assurance sur la vie susceptible de couvrir les risques autres que les simples défaillances de soins habituelles et négociaient ferme avec Molinas, les Espagnols avaient éparpillé leurs forces et étaient tombés dans le soliloque fataliste – chair à bourreau à laquelle il ne restait plus qu'à s'envelopper dans sa cape et à se couvrir la face pour ne pas voir l'éclat du poignard qui la frappe. Depuis que sa tentative de prise de commandement avait échoué, le colonel n'était plus le même et il errait ici et là comme ont erré sur les îles de l'exil tous les grands soldats relégués aux poubelles de l'histoire.

– Ils reviendront me chercher, ils reviendront. Ils vont apprendre à leurs dépens que ce n'est pas possible d'être prêt à toute éventualité sans faire appel au sens de l'organisation et de la discipline des militaires.

– Ne te fais pas de mauvais sang, Ernesto. Dans le monde il y a plus de civils que de militaires.

– Comment veux-tu que le monde tourne rond ? Si chaque être humain avait un militaire en lui, les choses ne se passeraient pas comme ça. Droites. Transparentes. Impeccables.

D'autres fois, le colonel Villavicencio méditait à voix haute :

– Quelle honte ! Quelle faiblesse ! Dans une situation extraordinaire il faut des mesures extraordinaires, et voilà ce qu'ils nous mettent, des civils qui ne savent faire que des bêtises, qui ne sont pas foutus de donner le coup de pouce qui retournerait la situation. À bon entendeur, salut !

Il ne manquait pas de gens pour lui donner raison, surtout parmi les dames, mais le colonel ne savait pas faire passer son message, les gens étaient bien d'accord sur le contenu mais son agitation les inquiétait ou, du moins, ne les rassurait pas. Carvalho avait réussi à se mouvoir parmi eux comme l'homme invisible, comme un badaud qui ne demande pas d'être vu, sauf en de rares occasions, quand quelque personnage du cadre trop empressé veut faire entrer tout le monde dans le jeu et s'adresse aussi à celui qui se trouve en dehors du tableau.

– Et vous, qu'est-ce que vous en pensez, monsieur Carvalho, de cette immense pagaille ?

Doña Solita avait commencé un nouveau pull-over, pour un autre petit-fils qui attendait dans la queue de sa collection complète de petits-fils et s'était adressée à Carvalho sans lever le regard du nerveux va-et-vient de la laine.

– Parfois, je me dis que ce spectacle est compris dans la note. Que chaque fournée de pensionnaires a assisté à un spectacle semblable.

– Une thèse très intéressante. Très intéressante…

Doña Solita avait posé son tricot et faisait semblant de le regarder du fin fond des verres profonds de ses lunettes, mais elle était habituée à entendre plutôt qu'à voir depuis très longtemps et Carvalho eut l'impression qu'il pouvait redevenir l'homme invisible. Quant à l'homme au survêtement et à sa femme, ils étaient presque invisibles aussi, barricadés dans leur chambre dès qu'ils n'avaient plus à se rendre dans les salles de soins des Thermes, lui ne trouvait même plus d'intérêt à passer devant la porte de la chambre de Sánchez Bolín d'où sortait en permanence un mitraillage de machine à écrire. Vous êtes en train d'écrire quelque chose, n'est-ce pas ? demanda Arancha à l'écrivain. Quelque chose, répondit-il sèchement, gêné par la banalité de sa réponse. Et il crut être aimable en ajoutant :

– Un essai. Je suis en train d'écrire un essai.

– C'est plus difficile qu'un roman, non ?

– Ça dépend.

– Quel est le titre ?

– « L'idiot organique collectif ou le mystère de l'homme au survêtement ».

Arancha eut l'impression que Sánchez Bolín se débarrassait d'elle et elle avait raison. En fait, seuls Arancha et Tomás paraissaient prendre plaisir à la situation. Le Basque dégoulinait d'affaires ratées et Sullivan en avait jusque-là de cette boucherie écœurante. Les Catalans, Colom en tête, avaient envoyé un télégramme groupé au président du gouvernement autonome, exigeant de lui qu'il prenne parti dans cette affaire ou qu'il leur garantisse au moins la sauvegarde de leurs intérêts. La dame née à Madrid mais élevée à Tolède s'inquiétait pour son mari qui ne savait rien faire sans elle.

– Il ne sait même pas demander du linge propre aux domestiques. Je dois faire l'intermédiaire.

Des maris, des femmes esseulés, que les informations fournies par les journaux, la radio, la télévision ou les coups de téléphones directs de leur conjoint ne rassuraient pas, s'étaient installés à Bolinches et demandaient des laissez-passer pour monter aux Thermes, toujours sous bonne escorte. Même Biscuter téléphona à Carvalho, qui répondit peu ou mal parce qu'au fond il était ému. Charo aussi remplit son casier d'avis d'appel et, finalement, il se sentit obligé de l'appeler pour la rassurer du mieux qu'il put sur son sort aux *Thermes de la Mort*, titre à sensation utilisé par *Interviu*, qui accompagnerait à jamais l'histoire du centre de balnéothérapie Faber and Faber, Frères.

– Ils ne tuent que les étrangers, Charo.

– Tu me le jures, Pepe ?

– Je te le jure. Les Espagnols comptent pour des prunes.

– Il ne faut pas exagérer. Finalement, l'Espagne, c'est l'Europe maintenant.

– Mais les meurtriers ne le savent pas.

– C'est vrai que c'est un règlement de comptes entre des trafiquants d'héroïne ? Je l'ai lu dans *El Periódico*. Et toi tu vas bien ? Tu es beau ? Tu es comment avec le régime ?

– Dommage que je sente le cadavre à plein nez.

– Ton foie est comment ?

– Toujours au même endroit. Comme un homme.

– Tu as fait de nouvelles analyses pour voir les progrès ?

– On les fait juste avant de sortir.

– Et ce sera quand ?

– Ici, il y a une réserve de cadavres inépuisable. Comme un puits sans fond. Je veux rester pour voir la collection complète.

Les appels de Biscuter et de Charo redessinèrent dans son cerveau le chemin du retour, le contour des choses les plus personnelles, mais il était vrai qu'il avait une envie singulière d'arriver au fond de ce mystère extraordinaire, d'abord à cause de la demande que Molinas lui avait faite et avait probablement oubliée, ensuite par ce prurit professionnel qui le poussait toujours à en savoir au moins autant que l'assassin.

– Ou les assassins.

Serrano lui fit savoir, avec son compte-gouttes de mots, que, d'après l'autopsie, Mme Fedorovna n'avait pas été assassinée sur le court de tennis.

– Mais elle était en tenue de tennis.

– Parfois elle s'habillait comme ça le matin de bonne heure pour faire une partie avant que les courts soient pris.

– Avec qui allait-elle jouer, ce matin-là ? Normalement, on inscrit les noms des joueurs sur une feuille affichée dans le hall pour que tout le monde sache si le court est libre ou non à telle heure. Si son partenaire s'était inscrit, comment se fait-il qu'il ne soit pas venu au rendez-vous ? Il aurait trouvé le cadavre et il aurait donné l'alarme.

– Son partenaire était M. Faber, l'aîné. Il a déclaré qu'il s'était souvenu en retard qu'il avait promis à Mme Fedorovna de jouer avec elle, et quand il a couru jusqu'au terrain, les carottes étaient cuites. Un jardinier avait trouvé le corps de la Russe.

– Mais vous disiez qu'on n'avait pas tué Mme Fedorovna sur le terrain ?

– Non. Tout a été arrangé pour que ça en ait l'air,

mais en réalité elle a été tuée sur le chemin qui va du pavillon des boues au terrain. On a retrouvé des traces de sang sur l'herbe et les haies ont été abîmées par quelque chose de lourd qui a été traîné. On a aussi retrouvé des cheveux dans l'herbe.

Une fois encore, le pavillon des boues revenait dans cette histoire, comme un point de référence obligé, peut-être une simple présence visuelle réveillant sa mémoire. Carvalho tourna le dos à Serrano et s'approcha de la fenêtre qui encadrait à la perfection les vieilles installations telles un hommage en trois dimensions à l'obsolescence.

Don Ricardo Fresnedo Masjuán se présenta aux Thermes escorté d'un chauffeur de Mieres, ancien champion des Asturies, catégorie mi-lourds, et de deux gardes du corps minces et jeunes qui inspiraient une certaine tendresse. Don Ricardo portait un titre dont l'énoncé ouvrait un infini de possibles, mais rien dans son aspect physique n'évoquait la toute-puissance congénitale – bien que le titulaire du poste et de l'anatomie qui l'incarnait eût recours à ces trucages ataviques chez l'homme et l'animal pour avoir l'air plus puissant : voix caverneuse, une certaine tendance à bomber la poitrine et à donner des tapes dans le dos même à des gens qui le dépassaient d'une tête. Ceux qui ignoraient sa biographie, c'est-à-dire tout le monde, avaient vite fait de la bâtir à partir des pistes que don Ricardo semait comme le Petit Poucet semait des miettes de pain pour retrouver le chemin qui le ramènerait chez ses parents. On pouvait avoir l'impression, fausse, que don Ricardo traînait un biographe dans son sillage, exclusivement chargé de noter les détails biographiques qu'il laissait tomber comme si de rien n'était ; mais on voyait à l'œil nu qu'un tel biographe n'existait pas et que c'était don Ricardo qui se racontait sa vie à soi-même, sans doute pour épater les gens avec la quantité de choses qu'avait faites un homme qui venait de fêter ses vingt-sept ans en compagnie de camarades du parti et de langoustines.

– Voilà, j'ai dû retarder un peu mon départ parce qu'Alfonso, Alfonso Guerra bien entendu, a appris que j'avais vingt-sept ans, vingt-sept piges, mais oui, et il m'a envoyé un livre d'un poète arabe avec un nom très compliqué. Je n'ai fait ni une ni deux, je lui ai téléphoné et je lui ai dit : Alfonso, un prêté pour un rendu, maintenant c'est ton tour de te taper quelques langoustines à ma santé, et je suis allé à la Présidence du gouvernement avec une caisse de langoustines et la première bouteille qu'a trouvée ce gars-là, qui est de Mieres, un paysan, un vrai de vrai. Avec Alfonso, je suis très copain depuis qu'à une rencontre avec les Jeunesses socialistes, où je milite depuis 1976, je lui ai dit qu'il n'était qu'un réformiste petit-bourgeois, il a trouvé ça très marrant, il a trouvé marrant que moi, un petit merdeux qui se rasait à peine à l'époque, je lui dise un truc pareil. Après, il m'a proposé comme responsable de la coordination des coordinateurs des mouvements sociaux de Madrid et il a vu comment je réagissais et comment je bossais. En 1978, j'ai failli être candidat au Congrès, mais Galeote m'a pris à part et m'a dit : Petit gars, tu es trop jeune pour passer ta vie à bâiller sur les bancs du Congrès ; va te former dans l'équipe de Sanjuan et quand nous serons au pouvoir, tu auras une place toute trouvée au ministère de l'Intérieur. J'ai fait un tour à l'école des cadres du parti socialiste français, j'ai appris tout ce qu'on peut apprendre sur l'ordre public parce que l'ordre public, arrêtez-moi, Severio, si je me trompe…

– Serrano, je m'appelle Serrano.

– Excusez-moi, Serrano, arrêtez-moi si je me trompe, mais l'ordre public s'apprend, avec l'expérience, l'expérience à des postes dont dépend l'ordre public. Sur le tas. Est-ce que je me trompe ?

– Vous ne vous trompez pas.

– Dommage que Guerra n'aime pas les langoustines, mais en mon honneur, il en a mangé deux… deux… Deux langoustines pour Guerra ! Moi, j'adore les fruits de mer, les crustacés. Ça nourrit, ça ne fait pas grossir, ça donne l'esprit clair, ça fortifie le cerveau et les muscles. Je suis karatéka, amateur, mais karatéka tout de même. Nous en sommes à combien de morts, Serrano ?

– Quatre.

– Bien, bien. C'est votre équipe ?

– Pas tous. Francisco Lojendio que voici est mon second, et Milagros est secrétaire. Ces messieurs, MM. Faber, sont les propriétaires des Thermes.

– Faber ! Les meilleurs crayons de couleurs ! Un des mythes de mon enfance ! Mais il fallait que je me contente des Alpino parce que chez moi on n'avait pas le rond, on n'avait pas le rond mais on voulait réussir, des coudes reprisés plus souvent qu'à notre tour, mais avec de la ténacité… Et ce monsieur ?

– Le responsable de la clinique.

– Et celui-ci ?

– Un détective privé qui était ici comme client et qui a été engagé par MM. Faber.

Le jeune lion de l'appareil d'État fronça le museau.

– Un détective privé ? En quel honneur ? Nous ne faisons pas notre travail ? L'État n'en fait pas assez sur le chapitre de la sécurité urbaine ? Je n'ai rien contre vous, monsieur, mais je préférerais que vous sortiez pendant notre réunion. Je suis porteur d'informations confidentielles et je ne vois pas pourquoi je devrais vous en faire part.

Carvalho inclina la tête et se disposait à s'en aller quand il fut retenu par le raisonnement alternatif du jeune Ricardo :

– Bon, enfin. L'heure des révélations n'est pas encore venue et vous pouvez rester. Peut-être apporterez-vous des éléments complémentaires à l'enquête de l'inspecteur Serrano.

Don Ricardo écouta le résumé de ce qui était arrivé de la bouche de Serrano, qui lui tendit aussi le volumineux dossier où étaient consignés les événements.

– Préoccupant, très préoccupant, disait don Ricardo à chaque pause respiratoire de Serrano, et quand l'inspecteur eut épuisé tout ce qu'il savait ou se rappelait en concluant que Mme Fedorovna avait été assassinée loin de l'endroit où son cadavre avait été découvert, le sous-directeur général de l'Ordre public regarda l'un après l'autre les visages présents pour voir s'ils partageaient sa tendance personnelle à l'ahurissement, un ahurissement préoccupé mais contrôlé. Inouï. Je voudrais inspecter un par un les points du territoire où se sont déroulés ces douloureux événements.

Molinas ouvrit la marche et le cortège parcourut l'un après l'autre les différents secteurs de l'établissement. Pas une pierre, pas une plante qui ne méritât une question de don Ricardo, il fallut donc adjoindre le jardinier-chef au défilé, suivi à distance prudente par les deux gardes du corps et le chauffeur asturien.

– Merveilleux et fascinant qu'au milieu de la splendeur de la nature puissent éclore les fleurs du crime. Et cet amusant édifice, qu'est-ce que c'est ?

Le pavillon des boues requit une explication complexe sur la servitude à l'antique usage et comment les frères Faber avaient voulu respecter une coutume qui faisait partie de la mémoire collective de toute la région dont Bolinches est la capitale.

– Tradition et révolution, voilà la clé de toute modernité. Voilà la seule et unique philosophie du gouvernement socialiste. Moderniser l'Espagne, mais sans couper les racines.

Quand ils arrivèrent au court de tennis, don Ricardo ne put réprimer une exclamation d'enthousiasme :

– Excellent. Revêtement asphalté, surface poreuse ?

– Surface poreuse.

– La meilleure après la terre battue. Le revêtement asphalté est trop dur et esquinte les talons. Je pratique le tennis ; avec moins d'intensité que le karaté, mais je le pratique. J'ai un bon drive mais un revers insuffisant.

Il simula, du bras, un revers.

– Vous voyez ? Je rabats trop le bras vers l'arrière et quelquefois ça me fait revenir trop tard pour frapper la balle à fond. Je place mal mon poignet pour changer de coup, aussi, et j'ai tendance à trop diriger la balle ; c'est le défaut de tous les gens qui ont appris à jouer au ping-pong en premier. J'ai été champion de ping-pong dans un tournoi provincial des patronages organisé par l'Action catholique madrilène. J'étais, quoi, un gamin à l'époque. Bon. Assez causé. Messieurs, pendant que mes gars mangent un morceau, cherchons un bureau qui ferme à clé, prenons un casse-croûte frugal et parlons sérieusement.

Carvalho échangea un regard d'intelligence avec Molinas et celui-ci s'arrangea pour lui parler dans la queue du cortège :

– Ne venez pas à la réunion, mais je vous raconterai après tout ce qui aura été dit. À vous et à Gastein. Attendez-moi dans son cabinet d'ici deux heures, sauf si jc vous fais appeler avant.

Carvalho essaya de passer le temps devant la télévision, qui gâchait bêtement les minutes qui lui restaient avant le journal télévisé de trois heures. Il finit par se lasser de superproduits et sortit dans le jardin malgré un soleil de plomb, puis se dirigea vers le pavillon des boues, cette archéologie arabisante consciente de son rôle de collage anachronique dans la modernité de l'environnement. Il fit plusieurs fois le tour du pavillon, appréciant ses murs récemment chaulés, la coupole ajourée, les boiseries en caissons, les stucs en plâtre reproduisant des versets du Coran et, devant la porte, il crut recevoir une bouffée de confuses conjurations sulfureuses de terre et de boue, le tintement de toutes les humidités de ce palais ancien abritant des hygiènes enracinées. En avance sur l'heure de son rendez-vous, il se dirigea vers le cabinet de Gastein. La porte en était ouverte et, abandonné à l'anatomie de son fauteuil, derrière son bureau, il y avait Gastein, occupé à compter des mouches que ses yeux étaient seuls à voir. Il regarda d'abord Caravalho comme un intrus, mais quand il eut entendu ses explications, son aigreur fit place à de l'ironie.

– Bienvenu au banquet des reliefs de l'information. Molinas est un grand chef de protocole. C'est cette qualité qui me l'a fait choisir entre dix candidats.

– Eh bien, il a trouvé de quoi exercer ses talents. Il nous est arrivé de Madrid un futur ministre qui est encore plus protocolaire que lui.

Ironie et fatigue. Plus de fatigue que d'ironie, car Gastein se passa les mains sur le visage, et il ne lui resta plus qu'un visage simplement fatigué.

– Peut-être faut-il que les choses deviennent extrêmement compliquées pour redevenir simples ensuite. Nous ne faisons qu'essayer de réparer ce qui est presque détruit ou ce qui est sur le point de nous détruire. Ce principe a été très étudié par les stratèges de la politique étrangère américaine. C'est le principe le plus antimédical que je connaisse. Nous, nous préconisons la prévention, parce que nous sommes médecins. Les hommes politiques se meuvent à l'aise dans la pourriture. C'est la meilleure condition pour conclure les marchés. Vous vous souvenez du talent avec lequel Kissinger a conduit les négociations sur le Viêt-nam ?

– C'est loin, tout ça.

– Pas si loin. Pas si loin. Le monde entier assistait à l'escalade de la violence et de la barbarie et se demandait si elle aurait une limite. Elle en a eu une. Le moment juste pour négocier et obtenir la paix. Il faut savoir provoquer les crises pour les résoudre.

– Est-ce que ça a quelque chose à voir avec ce qui s'est passé ici ?

– Pourquoi pas ? Je suis sûr qu'il y a une stratégie derrière. Un crime isolé peut être le résultat d'une impulsion irraisonnée. Pas quatre. Des crimes provocants, audacieux, qui sont comme un appel.

Molinas annonça la gravité des révélations qui allaient venir au moyen de la géographie faciale adéquate : yeux brillants à peine entrouverts, sourcils froncés, ravalage continu de salive, frottement de mains et un silence préliminaire au devoir qu'il allait accomplir.

– Je vais vous dire ce qui s'est passé, je prends tout sous mon bonnet, mais, simplement, je suis conscient qu'il est de mon devoir de donner au docteur Gastein les informations qui le concernent, lui qui est l'âme de cet établissement. Et à vous aussi, après tout, vous avez été mis dans le bain professionnellement sur la volonté expresse de MM. Faber et de moi-même.

Gastein se disposa généreusement à accepter le tribut que Molinas voudrait bien lui donner et Carvalho se fit tout petit dans l'un des fauteuils du cabinet.

– Je ne sais pas par où commencer. J'ai pris quelques notes et je m'y reporterai si vous voulez bien. Avant tout, docteur Gastein, je dois vous manifester mon effarement devant le nombre de surprises qui me sont tombées dessus aujourd'hui. Des personnes avec lesquelles nous avons travaillé pendant des années, au coude à coude, n'étaient pas exactement celles que nous croyions. Nous savions que mistress Simpson s'appelait en réalité Ana Perschka et qu'elle était d'origine polonaise, mais ce n'était pas tout à fait vrai non plus. Mistress Simpson s'est appelée Ana Perschka à partir de 1946, quand elle a obtenu un visa d'entrée aux États-Unis, mais son vrai nom était Tatiana Ostrovsky, citoyenne soviétique, et elle a résidé en Biélorussie jusqu'à la fin de la guerre. Attachez vos ceintures, ce n'est pas tout. Notre Mme Fedorovna non plus n'était pas Mme Fedorovna. Elle s'appelait Catherine Ostrovsky et elle était la sœur de Tatiana. C'est-à-dire, pour résumer : Mme Fedorovna et mistress Simpson étaient deux sœurs.

Il leur laissa le temps de digérer la première ration de réalité. Vieux puncheurs, ni Gastein ni Carvalho ne paraissaient particulièrement émus et Molinas se crut invité à poursuivre :

– Quant à von Trotta, il était bien allemand. Son vrai nom était Josef Siegfried Keller, officier de renseignement de la Wehrmacht et, accrochez-vous parce que c'est la meilleure, époux depuis 1942 de Catherine Ostrovsky, c'est-à-dire de Mme Fedorovna. Ils ont gardé leur mariage secret pendant les presque vingt ans qu'ils ont travaillé dans les différents complexes balnéaires des frères Faber. Quant à Karl Frisch, son vrai nom est bien celui sous lequel nous le connaissons, mais la fiche d'Interpol porte divers pseudonymes. Celui qu'il employait le plus fréquemment était *l'Exterminateur*. C'était un tueur à gages, ex-mercenaire en Afrique.

– « *L'Exterminateur* exterminé », dit Gastein se parlant à lui-même et se souvenant de la phrase qui avait été trouvée sur le cadavre du mari de Helen, et, comme s'il poursuivait un raisonnement intérieur, il demanda :

– Et Mme Frisch ?

– Il n'y a pas de Mme Frisch. En tout cas, ils n'étaient pas mariés. Elle a déclaré à Bolinches qu'ils s'étaient connus cet hiver aux Caraïbes pendant une croisière et qu'ensuite il lui avait proposé de venir ici et de se faire passer pour sa femme. Mais elle ignore complètement d'où il venait, ce qu'il faisait, qui il était.

Molinas semblait attendre les questions de Gastein et de Carvalho.

– C'est tout ? demanda Gastein.

– Non, il y a encore beaucoup de choses, mais M. Fresnedo a dit que l'affaire est très embrouillée et que le Département d'État américain, qui a eu vent des renseignements fournis par Interpol, a demandé au gouvernement espagnol d'observer la plus grande réserve sur le sujet pour lui laisser le temps de rassembler d'autres données et il demande aussi d'intervenir sur un point qui l'affecte particulièrement, c'est exactement ce qu'il a dit. M. Fresnedo a répété plusieurs fois : « qui l'affecte directement. »

– Sur M. Carvalho, il n'y a rien ? demanda Gastein dans un rire qu'il essayait de contenir mais qui lui échappait à flots.

– Non, mais sur d'autres clients espagnols ou étrangers, oui. Sur Sánchez Bolín, il y a une fiche politique qui le décrit comme un membre du radicalisme esthéticiste. C'est un professionnel du gauchisme idéologique, a dit M. Fresnedo, mais il n'est pas dangereux.

– C'est un recensement incomplet, Molinas. Il n'y a pas de renseignements révélateurs sur les frères Faber ?

– Docteur Gastein, ce n'était pas la question.

– Et sur moi ? Que savez-vous de moi ? Est-ce que je m'appelle vraiment Gastein ? Suis-je le vrai Gastein ?

– J'envie votre sens de l'humour, docteur.

– Très bien, je me donne pour envié et c'est très flatteur. Mais ils nous ont apporté une série d'éclaircissements biographiques, de liens familiaux et conjugaux qui n'expliquent pas ces assassinats qui font penser à une partie de quatre coins. Sauf s'ils se disputaient un héritage.

– Mistress Simpson était très riche grâce à ses deux ou trois mariages américains, mais n'avait rien en Europe. Elle avait fui après la guerre.

– Elle avait fui qui ?

La voix de Carvalho se faisait entendre pour la première fois et Gastein lui adressa un sourire surpris et encourageant.

– Continuez, continuez à penser à voix haute, monsieur Carvalho.

– Je n'aime pas penser tout haut, mais je ne pose pas cette question à la légère. Tatiana Ostrovsky fuyait qui, après la guerre ? L'armée rouge soviétique ? Son passé ? Pourquoi Mme Fedorovna et von Trotta cachaient-ils qu'ils étaient mariés ? Quel rôle jouaient les Thermes dans cette histoire ? Qui avait engagé Frisch ? Pour quelle raison ? Dans quel but ?

– Nous le saurons quand les Américains nous apporteront les pièces qui manquent.

– Un assassin ou plusieurs assassins se promènent librement dans cet établissement. Il est impossible de connaître la raison de tous ces crimes, mais c'est quelque chose qui est ici, quelque chose qu'on peut peut-être toucher du doigt, ou peut-être pas, mais qui est ici. Quelque chose de suffisamment important pour déclencher un carnage désespéré.

– C'est votre opinion, ce n'est pas la mienne, monsieur Carvalho. Je ne vois pas ce qui vous fait dire que c'est un carnage désespéré. Je vous ai parlé tout à l'heure de ma théorie sur les crises. Il faut les provoquer pour les résoudre. Quelqu'un a provoqué cette crise pour trouver une solution définitive.

– À quoi ?

– Là est toute la question.

Le sous-directeur général de l'Ordre public tint à recevoir les représentants des clients, il eut pour chacun des paroles d'espoir et annonça la fin du cauchemar. Il insinua que l'affaire excédait les capacités et la responsabilité des autorités espagnoles et il leur promit une compensation symbolique, future mais proche. Une invitation du gouvernement espagnol à passer des vacances en Espagne dans l'endroit de leur choix. Il écouta sans sourciller l'industriel d'Essen lui suggérer d'indemniser les clients pour perturbations psychiques et pour pertes financières, surtout ceux qui avaient terminé leur traitement mais avaient dû rester à cause des événements.

– Chaque heure passée loin de mon usine me fait perdre cinq mille marks.

– Mon gouvernement le regrette beaucoup, mais ne peut donner de garanties de cet ordre. C'est comme si vous passiez vos vacances dans un pays *x* et que, tout à coup, il y ait un tremblement de terre ou une révolution. Seriez-vous indemnisé ?

Il eut même quelques minutes pour Carvalho :

– Excusez ma décision de tout à l'heure, mais tout le monde doit être logé à la même enseigne. J'ai lu votre dossier qui se trouvait en possession de Serrano, je dois dire qu'il est curieux, très curieux. Vous êtes un type curieux, Carvalho, en vous se reflète le drame de notre temps, cette dérive du parti communiste vers la C.I.A. Il y a beaucoup de tragédie humaine là-dedans. Quand j'étais jeune étudiant, j'éprouvais une certaine fascination pour les communistes, ils avaient une envergure mythique que leur avait forgée le franquisme, en grande partie.

– Ils avaient de l'envergure, voilà tout.

– Comprenez-moi bien. Je ne dis pas qu'ils manqueraient de valeur historique. Mais voyez vous-même. Vous donnez un coup de volant et vous voilà agent de la C.I.A. Je pense qu'il faut trouver un équilibre éthique. Moi, je l'ai trouvé dans la social-démocratie. C'est la troisième voie entre deux barbaries, j'en suis persuadé.

J'aimerais savoir ce que vous pensez de ce qui se passe ici. Après tout, vous êtes un professionnel.

– J'ai un client et ce sont les Thermes. Vous devez comprendre que, moi aussi, j'ai le droit de garder mes renseignements pour moi.

– J'aimerais avoir une impression d'ensemble. Je suis très observateur mais en quelques heures, avec tous ces gens autour de moi qui font barrière, je n'ai pas les moyens de sentir l'atmosphère par moi-même. L'atmosphère est parfois très importante pour comprendre les situations en profondeur. J'ai dit à mon gars de faire un tour pour voir ce qu'il pouvait glaner.

« Mon gars » était là et c'était le chauffeur de Mieres, l'ex-champion des mi-lourds des Asturies.

– Et qu'est-ce que vous a dit votre gars ?

– Qu'ici, il y a beaucoup de fric et beaucoup d'hypocrisie.

– Il ne se trompe pas. C'est la thèse de Serrano.

– Dans quelques jours, le cauchemar sera terminé. D'après moi, ils pourront tous rentrer chez eux d'ici trois jours si certains renseignements que j'ai demandés arrivent à temps, comme on me l'a promis. La politique, c'est comme l'histoire, ce qui importe, ce n'est pas de la rêver, mais de la faire.

– Notez la phrase, elle peut servir dans tous les meetings et dans toutes les campagnes électorales.

Ce n'était pas un mauvais bougre, mais on lui avait fait cadeau d'un jouet – une panoplie d'homme d'État – et il ne savait pas se regarder dans la glace. Il y a des gens qui ne savent pas se regarder dans la glace. Qui savait se regarder dans la glace ? Il était dans sa chambre, précisément devant la glace. Il devait avoir un foie tout neuf, mais il avait toujours la même tête de mauvais ami de soi-même. La fin de la quarantaine coïnciderait avec la fin de son jeûne, après, trois jours d'acclimatation à l'alimentation solide et il retrouverait sa maison, les petits plats de Biscuter, ou même ceux qu'il se faisait lui-même, ou un pèlerinage dans les restaurants dont il avait rêvé, imaginant des plats précis qui lui étaient apparus parmi des nuages roses et blancs angéliques. La première chose qu'il ferait, ce serait un tour gastronomique de Catalogne, une *Grande Bouffe** suicidaire qui commencerait par la Cerdagne, l'*Hôtellerie du Boix*, à Martinet de Cerdaña ; ensuite, *Can Borrell*, à Meranges ; *Bulli*, à Rosas ; le *Cypsele*, à Palafrugell ; *Big Rock*, à Playa de Aro ; *Eldorado Petit*, à San Feliu de Guíxols ; *La Marqueta*, à La Bisbal ; anciennes et nouvelles amours qui sentaient le hachis à la catalane, le macaroni au romarin, la *nouvelle cuisine** parfumée par la Méditerranée, sépions aux fèves fraîches, pieds de cochon aux escargots, morue au roquefort, riz noirs. Inévitable, le riz au bouillon de la María de Cadaqués ou du *Peirexot* à Vilanova ou celui d'*Els Perols de l'Empordà* à Barcelone. Mais avant, avant, il irait à l'*Hispania* et dirait à Mme Paquita : Donnez-moi pour déjeuner tout ce que je pourrais m'offrir pour dîner en un mois si j'avais petit appétit, et il ferait des bonds comme Peter Pan dans les airs vers les tables barcelonaises de la *Casa Leopoldo*, de l'*Odisea*, du *Botafumeiro* et de *La Dorada* ou de la *Casa Rodri*, en quête de conversation et de paysages gastronomiques suffisants pour compenser cette mare de bouillon végétal qui lui pourrissait le cerveau comme une écume de repas impossibles. La fameuse salade d'anguilles aux kiwis et au magret de canard. Les crêpes de pied de cochon à l'ailloli en sauce blonde. La dorade cuite au four sur un lit d'herbes méditerranéennes et d'olives noires. Pommes de terre vapeur avec caviar et sauce hollandaise. Poivrons farcis de fruits de mer pochés. Baudroie à l'ail brûlé. Chevreuil à la gelée de groseille ou camembert frit à la confiture de tomates. Toutes les fois qu'il ouvrait et fermait les yeux de son cerveau, résonnait un flash hypothétique qui transformait chaque souvenir en une photographie et en une promesse. Il sentait que renaissait en lui un animal aux sens en éveil qui n'avait pas l'intention de manger la nature avec des gants et des pinces. Il avait triomphé de la conspiration des vertueux.

Il avait donc retrouvé sa capacité à faire des projets, sa capacité de futur, et il respira le même climat le soir dans le salon de télévision où le groupe des Espagnols avait retrouvé sa vivacité et, par conséquent, sa loquacité. Le colonel dissertait sur l'armement moderne et montrait ce soir-là un bel acharnement à vanter les excellences des missiles, spécialement des missiles air-air, dont la perfection et l'utilisation correcte étaient la clé du contrôle des batailles aériennes. Un Sparrow AIM-7, par exemple, est une œuvre humaine aussi parfaite que la cathédrale de Burgos, ou presque. Chaque pièce est un prodige en soi et par rapport à la pièce voisine.

– À l'égal de Michel-Ange, ou de qui que ce soit d'autre, l'ingénieur d'un Sparrow AIM-7, quand il a terminé son œuvre, pourrait lui donner un petit coup et lui dire : « Parle ! »

La poétique évocation du colonel avait résonné comme le coup de pistolet du starter à la course de la loquacité, les voix jaillirent et montèrent, et en peu de temps le salon était devenu une Babel de propositions et de contre-propositions, la température de tout le monde montait d'un cran dans l'euphorie provoquée par les nouvelles qui filtraient de la direction : les cadavres passés et à venir définitivement refroidis, les portes du château allaient s'ouvrir et les retrouvailles avec la normalité apparaissaient peintes des plus belles couleurs de l'imagination. Tout pensionnaire des Thermes quand il sort est bien décidé à changer de mode de vie, vie qui touche quelque part à l'ascèse grâce à la perte de poids, petite ou grande. Tous sortent avec des vêtements plus larges, un visage plus fin, un pas plus léger, ils se sentent si bien qu'ils promettent de persévérer dans les régimes et les exercices physiques qui les rapprocheront du canon intérieur de perfection avec lequel ils dialoguent et sur lequel ils sont branchés, sans qu'il ait rien à voir avec l'apparence qu'acceptent les autres. Certains étaient entrés aux Thermes se sachant gazelle dans leur for intérieur, mais baleine aux yeux des autres, et même s'ils n'avaient pas perdu les kilos qui séparent la gazelle de la baleine, ils en avaient perdu suffisamment pour croire, à tort, qu'il y avait une correspondance, enfin, entre la perception intime des limites de leur moi-gazelle et l'aspect véritable qu'ils offraient aux autres. Ça ne se passait jamais comme ça, mais il ne faisait pas de doute que s'il existait des cellules de l'espoir, ces cellules se trouvaient multipliées chez un sortant des Thermes, en même temps que les bonnes résolutions de rester au moins tel qu'il était sorti. Les anciens combattants, vétérans d'autres opérations de débarquement, savaient qu'ils allaient vivre des moments gratifiants, des rencontres avec des personnes qui les regarderaient avec surprise avant de s'exclamer : « Mais tu as maigri, tu as énormément maigri ! » Cette reconnaissance de l'autre valait tout ce que coûtait un séjour aux Thermes, y compris le mystère et les angoisses de ce séjour-ci, parce qu'en définitive tout effort de l'humanité tend vers le même objectif : être grand, riche et beau, sans différence de sexe, de condition ou d'idéologie.

C'est à l'euphorie causée par la proximité du dénouement qu'on attribua un événement dont se souviendraient toujours les complices de ce soir-là. Le héros n'en fut pas le Basque, bien qu'il parût ivre d'eau minérale. Ni Sullivan, picorant les conversations et les ironies sur les décolletés de fortes dames. Ni le Catalan, qui contemplait l'effervescence régnante avec la condescendance d'une institutrice. Ce fut Tomás, le fromager, qui, interrogé par Sullivan sur sa vocation frustrée, prit son temps pour répondre, regarda Arancha dans les yeux et se vit intimer l'ordre d'être sincère :

– Danseur de claquettes.

Ce n'était pas une plaisanterie, tous le comprirent et se répétèrent ces trois mots mentalement, plusieurs fois, sans parvenir à en attribuer la propriété à ce gros corps rustique de petit-fils préféré de Sancho Pança. Devant ces doutes tus, Tomás se leva d'un bond et occupa l'espace qui restait libre entre les fauteuils et se mit à danser les claquettes en cadence, les yeux fixés sur ses chaussures qui pointaient vers le sol avec la perfection décontractée d'un étrange Fred Astaire. Et non content de démontrer qu'il savait remuer les pieds pour trouver l'âme de la terre, Tomás sauta sur le canapé et de là sur la table basse, où il continua par un tremblement harmonieux des jambes, cette fois plus près du style burlesque de Donald O'Connor que des claquettes gymniques d'un Gene Kelly ou de danseur clown d'un Fred Astaire. Tomás dansait, rouge comme un coq, sans regarder le public époustouflé – ça, non –, suivant une secrète mélodie qu'il se fredonnait tout bas, sortant la langue à moitié, à cause de l'effort physique qu'il produisait et pour contenir la chanson suffisamment, qu'elle n'aille pas lui échapper, surtout. Quand il se sentit maître du salon et du public, il fit un saut de corsaire et se retrouva à moins d'un mètre de la fenêtre ouverte, par laquelle il plongea vers l'espace ouvert du jardin où il se mit à sautiller autour des arbres et des lampadaires, donnant l'image du parfait danseur de claquettes libre dans la nature libre. Ses compatriotes se pressèrent tous à la fenêtre, car ils ne voulaient pas manquer une seule seconde de cet envol d'inspiration surhumaine, et Arancha moins que personne, qui s'exclamait avec la régularité requise :

– Il est génial ! Il est génial !

Quand il eut achevé ses évolutions dans le bois, attrapé par la taille tous les lampadaires et les palmiers, se fut perché sur le moindre promontoire où il avait pris les postures d'offrande et de refus, de ce oui mais non qu'implique la philosophie profonde des claquettes, son visage effaré et un peu bovin se tourna vers la fenêtre par laquelle il venait de sortir et il prit sa course pour la passer d'un saut impeccable, les jambes ouvertes, qui obligea les badauds à se reculer précipitamment, il reprit possession de la table basse du salon, termina sur elle avec un double saut battu et un final de claquements de talons plus flamenco que new-yorkais et trouva enfin la posture de la statue baroque surprise par l'adieu d'une musique que Tomás seul avait entendue.

Les applaudissements l'obligèrent à saluer.

– Il va attraper quelque chose, remarquait doña Solita devant le treillis de veines indignées et rebelles qui se révélait sur les tempes et dans le cou du jeune fromager.

Et il aurait attrapé quelque chose si on ne lui avait pas déboutonné sa chemise, fait reprendre les eaux perdues et si on n'avait pas ménagé autour de lui un espace pour qu'il respire. Mais le triomphe était acquis et les applaudissements redoublèrent.

– Tu nous avais bien caché ça.

– J'ai suivi un cours, vous comprenez.

– Eh bien, tu danses comme un maître.

Carvalho avait l'impression d'avoir accumulé dans son corps toute la chaleur que Tomás avait en trop et il sauta par la même fenêtre dans le jardin. D'abord, il pensa longer la piscine sous la lumière de la pleine lune et gagner le chemin qui menait à la porte principale. Mais ses pas n'obéirent pas à son intention première et le conduisirent dans les parages du pavillon des boues, blanc de sa propre blancheur, enveloppé par la lumière blanche de la lune. Sur les marches qui menaient à la porte d'entrée, il s'arrêta pour contempler la perspective d'ensemble des installations modernes, il se mit à la place du vieux pavillon et fit siennes ses considérations devant ce déploiement de rationalisme et d'efficacité qui, malgré tout, l'avait sauvé de la pioche des démolisseurs. Carvalho monta les escaliers et caressa la porte faite de fer forgé sculpté par-dessus d'épaisses vitres opaques. Il suffit de la pression caressante du bout de ses doigts pour que la porte cède et lui fasse entrevoir un fragment des noirceurs intérieures du pavillon. Il recula d'un pas et pensa se rendre à la réception pour prévenir de l'oubli, puis il comprit que ce n'était peut-être pas un oubli et que, en dépit de l'obscurité intérieure, quelqu'un pouvait être dedans, même à pareille heure. L'obscurité ne posait vraiment un problème que dans le vestibule, après, la coupole ajourée diffusait une luminosité lunaire qui embaumait de blancs laiteux et légers les sculptures des fontaines devenues muettes, la perspective des nefs vides, avec leurs bancs de repos et leurs cellules pour les enveloppements de boue, les citernes où les eaux maintenaient constante l'humidité des boues contenues dans des seaux de bois. L'eau chantait dans un coin du pavillon et ce chant couvrit un moment un autre bruit que peu à peu il identifia. C'était le bruit de chaussures marchant sur un sol humide ou un peu boueux. Enfin, il distingua une silhouette derrière la fontaine centrale surmontée d'un enfant de pierre qui faisait pipi ; elle semblait marcher vers la cloison qui condamnait une salle invisible, une salle qu'on n'utilisait plus. Il crut reconnaître l'aîné des Faber et il recula jusqu'à la porte d'entrée. Là, il attendit que les bruits se précisent, tant dans l'espace que dans le temps, mais, au lieu de cela, ils se turent et Carvalho retourna à la place où il se trouvait auparavant. L'aîné des Faber avait disparu. Aucun bruit ne révélait la moindre présence animée à l'intérieur du pavillon, sauf le goutte-à-goutte de quelque eau cachée. Carvalho parcourut les salles,

les habitacles attendant l'humanité rhumatisante du lendemain, les toilettes, les vestiaires et la réserve des serviettes de toilette. Pas trace de l'aîné des Faber.

Il revint sur ses pas et retourna dans le jardin. Il se donna quelques minutes de répit pour dialoguer avec lui-même et choisir la conduite la moins insensée. Enfin, il retrouva l'aplomb nécessaire et se dirigea vers la réception.

– Non, M. Molinas n'est pas là. Il est allé à Bolinches pour prendre congé de M. le Sous-directeur général. Mais si vous voulez parler avec M. Faber, c'est possible.

– Lequel des deux ?

– Celui que vous voulez. Ils sont dans la salle de vidéo.

Effectivement. Ils étaient tous les deux dans la salle de vidéo.

L'aîné des Faber ne supporta pas la projection du film en entier et il sortit de la salle suivi de Carvalho. Le détective s'arrangea pour le dépasser puis il s'arrêta brusquement, comme secoué par la réminiscence de quelque chose d'oublié, et il se retourna pour regarder s'approcher le propriétaire des Thermes. Ses chaussures de toile étaient noires d'humidité et le bas de son pantalon avait été mouillé récemment.

– Je regrette, monsieur Faber, mais nous n'avons pas eu l'occasion de parler tranquillement et je crois que tout ce qui est arrivé et le travail dont vous avez bien voulu me charger exigeraient une conversation.

– Je suis à votre entière disposition, quand vous voudrez.

– Que diriez-vous de maintenant ?

À l'amabilité excessive normalement dispensée à un client, Faber ajouta l'amabilité méritée d'après lui par un professionnel capable de payer les factures de sa clinique et d'un geste large du bras il ouvrit la perspective du couloir et invita Carvalho à le précéder sur le chemin de son bureau.

– Je ne peux vous offrir que de l'eau.

Il rit de sa plaisanterie barbarement ânonnée dans l'espagnol le plus semblable à l'allemand qu'oreille eût jamais entendu. C'était un vieil homme, mais fort, pourvu d'une excellente dentition reconstruite qui ressortait sur le fond d'une peau ridée mais brunie par les soleils élégants des meilleurs courts de tennis. C'était peut-être von Trotta qui lui avait enseigné un tennis élégant.

– Vous avez été surpris par la double personnalité de von Trotta ?

– Très. Mais pas autant que par celle de Mme Fedorovna. Nous avons travaillé ensemble et, maintenant, une telle surprise…

– Vous les avez connus ici, en Espagne ?

– Non. Je les ai connus quand nous avons fondé le premier établissement en Suisse. Mme Fedorovna était une spécialiste de la diététique, bien qu'en fait dans notre clinique elle ait toujours été chargée de fonctions administratives et des relations avec les clients. C'est elle qui nous a fait rencontrer von Trotta.

– Vous parlez pour vous et votre frère ?

– Mon frère n'était pas encore à fond dans l'affaire. Il est plus jeune que moi. Je parle de Gastein et moi. Gastein a été à mes côtés depuis le commencement.

– Pourquoi avez-vous décidé de vous installer en Espagne ?

– Nous recherchions un climat qui garantisse une rentabilité maximale de l'établissement. Nous avons fait une étude. Le val du Sang a plus de trois cents jours de soleil par an et un microclimat subtropical qu'il doit à la protection des montagnes, à l'humidité de la rivière et aux vents chauds qui viennent d'Afrique. Avec les régimes que nous faisons suivre chez Faber and Faber, il est fondamental que le client se trouve bien, que le climat ne devienne pas une obsession pour lui, qu'il se sente bien dans sa peau en contact avec la nature. Nous avons appris l'existence d'une vieille station balnéaire d'origine arabe – il y a une légende qui la dit plus ancienne, antérieure même à la colonisation romaine –, et nous sommes venus ici. Les thermes sont restés fermés depuis la guerre civile jusqu'aux années soixante. Nous les avons rouverts après avoir construit les bâtiments modernes. Ce fut un investissement énorme, mais il est déjà amorti.

– Von Trotta et Mme Fedorovna étaient actionnaires.

– Oui. Ils avaient mis un peu d'argent et ils ont capitalisé du travail. C'était une formule très utilisée en Suisse et en Allemagne après la guerre.

– Quand avez-vous su que Mme Fedorovna avait une sœur et que cette sœur était mistress Simpson ?

– Quand M. Fresnedo nous l'a appris. Le passé de Mme Fedorovna nous était inconnu. Jamais elle n'en parlait et j'ai toujours respecté son silence. Le passé des Russes et des Allemands est souvent triste, sauf pour les générations plus jeunes. Ceux qui ont vécu la guerre et l'après-guerre ne veulent pas se souvenir. Mais n'est-ce pas la même chose pour les Espagnols ?

– Comment expliquez-vous ce qui est arrivé ?

– Un règlement de comptes dont le but m'échappe. Peut-être une vieille histoire qui a mal fini. Un drame de famille. Peut-être.

– Et Karl Frisch ?

– Oui. Karl Frisch ne cadre pas. Peut-être a-t-il été engagé par une des deux parties pour jouer les exterminateurs et ensuite il en a payé les conséquences. Vous voyez, Karl Frisch assassine mistress Simpson et von Trotta. Ensuite quelqu'un le tue, lui, et Mme Fedorovna.

– Autrement dit, l'affaire n'est pas close. L'assassin de Karl Frisch est toujours l'assassin et il agit dans une indéniable impunité.

– Seule l'occupation des Thermes par l'armée pourrait l'empêcher d'agir, mais les clients en ont assez vu. Il ne manquerait plus que cet endroit soit transformé en prison. Nous allons avoir du mal à remettre cette affaire sur les rails, monsieur Carvalho. Vous imaginez le discrédit.

– Vous êtes médecin ?

– Non. Mon père l'était et il a créé une méthode végétarienne de prévention, la méthode Faber, qu'ensuite son principal disciple, Gastein, a développée. L'étude de la diététique a été la raison de vivre de mon père et elle a sauvé sa vie. Voyez-vous, il était né presque non viable, prématuré, et pendant toute son enfance il a été obsédé par l'idée qu'une alimentation correcte le ferait grandir et lui créerait la santé que la nature lui avait refusée. Voilà l'expression correcte : il a créé sa santé. C'est de là qu'est venu son intérêt pour la médecine et pour une disposition empirique qui allait au-delà de l'empirisme conditionné de la médecine conventionnelle. Dans ses recherches, il arriva à la conclusion que seule l'alimentation végétarienne répond aux exigences les plus saines du soma et de la psyché de l'homme et bien qu'il ait été crudivore pendant une période, un crudivore opiniâtre, le temps passant, il est devenu plus souple. Pensez que les travaux de mon père étaient déjà connus au début du siècle, et même si la médecine officielle le considérait plus ou moins comme un charlatan, il a persisté dans sa foi et malgré des conditions de vie très dures, il a fini par mener à bien son projet scientifique.

– Des conditions de vie très dures, peut-être, mais qui ne l'ont pas empêché d'ouvrir plusieurs cliniques.

– Presque à la fin. Avec l'aide de clients dévoués, inconditionnels. Mon père était un rêveur et un prophète. Il avait une vision globale de sa thérapie : alimentation saine, conception totalisante de l'homme en même temps âme et corps, et la reconstruction d'une *therapia magna*, d'une médecine naturiste mais scientifique pouvant se mettre au service de la *vis medicatrix naturae*, qui intégrerait toute la science médico-historique et serait assez forte pour la dominer. Sachez que mon père était respecté par les sommités médicales les plus importantes de ce siècle, Freud, Jung, Adler, Steckel, Prister, Semon le respectaient parce qu'en 1900, souvenez-vous de cette date, 1900, mon père avait écrit : « Aucune maladie n'est simplement somatique et aucune n'est simplement psychique. Il faut toujours considérer les deux aspects. » L'« ère psychosomatique » ne devait commencer que trente ans après cette observation-prophétie de mon père. Aujourd'hui, les textes de mon père sont étudiés dans les cours de diététique du monde entier.

– C'est étrange que ni vous ni votre frère, vous n'ayez poursuivi ses recherches.

– Mon frère et moi, nous avons été les vendeurs de ses idées. Il était incapable de vendre ses idées. Rendez-vous compte qu'il a commencé ses recherches sur le régime végétarien et le naturisme au commencement du siècle et que pendant trente ans il n'a jamais osé divulguer ses découvertes au grand public : « Un médecin n'est pas un agitateur », avait-il l'habitude de dire.

La porte du bureau s'était ouverte lentement et l'autre Faber passait sa tête surprise dans le climat de conversation à bâtons rompus qui s'était créé entre son frère et Carvalho.

– Reste, si tu veux.

Il voulait rester, bien que ce fût en silence qu'il suivit les méandres du récit.

– Voyez-vous, la médecine classique lui a déclaré une guerre sans merci. Les rôles s'étaient inversés. Ils étaient devenus les charlatans. C'était mon père le savant. Je n'étais qu'un adolescent, je me souviens que le docteur Noorden, de Vienne, une sommité européenne, mondiale, était venu nous rendre visite. Pendant plusieurs jours, il est resté auprès de mon père et il a essayé de comprendre ses idées. Quand il a pris congé, il lui a dit, devant moi : « Je suis venu chez vous convaincu que vous étiez un sectaire, un simplificateur, mais je m'en vais avec l'idée que mes collègues se trompent sur vous. Vous avez une conception plus vaste et plus équilibrée de la médecine. Je vous félicite ! » Et il lui a serré la main devant moi. Mon père était ému.

Si ce n'était le hiératisme absolu de son visage, Carvalho aurait dit que les yeux du cadet des Faber riaient, pas dans l'abstrait, ils riaient de son père ou de son frère ou du docteur Noorden, de Vienne. Ils riaient. Ce rire intérieur était plus incontestable que l'émotion rhétorique et sans doute répétée que son frère aîné interprétait au cours de son spectacle grandiose sur les racines scientifiques et affectives de son commerce.

– Vous pensez aussi que les crimes des Thermes sont le résultat d'un règlement de comptes ?

Dietrich Faber haussa les épaules et son frère vint à la rescousse :

– Il ne parle pas bien l'espagnol. Il en sait juste assez pour dire bonjour à un client. Il ne connaît que le vocabulaire de la salle à manger, des politesses, des encouragements.

Mais il ne put continuer. Son frère avait exagéré son sourire et de sa bouche sortit une voix de fausset nasillarde :

– Comment ça va, monsieur Carvalho ? Quelle mine splendide ! La cure vous fait du bien ? Mais je ne devrais pas vous le demander, votre visage parle pour vous. Je vais allumer une bougie pour fêter votre victoire.

Il gardait son visage de ventriloque, comme s'il faisait parler un pantin qui était lui-même, n'attendant ni applaudissements, ni éclats de rire, ni même surprise de la part de Carvalho, ni indignation de la part de son frère. Comme s'il était cassé. Une marionnette de ventriloque cassée. Soudain, la marionnette s'anima de nouveau et de sa bouche sortit encore la voix horrible de faux clown :

– Allons, Hans. Raconte à monsieur ce qu'a dit notre père quand maman a inventé sa fameuse tarte à la betterave.

– Je ne me rappelle pas.

– Tu te le rappelles très bien. Tu l'as raconté plus de cent fois devant moi.

– Je t'assure, Dietrich, je ne me rappelle pas.

– Papa a dit à maman…

– Assez, Dietrich !

Il réussit à le faire taire, mais Dietrich la marionnette, le regard allumé, s'apprêtait à intervenir une nouvelle fois et son frère était sur des charbons ardents.

– Il est très tard, monsieur Carvalho. Nous devons montrer l'exemple quand nous sommes aux Thermes.

– Une chose encore, monsieur Faber. J'ai fait part de mes principaux axes de réflexion, des dissonances ou concordances que je perçois dans cette affaire, aussi bien à l'inspecteur Serrano qu'à M. Molinas. Pour le cas de Frisch, je suis d'accord avec vous qu'il est à mettre à part. Maintenant, une autre incohérence que j'avais relevée s'explique, il s'agit du savon que passait Mme Fedorovna à mistress Simpson, c'est-à-dire à sa sœur. Mais il y a toujours un doute qui persiste, peut-être mineur. Le soir où nous avons organisé notre petite virée pour prendre la cuisine d'assaut et où nous nous sommes emparés de la pomme, nous étions en train de dissoudre notre commando devant le pavillon des boues quand mistress Simpson est apparue tout à coup derrière nous, et derrière nous il n'y avait que la porte du pavillon… Mistress Simpson sortait du pavillon à une heure peu logique.

– Êtes-vous sûr qu'elle sortait de pavillon et qu'elle n'était pas simplement en train de se promener dans le parc et de venir se joindre à votre groupe ?

– Absolument. Nous étions plutôt tendus et nous regardions dans tous les coins parce que le vigile allait arriver d'un moment à l'autre et il était armé. Mistress Simpson est sortie du pavillon.

– C'est bizarre, n'est-ce pas ?

– Très bizarre, répondit Hans Faber à la première chose cohérente qu'avait dite son frère. Mais si vous vous souvenez du caractère du personnage, ce n'est pas si bizarre. C'était une vieille personne très excentrique.

– Aussi excentrique que sa sœur. Elles étaient toutes les deux suffisamment excentriques pour vivre dans la même maison sans révéler leur parenté et pour se haïr.

– Se haïr ?

– Je ne sais pas si je peux parler pour les deux. Mais je parierais que Mme Fedorovna haïssait mistress Simpson. Elle la regardait comme si elle voulait la faire rentrer sous terre.

– Ce n'est pas rare, les frères et les sœurs qui se regardent de travers, monsieur Carvalho – Dietrich parlait à nouveau comme une marionnette. Mon frère Hans me regarde de travers quand je me conduis mal mais il serait incapable de me tirer dessus sur le court de tennis.

Hans Faber était fatigué de la situation et de son frère et probablement de Carvalho. Il ne put réprimer un geste de lassitude et il mit fin à la séance simplement en quittant la pièce. Carvalho et le ventriloque se retrouvèrent en tête à tête. Le détective se leva, fit demi-tour et, quand il fut arrivé devant la porte, il entendit encore une fois le fausset de la marionnette cassée :

– Comment ça va, monsieur Carvalho ? Quelle mine splendide ! La cure vous fait du bien ? Mais je ne devrais pas vous le demander, votre visage parle pour vous. Je vais allumer une bougie pour fêter votre victoire.

Il profita du clair de lune pour faire une dernière promenade dans le jardin et il se dirigea à nouveau vers le pavillon des boues. Tout ce qui s'y était passé auparavant avait été possible parce que la porte était ouverte. Elle l'était toujours. Il la repoussa légèrement du bout des doigts et une obscurité immédiate s'ouvrit devant lui qui s'éclaircissait au fur et à mesure qu'il avançait vers le centre radial au-dessus duquel la coupole ajourée divisait en faisceaux la langueur blanchâtre de la lune. Un instinct de fin de partie le guidait et un fragment de conversation avec un masseur lui revint, trace de ses premières expériences aux Thermes : « Il y a une petite salle murée et un escalier conduit à une cave qui n'est plus utilisée ; c'est de là justement que l'eau sulfureuse arrive et il se raconte qu'il y a un souterrain qui a été creusé et qui s'enfonce loin sous le mont du Caroubier. On dit le mont du Caroubier mais ce n'est pas parce qu'il n'en pousse qu'un dessus, les caroubiers, ce n'est pas ce qui manque, là-haut. »

Le masseur parlait de ces confins à demi secrets des Thermes avec le respect dû à un rapport de cause à effet fondamentalement magique : magiques les eaux porteuses de santé surgies d'un dessein obscur de la terre.

« Il se raconte que ces eaux naissent dans les volcans, dans des poches qui restent bloquées après la formation des volcans. Allez savoir où se trouve la poche qui débouche ici et à quelle époque le volcan s'est formé. Ça fait des millions d'années. L'eau disparaîtra un jour et ce jour-là les vieux thermes n'auront plus de raison d'être. »

De nouveau, le souvenir des ruines contemporaines de Kelitea, à quelques kilomètres de Rhodes, cette station thermale construite par Mussolini avec toute la splendeur colossaliste du régime et, soudainement, le retrait des eaux, la première défaite du fascisme à mettre sur le compte du bon sens caché, si elles en ont un, de la nature, de la loi simple de ce qui naît, se développe et meurt. Tout développement n'est-il pas une extinction ? Mais l'eau des Thermes est toujours vive. Il l'entend, ténue ; plus intenses en revanche sont le goutte-à-goutte d'un robinet mal fermé ou les eaux condensées en vapeur qui, au plafond, retrouvent avec une précision et une volonté de goutte leur présence passée. Voilà les salles de droite, celles des femmes, et de gauche, celles des hommes. Également les salles de service et le court espace qui relie la porte à la fontaine, puis la croisée des nefs, la coupole centrale et, derrière la fontaine, la salle murée qui attire Carvalho et devant laquelle il s'arrête. Il caresse la paroi à la recherche du ressort magique qui l'ouvrira, qui lui montrera le chemin par lequel s'est enfui l'aîné des Faber, dans son jeu fantasmagorique de tout à l'heure, il est passé par ici, il repassera par là.

« Ça n'arrive que dans les films de Fu-Manchu. »

Il n'y a pas de ressort, en tout cas il n'a pas su le trouver. C'est un vieux mur solide, et à moins que Hans ne soit devenu immatériel, grâce aux miracles diététiques de son père, ce n'est pas par ici qu'est passé l'aîné des Faber. Par la porte non plus. Il reste à voir la cave d'où arrive l'eau et il faut chercher l'escalier qui y descend, faire des faux pas, palper des volumes humides au fur et à mesure que s'éloignent la croisée des salles et ses clartés lunaires. Il sort une boîte d'allumettes de sa poche et profite du temps de chaque illumination pour éliminer les fausses pistes, et, enfin, l'escalier apparaît, au bout d'une pièce sans fenêtre, carrelée de vert, avec cinq douches de chaque côté. La rampe de l'escalier est en vieux fer forgé, elle est pareille à une corde rugueuse et froide qui prévient l'usager de la nécessité de descendre à tâtons les marches à claire-voie en fer humide. Les pas de Carvalho soulèvent de sonores claquements de métal jusqu'à ce que ses pieds touchent enfin le sol de la cave et les allumettes lui offrent une texture de pièce vide au milieu de laquelle circule un canal à demi plein d'eau vaporeuse qui vient de l'obscurité et va vers une citerne d'où elle sera redistribuée dans le réseau de canalisations qui dessert l'étage supérieur. Les allumettes brûlent les doigts de Carvalho et toute chance de découvrir une autre porte dans le mur. Il n'y a pas d'autre sortie qu'une entrée : la petite voûte d'un peu plus d'un mètre de haut d'où arrive l'eau par un souterrain bruissant qui, peut-être, peut-être, provient du cœur du mont du Caroubier. La mémoire auditive de Carvalho retrouve le bruit des pas récents entendus sur un fond d'eau, pas clapotants qui ont mouillé les chaussures et le bas du pantalon de Hans Faber. Nulle part à l'étage supérieur il n'y avait assez d'eau par terre pour provoquer de tels dégâts, et Carvalho en déduit que Hans Faber est allé patauger dans le canal d'eau sulfureuse. Sûrement pas pour s'amuser. Carvalho passe la tête sous la voûte basse, puis y entre à mi-corps et finalement met les pieds dans l'eau pour y pénétrer tout entier, allumer une autre allumette et se rendre compte que la voûte a à peine trois mètres de long et qu'elle s'ouvre sur une bouche noire de montagne sulfureuse qui lui remplit le nez de nuit de poudre refroidie. Il a peur de l'obscurité du bout de ce souterrain, mais Hans Faber n'a pas eu d'autre moyen de sortir et il avance le corps plié en deux, pataugeant dans l'eau qui se plaint, et il arrive au bout de la voûte, où il éclaire le chemin qui l'attend. Le plafond s'élève soudain à une hauteur que la lumière des allumettes ne lui permet pas d'évaluer ; le canal central poursuit son chemin vers l'inconnu, mais, sur un côté, des marches montent jusqu'à une porte métallique.

Ou s'enfoncer dans les profondeurs de la montagne jusqu'aux sources telluriques de l'eau, ou se rattraper à la proposition de l'escalier et de la porte construits par l'homme. Il monte les marches et arrive devant la nouvelle énigme de la porte. Il lui suffit d'accrocher avec les ongles le bord de métal qui touche au mur et la plaque de métal se détache, grince sur ses gonds et lui offre un nouvel espace rempli d'obscurité. Lentement, il retourne au silence. La brève illumination d'une allumette lui permet de distinguer une salle en longueur, semblable à celles qui sont en usage de l'autre côté du mur qui la sépare de l'ensemble du pavillon. Voilà la paroi qui bouche la salle, mais pour y parvenir il faut contourner une exposition complète de caisses soigneusement alignées et composant un petit labyrinthe d'un mètre et demi de hauteur. La pièce n'a pas de fenêtres sur l'extérieur et c'est pourquoi elle a besoin d'une source de lumière artificielle qui n'est autre qu'une espèce d'œil-de-bœuf au plafond s'éclairant grâce à un interrupteur fixé au mur. Lumière faite, logique faite. Tout prend un sens : le mur qui mutile le pavillon, la salle interdite servant d'entrepôt et, à l'autre bout, des escaliers qui descendent, au-dessous du niveau du sol, jusqu'à une porte aussi métallique et énigmatique que les précédentes. Tout ce mystère pour conserver quelques caisses métalliques. Mais ces cantines n'ont pu arriver ici par le circuit compliqué de la cave, du canal, de la voûte, du souterrain creusé dans le roc. Non plus par l'escalier qui donne dans la salle murée. Ces cantines sont entrées ici, y ont été entreposées et tenues à l'écart de la vie normale des Thermes avant que la salle ne soit murée. Elles sont fermées par d'efficaces cadenas, on dirait même qu'ils ont été remplacés récemment. Peut-être les formules secrètes du nécromant père des Faber, Nostradamus suisse qui révolutionna la diététique moderne et enseigna à manger et à diagnostiquer au docteur Noorden, de Vienne, lui-même, sont-elles là ?

Un aussi long voyage mérite la récompense d'une confirmation et Carvalho éprouve avec son trousseau de clés quasi universel la fiabilité des cadenas chargés de garder le secret. Ils résistent à toutes ses tentatives et Carvalho cherche un objet capable de servir de levier et de faire sauter la barre de fer qui entrave les cadenas. Dans un coin, il trouve une barre qui a été enlevée et il essaie de repérer d'abord la cantine à laquelle elle appartient pour vérifier sur un échantillon qu'il ne cherche pas pour rien. La cantine joue à cache-cache, confiante en la fatigue visuelle de Carvalho devant la répétition de tant de volumes cubiques de métal vert, mais finalement il la trouve, qui fait comme une brèche d'insécurité dans la denture complète de l'hermétisme de ses sœurs. Il l'ouvre et en surgit l'âme cachée de papiers empilés avec un soin ancien, jaunes et sentant l'humidité rance, mais intacts dans leur écriture allemande, leurs signatures de chefs militaires et politiques, la Wehrmacht, les S.S., Waffen Sturmbrigade Belarus, Waffen – Grenadier – Division der S.S.-Russische n° 2, Gauleiter Kube, General Kommissar Kurt von Gottberg, Einsatzgruppen B, Einsatzgruppen A, Vorkommando, Amt/Ausland, Abwehr, Gcheime Staatspolizei, Kriminalpolizei, Sicherheitsdienst, Obersturmbannführer Friedrich Buchardt, Reinhard Gehlen… les noms seuls possédaient un pouvoir d'appel sur ces étendues infinies rédigées en allemand, signes du pouvoir politique et militaire… les noms seuls, mais ils suffisaient, associés aux dates, qui allaient de 1941 à 1944, à donner un sens au contenu de ces archives occultes de choses arrivées quarante ans plus tôt. Carvalho utilisa la barre de fer pour forcer deux autres cantines. Documents. Noms, grades, localités, une nomenclature de menaces conditionnées par des dates tragiques et par l'agressivité que son imagination visuelle animait en gestes, en voix de l'armée allemande d'occupation telle qu'il l'avait vue dans des films et des documentaires. Il ouvrit encore une cantine, pour voir, mais, au lieu de papiers officiels, apparurent des galets, d'une rivière sans doute, et de vieilles boules de vieilles feuilles de journal froissées, jaunies, à moitié pourries, comme il s'en rendit compte quand il les défroissa pour lire les nouvelles enfouies depuis longtemps.

C'étaient des journaux espagnols datés de 1949. Des Franco jaunes inauguraient des choses jaunes. Des ferveurs jaunes ensevelies dans un oubli jaune. Les dates des documents allaient jusqu'à 1945 ; en revanche, les inutiles boules de journaux avaient été soigneusement froissées et enfouies toutes en 1949. Carvalho était las de tensions et de mystère, et il le remarqua quand il ne put faire autrement que s'adosser contre les cantines, arrêter de regarder, arrêter d'entendre et reprendre conscience en fermant les yeux. À la tension musculaire succéda une détente irrépressible, une sensation de sommeil, d'abandon de tous les sphincters de l'âme. Peu à peu, un sentiment d'urgence naquit en lui et augmenta : il fallait qu'il sorte de là, soit en revenant en arrière, soit en poursuivant au-delà de la dernière porte les dernières surprises que lui réservaient les Thermes.

« Je reviendrai demain. »

Mais existerait-il un demain propice à cette orgie d'histoire et de sang ? Il se secoua et reprit sa marche, tenant la barre de fer dans une main, cette fois, il parvint au bout de la salle, s'arrêta devant l'escalier et repensa pour la dernière fois à la signification de son entêtement. Enfin, ses jambes se décidèrent avant son cerveau et trottèrent sur les marches, jusqu'au palier du bas, devant la porte située encore une fois au-dessous du niveau du sol. Elle était simplement poussée, dénonçant la fuite récente de Hans Faber, et il l'ouvrit pour entrer dans un autre couloir obscur bien que l'interrupteur aperçu à sa gauche l'eût transformé en une ruelle nocturne, rectangulaire, mal éclairée, mais suffisamment pour qu'il la parcoure en s'aidant de ses mains régulièrement appuyées sur les murs dégoulinant d'humidité. De nouveau, la tension et l'espoir d'en finir au plus vite s'emparèrent davantage de ses jambes que de son cerveau, et il acheva son parcours en courant presque, désorienté quant à l'itinéraire qu'il avait effectué sous le sol du parc. Le couloir se terminait par des marches qui montaient vers une autre porte, pas métallique cette fois, elle était en bois, d'un beau travail, sa chair lisse laquée de blanc, une couleur de clinique qui annonçait qu'il était à la frontière du retour à l'univers banal des Thermes. Une nouvelle peur se substitua à la terreur du mineur ou du spéléologue qui l'avait tenaillé pendant son parcours clandestin. C'était la peur du retour vers la normalité. La peur que la normalité ne dénonce, d'une manière ou d'une autre, sa condition de braconnier de secrets qui ne lui appartenaient pas. Il craignait un chœur de doigts accusateurs l'attendant au-delà de cette porte, pointant non seulement sa faute, mais la gravité d'une découverte qui compliquait encore le mystère enfoui de Faber and Faber. Il aurait pu faire demi-tour, revenir sur ses pas et ressortir dans le jardin par la porte du pavillon, sans risque de passer pour un espion dépisteur de labyrinthes submergés. Il devait choisir entre deux peurs, entre deux tensions. Le retour à des profondeurs interdites ou la sortie à la surface agressée par sa recherche.

Et il se décida pour le plus simple, le plus proche. Pour la distance la plus courte vers une normalité à laquelle il aspirait après la surcharge de surprises qu'il avait subie. Il monta les marches et ouvrit la porte, à peine, vers lui. Il ne reconnut pas le lieu où il échouait, peut-être parce qu'un paravent blanc l'empêchait de voir la pièce dans toute sa longueur, et il ne pourrait la voir tout entière qu'en ouvrant la porte davantage, en risquant sa tête et ses cinq sens pour saisir cette nouvelle réalité. Il s'arrêta peur essayer d'attraper une image, un son qui dénonceraient l'éventualité d'une présence objectivement menaçante. Le silence des Thermes, la nuit, n'était peuplé que par les grillons, et par la lumière électrique blanche qui révélerait de possibles présences. Il se décida donc à ouvrir la porte, à passer sa tête, et le lieu prit tout son sens. La laque blanche sur les murs. Les reproductions de paysages du val du Sang dans leurs cadres. Les étagères couvertes de livres qu'il avait vues plus d'une fois, deux, trois fois. Il s'était trouvé dans cette pièce, et il avait vu cette table d'examen repoussée dans un coin à côté d'un appareil de rayons X qui ne servait presque jamais.

– Nous ne sommes pas partisans de surcharger le corps de radiations inutiles.

La voix de Gastein lui avait donné cette explication lors d'une visite. C'était la voix de Gastein, toute son aventure le ramenait à Gastein. Le conduisait au cabinet de consultation de Gastein, dans lequel il avait émergé comme un voyageur surpris que la terre fût ronde. Il reprenait progressivement confiance devant la solitude de la pièce, en revanche bizarrement éclairée à cette heure de la nuit pâlissante. Étrange que les vigiles n'aient pas éteint la lumière. Étrange que Gastein se soit permis cette étrange négligence. Ou bien était-ce Hans Faber, lors de son passage rapide du couloir secret à la salle de vidéo ? Pourquoi ce passage avait-il été si rapide ? Faber s'était-il aperçu qu'il y avait quelqu'un derrière lui dans le pavillon ? Trop d'énigmes pour une seule nuit. Il traversa le cabinet de consultation de Gastein. Il ferait demain ce qu'il ne pouvait plus faire aujourd'hui.

Le patriarche avait expérimenté sur ses fils des systèmes alimentaires en harmonie avec sa philosophie – alimentation à base de substances naturelles, principalement d'origine végétale, clé d'une bonne santé, d'une vie longue et heureuse, d'une mort en accord avec la loi suprême de la nature : naître, croître et mourir. Toujours selon les mêmes principes, l'ingestion d'aliments frais est capitale pour tout ce qui joue un rôle dans la transformation, la désintoxication, la régulation et la régénération biologiques, tant dans le renouvellement génétique des cellules que dans la meilleure utilisation de l'oxygène. « L'essentiel – avait écrit le vieux Faber dans sa bible diététique – est l'aliment curatif, qui compense les dégâts alimentaires subis par le corps, et l'aliment protecteur, qui doit offrir le plus possible de potentiel énergétique et de substances vitales. Il faudra donc éviter les aliments dénaturés, gageure à une époque de terres dégénérées, d'usage irrationnel des insecticides et de stockage malsain de nombreux aliments, sans parler de l'alimentation en conserve qui détruit les éléments nutritifs fondamentaux et dans certains cas augmente les éléments dangereux comme les graisses. » À cette longue citation de Faber, Gastein avait ajouté que le prophétique professeur avait quitté ce monde sans voir le mal immense qu'avait causé l'alimentation humaine à l'homme même, l'apogée de l'industrie alimentaire créée à partir de la Seconde Guerre mondiale, fondée sur le triomphe de tout ce qui était antinaturel : blanchiment, coloration, conservation, désinfection, substances cancérigènes.

Dans le résumé de la philosophie du vieux Faber que l'on remettait à tout client qui en faisait la demande palpitait une déclaration de principes que le patriarche avait appliqués sur ses fils pour les préserver d'une défaite biologique prématurée. Soixante ans à se nourrir de végétaux crus, de fruits frais, de lait frais, de lait aigre, de miel, de soja, de sésame, de plantes sauvages. Non. Ni leur éducation ni leur alimentation n'avaient été celles d'enfants normaux. Par exemple, s'ils attrapaient la diarrhée malgré les soins alimentaires de leur père, les enfants Faber subissaient un traitement évidemment contraire aux traitements habituels d'une médecine chimico-pharmaceutique barbare. Le vieux Peter prescrivait à la victime de cette intime et postérieure trahison somatique des compresses chaudes sur le ventre pendant la nuit, également des compresses chaudes ou froides dans le dos et sur la nuque, des massages du tissu conjonctif pour détourner et éliminer les crampes, une purge, composée d'un litre de camomille, deux ou trois cuillerées de mélasse et trente grammes de sulfate de magnésium. Et si Feuerbach était arrivé à la conclusion que l'homme est ce qu'il mange, maxime venue tout droit de la philosophie médicale d'Esculape et alimentaire d'Aristote, les frères Faber s'étaient nourris de toutes les crudités de ce monde puis, le corps et l'âme désormais formés, ils s'étaient tournés vers une nourriture végétarienne raffinée, comme la tarte à la betterave « que faisait maman », à laquelle avait fait allusion, non sans sarcasme, le cadet des Faber au cours de la soirée. Et qui dit tarte à la betterave peut ajouter boudin de pommes et de sagou, pain perdu à la rhubarbe, biscuits de flocons d'avoine, canapés de champignons, boulettes de soja, galettes de soja, croquettes de riz aux courgettes, pommes de terre aux brouts de chou, choux-raves à l'étouffée, chou fermenté, betteraves à l'étouffée. Et pour boire, des tisanes aussi réputées que la *tisane amère*, composée d'absinthe, de petite centaurée et de chardon béni, dit herbe-aux-saints, ou bien la non moins connue *tisane carminative*, réunissant cumin, fenouil et anis, indispensable pour les flatulences, de même que l'était la tisane de gratte-cul pour pisser sans envie. Et s'il leur était arrivé de souffrir d'insomnie, les jeunes Faber avaient toujours la possibilité de prendre soit une infusion de mélisse ou de fleur d'oranger, soit de simple écorce de citron. S'il leur arrivait d'être tentés par l'alcool, ils disposaient d'élixirs de secours pour faire face aux médiocrités de la vie quotidienne tels que les jus de fruits ou de légumes, enrichis ou non de végétaux cuits et passés à la centrifugeuse, en particulier de riz, d'avoine ou de graines de lin.

La lutte épique du vieux Faber pour ne plus jamais être un avorton s'était prolongée chez ses fils, dans le but d'en faire des spécimens humains sains et durables, même au prix du sentiment de marginalité alimentaire qu'ils avaient dominé en partie grâce à l'habitude, mais aussi grâce à un réseau d'amitiés choisies dans les milieux pratiquant la même philosophie.

Pourtant, le résultat de cet immense effort, de cette préfabrication philosophique portée par un irrépressible sens du bonheur et de la confiance dans les règles de la nature, dans la prolongation de la nature en l'homme, demeurait fragile. Comme fragile la vie même. Hans Faber était là, yeux grands ouverts mais pupilles de verre, la bouche aplatie contre le sol et la mare de son propre sang, les bras aussi morts que le reste de son corps, traçant un pathétique V de victoire, ouvert vers le nord de son bureau. Un coup de feu dans le cou qui n'avait touché aucune artère, mais un autre dans le cœur qui avait été précis et définitif. C'était l'opinion de Gastein, à moins que le médecin légiste ne soit d'un autre avis. À côté de lui, Serrano n'arrêtait pas de répéter que ce cauchemar allait s'arrêter pas plus tard que demain. Demain, les Américains arrivent. Ils feront ce qu'ils ont à faire, et moi, j'aurai terminé.

– Je tire un trait. Terminé. Point final.

Tandis que Serrano, ne sachant plus à quel saint se vouer, traçait dans l'air les signes de ponctuation censés conclure le carnage, Molinas semblait victime d'une attaque aiguë d'impuissance et Dietrich Faber, prince héritier aux dernières nouvelles, contemplait le corps de son frère, ne sachant pas si c'était le cadavre qui était bête, ou bien si c'était la mort qui était bête, et Carvalho se disait qu'il était si bête qu'il ne réalisait pas que son frère avait été assassiné.

– Il ne faut pas parler de ce cadavre, je prends ça sous ma responsabilité. Il n'y a plus que quelques heures avant la levée de la quarantaine et nous risquons de déchaîner une crise d'hystérie généralisée.

– Vous voulez qu'on cache le cadavre, qu'on le fasse examiner par le médecin légiste en cachette, qu'on l'emmène en cachette à la morgue, qu'on le passe en cachette devant les journalistes qui font le siège ?

Mais Serrano était trop nerveux pour prêter à Carvalho l'attention qu'il méritait et il marcha sur lui le menton en avant et dans ses jointures blanchies un désir de leur faire reprendre des couleurs sur le visage à son goût trop neutre du détective.

– N'en fais pas trop, gros malin ! J'ai cinq cadavres sur les bras, cinq. Demain, je me tire de cette maison et de ce cauchemar et je ne veux pas de complications.

Carvalho haussa les épaules et se réfugia dans un coin de la pièce, loin de la vue et de la capacité d'indignation d'un Serrano hors de lui.

– Pouvons-nous transférer le corps dans une pièce plus éloignée ? demanda Molinas, et le désir de l'inspecteur Serrano de dire oui dut être contenu devant l'évidence que ce n'était pas possible.

Il soupira et se rendit à la fatalité :

– Laissez-le où il est. Je vais appeler le médecin légiste et nous essayerons de ne rien divulguer avant que le corps ne sorte de l'établissement. Toi, Paco, mets-toi devant la porte et ne laisse entrer personne. Comme on ne sait jamais, il vaudrait mieux qu'il y ait toujours l'un de nous à l'intérieur pour surveiller. Je me demande où je vais bien pouvoir trouver le légiste à une heure pareille.

Il était sept heures et demie du matin. Molinas travaillait très tôt avec l'aîné des Faber, dès que le vieil athlète avait terminé sa séance de gymnastique quotidienne.

– La vie est incroyable. On s'habitue à tout. Après la mort de mistress Simpson, j'avais sans arrêt peur de tomber sur un cadavre ou un assassin derrière chaque porte de cette maison. Maintenant, je m'y suis fait et quand je suis entré et que j'ai vu M. Faber par terre, j'ai compris immédiatement qu'il était mort, qu'on l'avait assassiné, et j'ai pris ça comme la chose la plus naturelle du monde.

– Demain, ce sera fini, répétait Serrano de manière infantile, et, pour ne pas le contrarier, Carvalho garda pour lui ce qu'il pensait.

Qu'est-ce qui serait fini demain ? Cinq crimes étaient toujours impunis, mais Serrano laissait tomber l'affaire, cachait les morts comme certains animaux cachent leur merde en grattant la terre pour qu'elle la recouvre. En tant que policier chargé de l'enquête, il lui restait encore à accomplir un dernier rite et il demanda sans conviction :

– Quelle est la dernière personne à l'avoir vu vivant ?

– Moi. Je crois que c'est moi. Mais son frère était avec moi.

– Voyez-vous ça, le célèbre Superman du crime. Et en quel honneur l'avez-vous vu hier soir ?

– Je consultais, comme on dit.

– Vous consultiez ? Vous croyez que vous pouvez vous permettre de dire des conneries pareilles ? Vous consultiez ?

– Si le mot ne vous plaît pas, je le retire. Mais, bon, nous avons échangé des avis sur tout ce qui est arrivé et M. Faber m'a raconté l'histoire des origines scientifiques des Thermes. Les recherches de son père, un éminent spécialiste de la diététique, très apprécié par le docteur Noorden, de Vienne.

– Qui c'est, le docteur Noorden, de Vienne ?

– Le premier médecin conventionnel à avoir cru dans les traitements curatifs du vieux Faber. Il m'a parlé avec beaucoup d'enthousiasme de la trajectoire scientifique de son père. Nous avons aussi parlé des crimes, évidemment. Ensuite, son frère est entré et la conversation est devenue générale et plutôt amusante.

Dietrich Faber le remercia de l'adjectif avec un sourire.

– C'est vous qui êtes allé trouver M. Faber ou c'est lui qui voulait parler avec vous ?

– Ce n'est pas si simple. C'était plus compliqué que ça. En réalité, j'ai surpris M. Faber dans une, comment dire ? Dans une situation difficile. J'ai essayé de découvrir s'il ne pouvait pas s'agir d'une méprise. J'ai bavardé avec lui, je me suis rendu compte que ma première impression était la bonne et j'ai pris la peine de vérifier ensuite.

– Sacré bon sang, Carvalho ! Vous ne pourriez pas être plus précis ?

– Je ne sais pas si je peux. Mon client est mort et il est de mon devoir de réserver certaines informations que je devais communiquer avant tout à mon client.

– Mais votre client est là, raide comme la justice ! Ne me faites pas sortir de mes gonds, Carvalho.

– Avant tout, je demande : est-ce que quelqu'un reprend à son compte les engagements de M. Faber ?

– Moi, s'exclama Gastein, avant que Dietrich ne se sente obligé d'intervenir.

Les yeux souriants du frère cadet remercièrent silencieusement Gastein de son geste.

– Dans ce cas, c'est au docteur Gastein que je dois faire mon rapport.

– Pas question, mon ami. Vous arrêtez de tourner autour du pot et vous me racontez ce que vous avez vu. Vous faisiez allusion à quoi quand vous disiez avoir vu M. Faber dans une situation délicate ?

– Me croiriez-vous si je vous disais que je l'ai vu danser sur les toits ou traverser une rivière sans enlever ses chaussures ?

– Vous vous moquez de moi ?

– Non.

– Permettez-moi d'intervenir, inspecteur, je crois qu'un tête-à-tête entre M. Carvalho et moi permettrait de débloquer la situation. Il est très logique qu'il tienne à sauvegarder les formes par souci de déontologie professionnelle et que vous, vous vouliez savoir tout ce que vous devez savoir pour poursuivre votre enquête. Même si, après tout, vous laissez tomber l'affaire demain.

– Je laisse tomber, moi, Rafael Serrano, en tant qu'individu, que policier individuel. Mais pas la Police. La police ne se repose pas tant qu'elle n'a pas éclairci tous les crimes.

– Je n'en doute pas. De plus, je pense que cette commission américaine va arriver et qu'elle va peut-être apporter les preuves définitives, les pièces qui manquent. Peut-être, Carvalho, avez-vous trouvé la solution de ce casse-tête ?

– Pas du tout. Au contraire.

– Vous voyez, inspecteur ? Je vous promets de rapporter tout ce qui, dans ce que me dira M. Carvalho, pourra contribuer à dénouer cet immense et tragique imbroglio.

Serrano fit un geste de la main signifiant qu'ils pouvaient agir à leur guise et leur tourna le dos. Gastein sortit de la pièce en invitant Carvalho à le suivre. Dietrich Faber ne fit même pas semblant de se mettre dans leur sillage. Si Gastein était pressé d'entendre ses révélations, il sut le cacher et précéda Carvalho jusqu'à son cabinet sans tourner la tête pour avoir un avant-goût. Produit exemplaire de ses principes alimentaires, la vieillesse stylisée et solide de Gastein marchait avec l'harmonie étudiée d'un adulte fier de sa plénitude.

En arrivant dans l'antichambre du cabinet, il eut une brève conversation dissuasive avec la dame née à Madrid et élevée à Tolède qui voulait voir Gastein pour une crise de tachycardie.

– Je passerai dans votre chambre, madame.

Il fit entrer Carvalho et ferma la porte. Il se dirigea à petits pas vers son fauteuil tournant, s'y installa longuement, trouva enfin l'attitude d'abandon la plus parfaite, et, avec le sérieux d'un commerçant conscient de l'importance de l'opération, il encouragea Carvalho à parler :

– Alors ?

Mais Carvalho ne dit rien. Il quitta le milieu de la pièce pour aller vers le paravent. Il le replia et découvrit dans toute sa blanche innocence la porte par laquelle, la nuit précédente, il avait émergé des entrailles secrètes des Thermes. Il essaya de l'ouvrir mais il n'y parvint pas.

– Elle est fermée.

– Elle est toujours fermée.

– Hier soir, elle n'était pas fermée. Hier soir, M. Faber est passé par cette porte, et moi après lui.

Gastein avait déjà fait la preuve qu'il savait se contrôler, mais cette fois, son silence se prolongeait beaucoup.

– Je dois vous avertir que j'ai raconté tout ce que j'ai découvert hier soir à mon associé à Barcelone.

– Les communications téléphoniques sont coupées.

– J'ai donné un message à un employé qui partait pour Bolinches ce matin.

– Je ne sais pas pourquoi vous venez me dire que vous avez pris toutes ces précautions.

– Simplement, je vous préviens que j'ai pris des précautions.

– Un homme prévenu en vaut deux. C'est un proverbe très espagnol, mais on s'aperçoit bien vite que les Espagnols le mettent peu en pratique. Où conduit cette porte, monsieur Carvalho ?

– J'espérais que vous alliez me l'expliquer.

– Ce que vous avez vu manque de sens pour vous ?

– Ce sont encore des images éclatées, par-dessus le marché mal éclairées par mes allumettes et par cet œil-de-bœuf maigrichon pour toutes ces archives. Car ce que contiennent ces cantines, ce sont bien des archives secrètes, n'est-ce pas, docteur Gastein ?

Le médecin soupira.

– Oui, ce sont des archives. Elles font partie de l'histoire des Thermes. De l'histoire des Faber. En un sens, de mon histoire.

– Qu'est-ce que vous diriez si je racontais à l'inspecteur Serrano que j'ai vu Faber à l'intérieur du pavillon et que j'ai découvert le chemin qu'il a suivi pour arriver jusqu'à ce bureau ?

– Que voulez-vous que je dise ? Je vais peut-être vous décevoir, mais j'ai moi-même suggéré à l'inspecteur Serrano que si le Département d'État démontrait un tel intérêt pour cette affaire, c'était sans doute parce que nous conservions, en lieu sûr, des documents historiques très importants.

– Et Serrano, qu'est-ce qu'il vous a dit ?

– Qu'il consulterait ses supérieurs, mais quand je l'ai prévenu que les documents ne se rapportaient à rien d'espagnol, qu'ils avaient à voir avec la Deuxième

Guerre mondiale, avec l'Allemagne, avec l'U.R.S.S., il s'en est désintéressé. Serrano m'a fait rire. Il a dit : La Seconde Guerre mondiale ? Vous pensez ! De l'eau a coulé sous les ponts depuis. Tout ça, c'est de l'histoire, Gastein. C'est de l'histoire.

Un silence s'installa, chacun attendant que l'autre le brise.

– C'est tout ?

– C'est tout, Carvalho.

– Il va falloir donner une explication. Cinq morts, ça ne passe pas inaperçu.

– Analysez-les cas par cas. Qui va réclamer ces cadavres ? Personne. Ce sont des personnages résiduels de ce qui reste d'un fragment de l'histoire, et Karl Frisch était un tueur à gages. Les tueurs à gages n'ont personne pour les pleurer.

– Helen ?

– Helen ne versera pas une larme, je vous en fiche mon billet.

Ce fut une arrivée tout à fait symptomatique, qui eut lieu ni en avance ni en retard mais au moment précis où les deux aiguilles de n'importe quelle montre à aiguilles s'accordèrent pour indiquer neuf heures. Il y a quelqu'un pour déclencher le chronomètre des grands événements et ce jour-là, à l'heure pile, lorsqu'il fut très exactement neuf heures, la grille de l'entrée principale des Thermes s'ouvrit de part en part et livra passage à une caravane qui semblait avoir un objectif précis et important. Il n'y a pas deux caravanes pareilles. Surtout quand vient en tête une voiture officielle noire pourvue d'un drapeau espagnol et d'une immatriculation du parc automobile ministériel, suivie d'une limousine bicolore avec le drapeau américain, d'un camion blindé n'ayant apparemment servi que pour des transports distingués et sophistiqués et deux voitures hurlantes et remplies d'hommes fouillant du regard les quatre points cardinaux et que le cortège est fermé par une jeep de la police militaire espagnole. Il suffisait d'examiner la participation espagnole à l'expédition pour comprendre son caractère exceptionnel. Par exemple, les quatre indigènes de la police militaire avaient sans doute été sélectionnés parmi les meilleurs de l'espèce. Ils étaient d'abord d'une stature européenne, c'est-à-dire moyenne dans une équipe de basket-ball, ensuite leur allure athlétique, l'indéniable précision et la gravité de leurs gestes démontraient qu'ils avaient conscience d'être les plus beaux fruits de la race et ses ambassadeurs. On avait même fait en sorte qu'ils soient tous non pas blonds comme les blés, mais un peu blonds. Les polices militaires, partout, professionnelles ou pas, se croient la vitrine de l'armée, la sauvegarde de sa respectabilité. La police militaire consacre toute son énergie à éviter que le contact entre les militaires et la population ne suscite d'embarrassantes interrogations dans la conscience civile ; par exemple : à quoi servent les militaires ? La logique veut qu'en temps de paix les militaires forment un paysage aussi camouflé que les sapins dans les régions alpines ou les rhododendrons dans les jardins de Hampstead. Donc la police militaire doit soigner au maximum son être au monde. Parce que le simple mot de « police » est déjà un signal d'alarme. Qui dit police dit répression, et si cette police est militaire, elle réprime soit les excès des militaires par rapport aux civils, soit ceux des civils par rapport aux militaires. Mais le mot excès, équidistant par rapport au sommet des deux raisonnements opposés, induisait une sémantique scandaleuse qui, forcément, devait susciter de la méfiance dans la population civile.

Or, ce jour-là, aux Thermes, la police militaire se trouvait au-delà de ce parti pris. Elle représentait seulement un pouvoir qui ne voulait qu'affirmer sa présence, même s'il savait qu'il n'exerçait pas. Ces quatre soldats aguerris et maîtres de soi étaient comme les hussards d'Alexandra de la grande époque, escortant sur leurs chevaux blancs une division blindée de la Wehrmacht, ou comme ces gardes en grande tenue qui, dans les processions, mettent leur prestance de cavaliers et la grâce de leurs panaches blancs au service d'une Vierge Marie quelconque, véritable héroïne de la fête. Confrontés au pouvoir le plus efficace de l'univers, hussards et gardes auraient détonné, en revanche ces garçons agrémentaient le cortège yankee comme une offrande de musicales vierges de province aux désirs et aux intentions du seigneur de l'Empire.

Si la patrouille de la police militaire espagnole invitait à une réflexion sur son rôle exact dans cette affaire, les autres comportements étaient évidents de prime abord. De la voiture officielle espagnole descendit l'ancien champion des Asturies, catégorie mi-lourds, qui ouvrit la portière à Fresnedo, plus vieux de vingt-quatre heures et plus mûr pour le pouvoir. Fresnedo essaya de se poser en maître, attendant au pied des marches qui conduisaient au hall que les Américains prennent position. Ils prirent position. De la voiture officielle yankee descendirent deux grands types de quarante ans à tête bicolore, blanche et blonde, et costume assorti. L'un d'eux salua Fresnedo et resta à côté de lui, se tournant vers le déploiement qu'ordonnait son camarade. Celui-là était le chef véritable. Sans prêter la moindre attention à Fresnedo, il attendit que les voitures de l'escorte se vident de leurs huit occupants qui restèrent tranquillement à côté de la portière correspondant à la sortie, non pas figés, non, mais avec dans le corps une tension voulue et paisible, alors que leurs yeux persistaient à essayer de repérer à l'horizon les tribus indiennes hostiles. Significative, déjà, avait été leur manière de descendre des voitures, de claquer les portières et de provoquer ce bruit de portière qui claque que seules produisent les voitures américaines. Peut-être les bureaux d'étude de motivation et de programmation des grandes entreprises de construction automobile américaines s'acharnent-ils à trouver le bruit que fait une portière solide claquant sur un châssis non moins solide. Ce bruit est un point de référence déterminant du système, c'est un bruit en soi plus polysémique que le plus polysémique des mots. Ce bruit signifie : c'est mon bruit, il ferme ma voiture, ma voiture c'est moi, ma voiture est la meilleure des voitures, elle m'a amené jusqu'ici et elle ne s'en ira qu'avec moi, et toute cette combinaison de prodigieux rapports et d'entités isolées était déclenchée par la seule puissance d'une industrie capable d'obtenir ce bruit, aussi suggestif et symbolique qu'un hymne.

Une fois les portières claquées, les hommes alignés, celui qui avait l'air d'être le chef de l'expédition mesura d'un coup d'œil la disponibilité et l'allure du groupe. Il avait devant lui huit hommes décidés à tout et chacun d'eux avait reçu des instructions sur ce qu'il avait à faire. On aurait dit une équipe de n'importe quel sport musclé américain, attendant que l'arbitre lance la balle qui désorganiserait cette belle ordonnance. L'arbitre dit :

– *Come on !*

Come on ! C'est-à-dire : « Allons-y ! » Mais ne vous y trompez pas. Il n'y a pas grand rapport entre la précision de l'action qu'implique *come on !* et « allons-y ! ». Il y a beaucoup plus d'action dans *come on !* car les langues mettent dans chaque sème le potentiel économique et social des gens qui les ont faites et qui s'en servent. *Come on !* ébranla les hommes en fonction du plan qu'ils avaient appris. Quatre d'entre eux remontèrent dans la première voiture et les quatre autres marchèrent en direction de l'entrée des Thermes, et, arrivés à la hauteur de Fresnedo et de l'attaché de relations publiques de l'expédition, ils ne prêtèrent aucune attention au sourire de bienvenue du sous-directeur général de l'Ordre public et au sourire de compréhension de leur compatriote mais allèrent se ranger derrière leur chef naturel et prirent le chemin en pente qui pénétrait dans la zone de la piscine, droit vers le pavillon des boues. Tandis que le quintette parti devant examinait les buissons feuille par feuille et reniflait toutes les gammes d'air capables d'avoir été produites par le mont du Caroubier en heureuse collaboration avec la rivière, la voiture se mettait en mouvement, ouvrant la voie au camion blindé, et suivait le chemin ouvert par le quintette. La bouche de Fresnedo s'ouvrait sur toutes les voyelles qui pourraient l'aider à trouver le mot adéquat : un moment… est-ce que… indubitablement je crois que… avez-vous pensé que…

Sans abandonner son sourire de relations publiques, l'autre chef s'écarta de lui et, après avoir émis un sec mais gentil quand même *I'm sorry*, il suivit ses collègues dans leur inexorable progression vers le pavillon. Fresnedo resta seul avec l'ex-champion des Asturies, catégorie mi-lourds, et ses deux gardes du corps minces et pâles.

– Vous avez vu ? Ils ne sont pas gênés.

– Vous voulez que je me les prenne, chef ? Ils ont l'air costauds mais c'est de la gonflette. Si vous voulez, chef, je leur en mets deux.

– J'ai reçu des ordres et je dois les exécuter.

Il fit demi-tour au moment où Gastein sortait du hall, victime d'une attaque d'indignation qui le transformait en un personnage gesticulant et congestionné.

– Mais qu'est-ce qu'ils font ? Comment pouvez-vous laisser faire ces gens sans me consulter ?

– Mon gouvernement m'a chargé…

– Je me fiche de votre gouvernement !

Gastein courut pour rattraper le cortège blindé et Fresnedo derrière lui, suivi par ses trois mousquetaires. Ils arrivèrent au moment où les véhicules prenaient position autour du pavillon et le camion manœuvrait pour se placer dans l'axe de la porte. Les deux chefs vérifiaient quelque chose sur un papier, échangeaient des impressions comme deux médecins appelés en consultation et ils firent semblant de ne pas comprendre quand Gastein se plaça entre eux et le pavillon et se mit à leur parler en anglais sur un ton qui se voulait mesuré. Sans doute, essayait de dire Gastein, obéissaient-ils aux ordres et lui-même s'était mis d'accord avec les autorités espagnoles pour leur remettre les archives entreposées dans cet endroit, mais peut-être serait-il nécessaire qu'il les informe sur la manière d'y accéder. L'insistance tenace du docteur s'enfonça entre les deux hommes comme un coin et ils finirent par lui prêter attention, avec un faux et souriant intérêt pour l'un, pour l'autre l'envie de le faire dégager d'une bourrade. Le plus condescendant lâcha un soupir de résignation et tendit à Gastein les deux papiers qu'ils regardaient. C'était une autorisation du gouvernement espagnol à prendre en dépôt les archives de la Brigade S.S. Belarus et du gouvernement de Biélorussie, et un plan tracé à la main mais assez détaillé de la structure intérieure du pavillon, y compris la salle condamnée et la paroi de séparation indiquée par de petites croix. Tout en examinant les papiers, Gastein redevenait maître de ses émotions et de son flegme. Il sourit d'abord, puis il eut un rire bref et finit par leur faire un clin d'œil, composant de ses doigts le cercle de la plus entière satisfaction et crachant un *O.K. !* d'une voix plus grasseyante que celle de Donald Duck. Les autres se sentirent acceptés et répondirent avec le même clin d'œil, le même signe de la perfection partagée et un *O.K. !* joyeux qui fut une brève grimace jusqu'à ce que les reprenne l'obsession du travail à faire. Gastein repartit par là où il était venu, tête baissée, souriant, parlant tout seul.

– Il ne suffit pas d'être américain. Encore faut-il être bien élevé.

Il croisa Fresnedo et ses mousquetaires et c'est à peine s'il entendit l'information ou l'avertissement que lui lançait le sous-directeur général de l'Ordre public.

– Quand le transfert des documents aura été effectué, nous voudrions vous parler, l'inspecteur Serrano et moi.

Gastein avait envie d'être seul ou de perdre au moins de vue une scène remplie d'acteurs et de spectateurs – les agents postés aux points stratégiques dominant le pavillon des boues et la totalité de la clientèle des Thermes refoulée dans le secteur de la piscine ou agglutinée sur les terrasses privées des chambres ou sur la grande terrasse du salon dans lequel avait lieu la cérémonie expiatoire jeûneuse du bouillon végétal et du jus de fruits. Ces petits personnages en peignoirs assistaient sans le savoir à un départ historique. Alors quatre comparses qui ne s'étaient pas encore montrés, vêtus de combinaisons de plastique noir, comme des scaphandres pourvus d'une fenêtre pour voir, sautèrent du camion blindé. Ils portaient chacun une perceuse électrique reliée par un cordon ombilical à la batterie du camion et ils pénétrèrent dans le pavillon à la suite de leurs chefs. À l'intérieur du pavillon, les gestes étaient restés en suspens, même les premières boues du matin semblaient s'être séchées soudain sur les épaules, les hanches, les cervicales de la première clientèle, paralysée sur les couchettes, pendant qu'augmentaient les allées et venues de la brigade, remplissant les salles de pas contondants et de cris d'avertissement. Les six hommes firent rouler de côté la statue des lions avec le bébé pisseur et s'approchèrent du mur. L'un des cosmonautes frappa la surface chaulée avec un marteau en caoutchouc et appliqua un compteur de vibrations. Il dessina ensuite une porte haute et large avec un gros feutre, il le rangea et se plaça devant son dessin, perceuse au poing. Un sifflement de reptile électrique annonça le grincement épouvantable avec lequel la perceuse commença à attaquer le contour de la porte dessinée, qu'elle transforma en une silhouette mitraillée fumante et poussiéreuse. Du nuage de poussière émergeaient les autres cosmonautes, qui s'approchèrent de l'objectif et lui donnèrent deux coups brutaux avec leurs grosses bottes, et le son des briques quand elles se cassèrent et tombèrent résonna comme une plainte prolongée dans le silence des salles invalides. À coups de pied, ils écartèrent les briques entassées pour permettre l'assaut de la salle interdite et laisser les deux autres manœuvres retirer systématiquement les gravats avec des pelles démontables qu'ils portaient suspendues à la ceinture. Quelqu'un alluma la lumière et l'un des vieux masseurs osa s'approcher jusqu'à la fontaine pour voir de près ce qui se passait, et il put raconter plus tard que de l'autre côté du trou s'entassaient des caisses et des caisses et il n'avait pas eu le temps de dire ouf que ces types, comme des robots, avaient déchargé du camion des wagonnets montés sur des roues d'aluminium et les avaient utilisés pour transporter les caisses depuis leur sommeil caché jusqu'au camion blindé.

– Entre le moment où ils sont entrés et celui où ils ont fini de charger, une demi-heure. Comment qu'ils travaillent, ces gars-là !

Le travail terminé, le chef aimable s'approcha de Fresnedo et lui tendit un reçu que le sous-directeur signa d'un paraphe historié et lent, gratifiant son prénom et ses noms de famille d'une écriture petite et bien moulée. Pendant ce temps, les infirmières et l'un des médecins subalternes avaient installé le cadavre de Faber sur une civière à l'intérieur du minibus des Thermes et le chauffeur prit la queue de l'expédition américaine, déjà en place pour le départ. Un mur d'appareils photos et de journalistes sautillants, magnétophones impuissants, s'écroula de lui-même devant l'implacable rapidité du cortège. L'attaché de relations publiques sortit la tête par la fenêtre à la dernière seconde ainsi qu'un bras au bout duquel la main faisait le rond de la bonne entente sur fond d'interrogation :

– *O.K. ?* cria-t-il à Fresnedo.

Celui-ci le lui rendit trois fois pour être sûr que son message arriverait à son destinataire :

– *O.K. ! O.K. ! O.K. !*

Mais à ce moment-là la vitre de la fenêtre se relevait déjà et les Américains étaient retournés à leur mutisme ou à leur conversation, tandis que Fresnedo restait dans l'incommode position de celui qui, dans une gare, dit au revoir avec la solennité d'un mouchoir blanc à quelqu'un qui ne s'en rend pas compte.

Gastein, Dietrich Faber, Fresnedo, l'inspecteur Serrano et son adjoint, plus la dactylo, s'enfermèrent dans le bureau que l'inspecteur de police avait occupé depuis le début de l'enquête, et ce qui restait de l'équipe dirigeante des Thermes s'employa à annoncer qu'à partir du lendemain la quarantaine serait levée. Ceux qui le voudraient pourraient terminer leur cure, ceux qui l'avaient finie pourraient s'en aller ; enfin, chacun redevenait maître de son destin. La direction voulait dédommager les clients pour toutes les déconvenues qu'ils avaient subies et offrait une fête le soir avec buffet libre d'eau minérale, gazeuse ou non, et de délicieux jus de carotte, mélangés d'orange, ou de pastèque, également avec de l'orange ; ceux qui n'étaient pas partisans des mélanges auraient droit à du jus de pomme pur. La fête était ouverte à l'ensemble de la communauté et, en prélude, le personnel subalterne, qui s'était heurté si durement quelques jours plus tôt aux pensionnaires, passa dans les chambres pour y déposer un bouquet de fleurs et une reproduction en relief des Thermes, œuvre maîtresse de Helios Biermayer, peintre allemand fixé à Bolinches depuis plusieurs décennies, spécialisé dans les reproductions en trois dimensions des coins les plus remarquables de la région. L'assassinat de Hans Faber avait été un secret bien gardé dont on s'était débarrassé vite et bien et, les circonstances conduisant à une relève quasi totale de la clientèle frappée par les événements, les clients arrivant à partir du surlendemain ne percevraient que les ombres de la véritable histoire. Hans Faber ne manquait à personne, pas plus que Mme Fedorovna, qu'on disait promptement remplacée par une Autrichienne professeur de danse qui parlait sept langues, avait été championne olympique d'escrime et était crudivore radicale. Quant au professeur de tennis, on pourrait bientôt compter sur un jeune joueur local, invincible dans les tournois régionaux mais peu fiable à un haut niveau, ce qui l'avait empêché d'être un champion d'envergure nationale et internationale, mais pas d'être un excellent professeur et le sparring idéal des estivants et des résidents les plus illustres de la Côte torride, qui commence à Bolinches et s'étend jusqu'à la madrague abandonnée de Los Califas. La sensation que bientôt les portes s'ouvriraient, que les vides humains seraient comblés, l'annonce de la fête n'émurent pas Carvalho autant que trouver, à son retour dans sa chambre, sur la table, celle du milieu, un bol plein de compote de pomme.

C'était le premier aliment solide qu'il prenait en dix-huit jours et il se mit presque à pleurer quand il goûta la première cuillerée de compote. C'était le même émoi de découverte de la première saveur qu'avait dû ressentir l'admirable primate qui avait cessé de manger des noix de coco et avait découvert la cuisine. Il mit un quart d'heure à déguster sa compote et il se fit violence pour sortir de son extase et retrouver de l'intérêt pour sa profession et pour ce qui était en train d'arriver dans la chambre close. Il se lécha les babines, but une demi-bouteille d'eau, avala un cachet et se dirigea vers le hall où il s'aperçut que la porte du bureau était toujours fermée à double tour, simple apparence que la réceptionniste remplit de contenu quand elle l'assura qu'« ils » étaient toujours dedans, et que ça promettait d'être long parce qu'ils avaient demandé le concours d'un avocat et d'un notaire, qui étaient déjà partis de Bolinches. Carvalho ne parvenait pas à attendre tranquillement la fin de la réunion. La clientèle s'était répandue dans les couloirs, il voyait des Espagnols partout qui échangeaient des nouvelles, des rumeurs, des commentaires sur ce qu'ils avaient vu ce matin-là et sur les promesses de la liberté annoncée.

– Quand partez-vous, Carvalho ?

– Dès qu'ils baissent le pont-levis.

Sánchez Bolín avait les pupilles pleines de lettres et la tête farcie du crépitement de machine à écrire.

– Je ne sais pas quoi faire. Il faut que j'essaye le costume que j'emporte à chaque fois, je l'appelle la preuve par neuf. Si j'y entre, je m'en vais. Si je n'y entre pas, je reste une semaine de plus.

– Vous n'avez qu'un costume ?

– Non. Mais c'est celui qui me va le mieux pour les signatures. J'ai été très traumatisé par la première signature d'un de mes livres. Un poète aussi épique que lyrique faisait office de maître des cérémonies. Il jouait de la guitare et récitait des vers à l'oreille de jeunes filles en fleur. Il était grand et se croyait plus beau qu'il n'était. Le fait est qu'au lieu de présenter mon livre, il s'est mis à me décrire, comme ces mauvais présentateurs de télévision qui expliquent exactement ce que le spectateur est en train de voir. Il a dit : l'homme gros, petit, myope, mal habillé que vous avez devant vous et ensuite, il n'a pas trop mal parlé de mon livre, mais je m'en fichais complètement. J'étais, comme on dit, bon à ramasser à la petite cuillère et je me suis juré que jamais plus je ne laisserais présenter un de mes livres par quelqu'un de plus beau que moi et que j'irais toujours aux signatures d'accord avec ma peau et avec mon costume. Mais si je rentre dans mon costume, Carvalho, sans vous déranger, puisque vous avez une voiture, vous me rendriez un grand service si vous me déposiez à l'aéroport de Bolinches.

– À votre disposition. Mais je ne comprends pas pourquoi vous n'essayez pas votre costume une bonne fois pour toutes, vous dissiperiez l'inconnue.

– Nous sommes dans la phase d'observation et de méfiance réciproque. Le costume et moi, nous nous observons, et c'est comme la relation entre un cavalier mal assuré et un cheval presque sauvage, c'est à qui baisera l'autre. J'ai l'habitude de faire l'épreuve du costume exactement au bout des dix-huit jours, et ça tombe demain. Demain, à onze heures, vous serez le premier à savoir.

– Vous venez à la fête de ce soir ?

– Quelle fête ?

– La maison organise une fête pour ramener la paix et la concorde.

– Quel médiocre dessein ! À propos, nous en sommes à combien de cadavres ? Vous tenez les comptes pour moi.

– Cinq.

– Cinq ? Je croyais que c'était quatre. Vous n'allez pas me dire qu'ils ont eu l'homme au survêtement ?

– Non. Hans Faber.

– C'était un personnage lamentable, il me rendait nerveux chaque fois qu'il apparaissait dans la salle à manger avec sa ritournelle : « Bravo, c'est un jeûne parfait ! » Et le diplôme ! J'en ai six. Mais ça m'est égal. C'est très indigeste, tous ces morts. Ce ne sont plus des crimes, c'est la guerre du Viêt-nam. Et ceux du déménagement de ce matin, c'était qui ?

– Des Américains. Ils venaient prendre livraison d'archives qui ont été cachées aux Thermes pendant quarante ans.

– Le trésor du capitaine Kid, les Mémoires de Franco, la momie de Hitler ?

– Un peu de tout ça.

– Les gens étaient plus heureux quand ils croyaient dans la littérature d'aventure. Ils n'avaient pas besoin de la vivre. Pourquoi les Américains voulaient-ils ces archives ?

– Ce sont les seules qui manquaient à leur collection.

– Je comprends mais ça me fait peur. Vous voyez comme les Américains sont malins. Ils sont garants de la contre-révolution universelle, c'est-à-dire qu'ils seraient très contents si nous mettions fin à l'histoire. Ils contrôlent l'histoire et se disent que c'est le moment d'en finir. Et voilà, ce sont ces gens qui sont les plus anti-historiques qui soient qui se retrouvent avec toute la mémoire culturelle et politique de l'humanité. Dans quelques décennies, nous serons de parfaits colonisés. Mais, savez-vous ce que je dis ? Que ceux qui vivront après moi aillent se faire foutre. Après moi le déluge, comme disait ma grand-mère.

– Les dames ne savaient pas quoi mettre pour la fête du soir. Cela semblait incroyable, mais la phrase était toujours en circulation, après avoir traîné dans toutes les comédies de mœurs de don Jacinto Benavente.

– Je ne sais pas quoi mettre. J'avais apporté quelque chose d'un peu habillé pour le jour de la sortie ou pour aller faire un tour à Bolinches si mon mari venait me voir, mais un bal costumé !

Personne de la direction n'avait dit ou insinué qu'il s'agissait d'un bal costumé, mais à l'instant précis où le communiqué fut diffusé, le mot courait déjà qu'il s'agissait d'un bal costumé et les personnages les plus exotiques des Thermes recevaient d'honnêtes propositions de la part de ceux des clients qui avaient les réflexes les plus prompts dans la loi du troc pour leur emprunter leurs atours. Six employées prêtèrent leurs uniformes de travail à six pensionnaires, le jardinier fit de même avec sa combinaison de tous les jours, les infirmières ne se firent pas prier et jusqu'à la réceptionniste qui promit de céder ses écouteurs à une des sœurs allemandes qui avait décidé de se déguiser en standardiste. Les deux Italiennes étaient sorties comme par enchantement de leur léthargie et d'un sentiment, plus élémentaire celui-là, d'exil et leurs courses pour trouver des objets qui les aideraient à se transformer en quelque chose de moins lymphatique émurent tout le monde.

– Dites, Carvalho, l'interpella le colonel Villavicencio, c'est vrai que les types de ce matin étaient des Américains et qu'ils ont emporté les formules secrètes de Faber and Faber ?

– C'étaient bien des Américains, mais ils ont emporté autre chose. Des archives historiques que conservaient les Faber.

– Francs-maçons ?

Les yeux du colonel s'étaient faits tout petits et sa voix était devenue un murmure.

– Maintenant que vous me le dites…

– Francs-maçons. Francs-maçons. Sûr et certain. Tous ces machins végétariens et étrangers sentent la maçonnerie à plein nez, la maçonnerie se protège toujours derrière des paravents apparemment innocents, et l'Amérique du Nord, cette grande nation, à l'ombre de laquelle nous nous abritons, nous, les pays libres, n'a que deux cancers : les nègres et la maçonnerie.

– C'est une façon de voir.

– Mon flair ne me trompe jamais.

Tomás voulait s'habiller en Sancho Pança, mais Arancha le lui avait défendu.

– Il a beaucoup maigri ces derniers jours et il doit l'assumer, n'est-ce pas, monsieur Carvalho ?

– Je ne vais tout de même pas me déguiser en Don Quichotte, Arancha.

– Ni l'un, ni l'autre. Tu vas te déguiser en pharaon égyptien ; je vais te faire la jupette et le chapeau. Tu marches tout le temps de profil et le tour est joué.

– Mon ventre se verra beaucoup.

– Vous voyez comment il est ? Il est complexé. Regardez tout le ventre qu'il a perdu.

– Mais moi, je le vois, Arancha.

– Tu le vois parce que tu es obsédé, mais tous les gens qui te voient se rendent compte que tout ça, c'est massif, c'est fort, que tu es un peu percheron de naissance, mais ça passe très bien. Tu n'as pas ce petit ventre rond que les maigres prennent quand ils vieillissent.

– Non, ça non.

– Et vous, vous vous déguisez en quoi ?

– En naufragée. C'est un déguisement très amusant que j'ai déjà essayé dans d'autres fêtes. Très simple à faire. On se mouille les cheveux qui retombent comme ça, comme les naufragés, et on s'habille avec un tonneau ou avec un bidon vide ou avec un carton, vous savez, les grands cartons de détergent industriel. Et vous, Carvalho ?

– Je serai en détective privé.

L'arrivée du notaire et de l'avocat augmenta le poids occulte de la pièce interdite, comme si les Thermes étaient une balance vertigineusement penchée vers cette pièce, tandis que le reste montait comme une bulle de savon éthérée pleine de l'air léger de l'euphorie. Le Basque réclamait à grands cris une hache et l'autorisation d'abattre un arbre, parce qu'on n'a jamais vu d'*aizkolari* sans sa hache et sans son tronc. La direction des Thermes lui avait fourni un petit tronc d'acacia survivant d'anciennes coupes et une hache domestique à faire du petit bois, ce qui avait provoqué la colère du Basque indigné qui avait proclamé haut et fort que l'Espagne connaissait bien mal les Basques.

– Même les enfants en Euzkadi ne s'amuseraient pas à couper des petites branches avec cette hache pour nain rachitique. Qu'est-ce qu'ils croient ? Je veux une vraie hache et un vrai tronc !

Colom était le roi du déguisement, chaque année lauréat d'un des trois premiers prix du golf de Pals, mais il n'avait apporté aucun des costumes qui lui valaient un succès assuré – majordome, médaille d'argent 1974, joueur de cornemuse écossais, médaille de bronze 1981, tzigane, enfin, qui lui avait valu la médaille d'or en 1983. Mais il n'avait pas laissé son imagination en route et, enfermé dans sa chambre, il travaillait à un projet secret qui tenait sur des charbons ardents la communauté espagnole. Quant aux étrangers, comme toujours, ils faisaient bande à part et il avait seulement filtré qu'une dame suisse, Mme Stiller, allait se déguiser en mistress Simpson, avec cadavre flottant dans la piscine inclus, ce qui suscita toute sorte de commentaires, tel le manque de tact et de délicatesse, bien que ce ne fût pas celui qui revint le plus souvent. Celui qui revenait constamment mettait en doute la capacité de Mme Stiller à garder la raideur d'un corps flottant assez longtemps pour faire vrai.

– C'est une chose de faire la planche pour jouer ou pour prendre le soleil, et c'en est une autre de faire le mort, remarquait la dame née à Madrid et élevée à Tolède.

Elle ne parvint pas à comprendre pourquoi Carvalho lui suggéra de se déguiser précisément en elle-même, en dame qui est née à Madrid mais qui a été élevée à Tolède.

– J'aimerais beaucoup, oui, j'aimerais beaucoup, mais c'est très difficile. Il faudrait que ce soit, je ne sais pas, moi, très symbolique et je ne vois pas comment. Je suis née à Madrid, mais mes parents sont partis de Madrid qui était rouge à l'époque et ils m'ont élevée à Tolède. Comment déguiser quelqu'un en ça ? Ah, cet homme ! Il vous met le bonbon dans la bouche et après on se rend compte qu'il n'a pas enlevé le papier.

Dietrich Faber sortit le premier. Il avait l'air fatigué mais pas inquiet. Il y eut un échange de regard avec Carvalho qu'il ne soutint pas, mais il emporta avec lui un sourire de scepticisme et de suffisance. Peu après sortit Fresnedo, aussitôt entouré de ses trois mousquetaires, qui l'attendaient dehors appuyés sur la voiture officielle. Fresnedo était accompagné du notaire et de l'avocat et, sur le seuil, il chuchota d'ultimes et inaudibles choses à Serrano, qui rentra à nouveau dans la pièce et ferma la porte derrière lui. Maintenant, Gastein était seul face au policier, se dit Carvalho, tout en sortant pour parler à Fresnedo.

– Tiens, le détective. Très heureux d'avoir fait votre connaissance, vous savez où me trouver. Vous devriez m'enseigner vos trucs, le métier de politicien est le moins sûr de tous, on ne sait jamais.

– L'opération de ce matin a été parfaitement coordonnée.

– C'est exact, tout était parfaitement étudié. On n'a pas laissé de place à l'improvisation. C'est une preuve de plus que l'Espagne entre dans la modernité.

Le sous-directeur de l'Ordre Public était pressé et ses gardes du corps l'entourèrent pour que ne se répètent pas des intrusions comme celle de Carvalho. Le détective se retrouva seul à quelques mètres de la solitude de Gastein, à distance de la bruyante effervescence des événements préparés pour la grande fête, accrue par l'arrivée de Juanito de Utrera, le *Niño Camaleón*, et son guitariste, et de l'orchestre Tutti Frutti qui allait animer la deuxième partie de la soirée avec un répertoire de chanson nostalgique et de *salsa* dansante. La porte s'ouvrit alors et, dans l'embrasure, apparut la silhouette de Gastein, qui avança vers Carvalho sans le voir. À moins d'un mètre de lui, il retrouva son regard extérieur et son sourire.

– Vous… Comme un vautour qui attend la charogne.

– Je termine toujours ce que j'ai commencé.

– Laissez-moi rassembler le peu d'idées qui me restent et dans une demi-heure je vous attends dans mon cabinet.

Gastein s'en alla, avec sa démarche exhibitionniste habituelle, et c'était maintenant Serrano qui occupait la porte avec une cigarette fatiguée entre les doigts et les yeux fermés par des paupières pleines d'insomnie. Carvalho s'approcha de lui et le suivit quand l'inspecteur fit demi-tour et rentra dans la pièce d'un pas lent.

– Ramassez tout. C'est terminé.

Tandis que l'inspecteur adjoint et la dactylo exécutaient ses ordres, Serrano s'assit sur la table et observa Carvalho comme s'il prenait ses mesures, comme s'il prenait les mesures de ses mérites avant de lui concéder ce qui allait être sa dernière audience.

– Vous avez décroché le coquetier, fouille-merde ?

– Je crois que oui. Selon un certain ordre. Selon le rythme modéré dans l'action qu'impose le régime alimentaire que nous avons ici.

– Pour le blablabla, vous avez ce qu'il faut, en tout cas. Les détectives privés dans les films et les romans ne sont en général pas très loquaces. Vous, vous êtes un orateur.

Et il continua à l'étudier d'un œil, tout en surveillant de l'autre les mouvements de ses subalternes.

– Ça y est ?

– Ça y est.

Il se leva et continua à regarder Carvalho du haut d'une intime satisfaction.

– Je ne vais rien vous raconter. Pour attraper des poissons, il faut se mouiller le cul. Je suis fonctionnaire de l'État et je n'ai pas à faciliter les choses à un mercenaire.

– Je n'ai pas besoin que vous me les facilitiez.

– Alors, que faites-vous là ?

– Je venais vous dire au revoir.

– Au revoir, bonjour chez vous. C'est terminé. Qu'on le sache ou pas, ça ne m'intéresse plus. On me renvoie à mon boulot et à Madrid. C'est tout ce que je voulais.

– C'est un prix pour ce que vous savez ou pour ce que vous ne devez pas dire ?

Il passa près de lui et, à la porte, il porta sa main à l'endroit théorique où se trouvent les testicules et dit, en guise de réplique finale :

– C'est un prix pour ce qui me sort des couilles.

– Nous pouvons partir demain.

– Je sais. J'ai donné moi-même les instructions.

– Le bal, c'est une idée à vous ?

– Également. J'ai tout arrangé ce matin, à la première heure.

Il n'y a presque pas de lumière dans le cabinet. La lumière du milieu est éteinte, Gastein a voilé avec sa blouse la lumière de la lampe de bureau et son buste prend un aspect de pythonisse invoquant la luminosité opaque de la boule de verre.

– Vous allez partir dès demain ?

– Oui. J'ai déjà fait les analyses de contrôle. J'aurai les résultats demain.

– Vous n'aurez pas fait la période de réadaptation. Ça peut être dangereux. Vous devriez rester deux jours de plus.

Carvalho écarta les bras en signe d'impossibilité. Gastein se résigna, ouvrit un tiroir et en sortit un papier qu'il lui tendit.

– Tenez, c'est un plan de réadaptation à faire soi-même. Yogourts. Fromages frais. Légumes très cuits. L'estomac doit retrouver ses fonctions. Et continuez à boire presque la même quantité d'eau qu'ici.

La consultation est terminée. Gastein se passe la main sur le visage et la retire pleine de sourire. Sur son visage, il n'y a plus que de la préoccupation.

– Moi aussi, je m'en vais demain. Nous sommes convenus avec Fresnedo et Serrano que je sois normalement interrogé par un juge d'instruction. Au cours de cet interrogatoire, je serai arrêté et mis en détention sans caution. Au moins pendant quelques jours. Ensuite, on me remettra en liberté sous caution et voilà.

– Avec le temps, le dossier ira moisir dans un coin et sera classé faute de preuves.

– On pourrait le classer dès maintenant. Il n'y a aucune preuve. Mais il y a, paraît-il, des évidences.

– Vous savez comment tout ça s'est passé.

– Tout, non, mais presque tout. N'importe comment, M. Faber vous paiera vos honoraires pour peu que vous démontriez votre habileté à faire un rapport qui tienne debout.

– Les trois crimes s'enchaînent selon une certaine logique. La logique à laquelle je peux parvenir sans savoir tout ce qu'il faudrait sur les archives secrètes. Mistress Simpson revient pour réclamer une partie de ces archives ou quelque chose qui va avec. Mme Fedorovna a fait venir un tueur à gages, Karl Frisch, qui doit l'éliminer. Le cadavre de von Trotta est un peu en trop, peut-être que cet homme a été en trop toute sa vie. Mais peut-être que ça a été un faux pas de Karl ou que c'est à mettre sur le compte de Mme Fedorovna. Jusqu'ici, tout colle. Mais après

Frisch est tué hors des Thermes et Faber dedans. C'est alors que tout le monde se retourne vers vous.

– Et regarde mes mains.

Gastein tendit vers lui ses belles mains blanches, soignées, transparentes, fortes.

– Qui sont évidemment propres. Je vais vous raconter toute l'histoire, tout ce que je sais de cette histoire, et je vous dis pour commencer que j'assume de mon plein gré le rôle du suspect pour en finir, pas parce que ça me plaît ou parce que j'ai fait quelque chose. Avec moi comme coupable s'achève un bizarre imbroglio, qui m'a donné beaucoup de souci, mais aussi les seules satisfactions que j'ai eues en quarante ans de vie.

Carvalho s'assit dans la pénombre faisant face à celle de Gastein.

– Vous risquez de rater le tour de chant du *Niño Camaleón*.

– Je m'en remettrai.

– C'est une longue histoire qui commence voilà plus de quarante ans. Peu de jours avant l'enfoncement du front allemand à l'est comme à l'ouest, avant que la course des Russes et des Américains pour entrer les premiers à Berlin ne commence. La Suisse était une île. Elle a presque toujours été une île. Notre histoire moderne manque d'intérêt, mais nous sommes aux premières loges de l'histoire de l'Europe et nous savons le prix qu'il faut payer pour vivre une histoire intéressante. Ça n'en vaut pas la peine. J'étais alors jeune diplômé en médecine, spécialisé en diététique, passionné par le naturisme, et j'étais le collaborateur presque désintéressé du père des Faber. Je crois que l'autre jour Hans Faber vous a beaucoup parlé de son père. C'était un type remarquable sur presque tous les plans sauf un, et grave. Il n'avait pas de contact avec la réalité, il ne savait pas vivre. Il savait faire des recherches, élaborer des théories. Mais pas vivre. Il était trop dogmatique, rigide, moraliste, et tout ce qu'il avait d'admirable comme professeur ou médecin, il l'avait de néfaste comme père et époux. Ses fils furent ses victimes préférées. Hans a toujours été complexé de ne pas être à la hauteur de son père et Dietrich ne se posa même pas le problème. Il a joué son rôle d'idiot sympathique et un peu irresponsable dont il n'y avait rien à attendre. Moi, en revanche, j'étais un exemple permanent dans la bouche du vieux. Le jeune chercheur tenace et brillant, face au fils minable qui n'était même pas capable de passer un examen de médecine. Hans et moi, nous étions amis, nous avions certaines affinités adolescentes, mais c'était moi qui étais appelé à être le successeur de son père. Successeur ? De quoi ? C'est à peine s'il parvenait à gagner sa vie et à trouver du temps pour continuer ses recherches. Il avait essayé de monter des dispensaires privés, des cliniques, en vain. Il n'avait aucun sens pratique. Hans et moi, nous avions une vingtaine d'années, Dietrich un peu moins ; je le revois encore en 1945, avec ses pantalons de golf, ces grands pantalons gonflants que les jeunes de ma génération ont porté jusqu'à la fin de leur adolescence. Hans et moi, nous étions déjà des hommes, nous partagions ce lien avec le vieux, des idées anarchistes, très équivoques, et une volonté d'affirmation individuelle, nous voulions être reconnus, lui par rapport à son père, moi par rapport à tout et à tous. En fin de compte, Hans à cette époque était le fils du docteur Faber, moi, même pas Gastein.

« La guerre s'achevait, un nouveau monde commençait. On le sentait même en Suisse. Les années d'aventure étaient terminées, les années où on aurait pu changer le monde avec des révolutions, d'un côté ou de l'autre. L'âge de glace commençait, l'âge de l'hibernation de toutes les fièvres de changement, de la remise à plus tard de toutes les causes, de la guerre de tranchée, du match nul, du match nul historique. Des temps arrivaient d'individualisme vrai, dans lesquels la règle : « Tu as tant donc tu vaux tant » serait la dominante, et je ne voulais pas être un pionnier du naturisme ridiculisé par les cagots de la médecine traditionnelle et alimenté avec les succulentes et saines racines de la terre. Et elles sont tombées du ciel. Elles sont tombées du ciel.

– Les sœurs Ostrovsky.

– Oui, mais elles ne se faisaient pas appeler Ostrovsky. En théorie, c'était M. von Trotta, son épouse et la sœur de celle-ci. Polonaises, disaient-elles, mais de Prusse polonaise, et elles avaient réussi à passer la frontière depuis l'Allemagne pour fuir les misères de la guerre. Elles avaient dix ans de plus que nous. Elles possédaient cette force d'animaux survivants qui passent par des épreuves terribles et arrivent comme ça dans une Suisse qui s'était contentée d'aider à chausser leurs skis les skieurs capables d'échapper à la guerre et de mettre leurs richesses en sûreté dans les banques. Elles étaient très belles, fortes, généreuses. Nous sommes tombés amoureux d'elles et même von Trotta n'a pas été un obstacle, je ne parle pas de Tatiana, qui ne lui était rien, mais de Catherine, splendide, stimulante, ou peut-être c'était moi qui la voyais ainsi, jeune médecin presque puceau à qui on fait cadeau d'une maîtresse qui voulait tout, tout de suite. Nous sommes devenus inséparables, tous les cinq, von Trotta inclus, et nous en avons appris beaucoup plus sur nous-mêmes que sur elles. Hans et moi, nous voulions transformer tout le savoir de son père en moyen de gagner de l'argent. Nous comprenions que les gens allaient recommencer à s'occuper d'eux-mêmes après s'être occupés de l'histoire du monde pendant vingt ans, nous sentions venir le temps du narcissisme qui a littéralement explosé dans les années soixante. Avant tout, nous voulions monter une grande clinique en Suisse à l'ombre du prestige de Faber et jeter les fondations d'une multinationale de la santé naturelle. Hans apportait la gestion, moi mon ascendant sur son père et mes connaissances scientifiques mais qui mettrait l'argent ? C'est alors que Tatiana, c'est-à-dire mistress Simpson, sauta le pas : « Nous. »

« Elles nous connaissaient bien et savaient que nous étions vaguement anarchistes, pas assez pour l'être vraiment mais suffisamment pour accepter n'importe quelle tentation de conduite et de destin individuels. Elles nous firent des aveux. En réalité, elles étaient biélorusses anticommunistes et avaient joué un rôle dans le gouvernement biélorusse que les Allemands avaient mis en place pendant l'occupation. Ce n'était pas tout, elles avaient milité dans les S.S. biélorusses et avaient été en contact étroit avec les Einsatzgruppen, formations mobiles spéciales organisées par Himmler et chargées de liquider les officiels communistes, les résistants, les saboteurs, les juifs du front oriental, par des moyens illégaux ; autrement dit, c'était un organisme d'extermination doté d'un service de renseignement dans lequel les sœurs Ostrovsky travaillèrent. Grâce à leur emploi, elles étaient en contact avec l'Abwehr, le service d'espionnage et de contre-espionnage allemand dirigé par Canaris jusqu'à son élimination. Je ne suis pas spécialiste de la question, mais les récits de Tatiana et de Catherine sont restés gravés dans ma mémoire, comme seuls peuvent y rester gravés les récits les plus merveilleux de l'enfance, et j'attribue cela précisément à la nature provinciale de mon imagination et de ma mémoire. Et aussi des noms, des noms qui me seraient inutiles par la suite, comme ceux de Charlemagne et de Guillaume Tell. Qu'est-ce que ça vous dit, des noms comme Gehlen ou Wisner ?

– Frank Wisner ?

– Je ne me souviens que de Wisner tout court.

– S'il s'agit d'espionnage, nous parlons du même.

Frank Wisner a été le fondateur de l'Office of Policy and Coordination, O.P.C., une officine d'information et de guerre idéologique dirigée contre l'Union soviétique.

– Nous parlons bien de la même personne. Vous savez que la science et la technologie des puissances victorieuses, spécialement les États-Unis et l'U.R.S.S., ont utilisé le talent et l'avance des savants et des techniciens nazis. Il s'est passé la même chose avec les espions et les agents de renseignement. On préparait la guerre froide et il était fondamental de compter sur des agents provenant de cette féroce école d'antisoviétisme qu'avaient été les S.S. et aussi sur des agents originaires d'au-delà du rideau de fer, connaissant bien les mécanismes économiques, politiques, sociaux, psychologiques, culturels de l'U.R.S.S. et de ses satellites. Reinhard Gehlen était l'homme dont Wisner avait besoin pour tisser un réseau dissuasif d'espionnage, à son tour nourri d'anciens nazis.

« Vous, les Espagnols, vous avez un proverbe merveilleux : "À cheval donné, on ne regarde pas les dents." Les Russes et les Américains ont utilisé des anciens nazis sans même les faire passer par un programme de dépuration idéologique. Wisner a recruté Gehlen sans chercher plus loin et il en a fait l'homme clé de la construction d'un service d'espionnage antisoviétique, au moment où éclatait la guerre froide, c'est-à-dire vers 1946 ou 1948. Mais je vais trop vite. Je ne vous ai pas dit qui est Gehlen. Reinhard Gehlen avait été l'un des meilleurs espions allemands pendant la guerre, le chef de la Fremde Heere Ost, la section orientale de renseignement militaire, et quand il a vu que les choses tournaient mal, il a fait en sorte d'être arrêté par les troupes américaines et il a négocié la reddition de son équipe et la remise des immenses archives dont il disposait. Ironie de l'histoire. Gehlen a été le seul général de la Wehrmacht à continuer son activité après la guerre et à la tête d'une équipe intacte. Ensuite, il a été chef du contre-espionnage en R.F.A. et il est mort dans les années soixante comme un citoyen respectable. Les guerres, monsieur Carvalho, ne sont perdues que par ceux qui meurent ou qui n'ont rien à vendre ou à échanger. Lui avait beaucoup à offrir à Wisner et entre autres choses un réseau important de Biélorusses collaborateurs qui, à l'intérieur ou hors de l'U.R.S.S., voulaient continuer à lutter contre le régime soviétique, surtout s'ils étaient bien payés, même si, dans ce jeu-là, il y a toujours des idéalistes qui sont prêts à tout. Mais Gehlen n'arriverait à cet accord qu'en 1948, du moins aux accords définitifs ; pendant ce temps, il avait organisé ses propres réseaux de survie, des réseaux précaires à l'intérieur de l'Europe occupée par les Alliés, mais importants et promis à un bel avenir dans ce qui restait de l'Europe fasciste, par exemple l'Espagne et le Portugal, sans parler des pays latino-américains qui sympathisaient avec les puissances de l'Est par haine de la colonisation yankee. Donc, les von Trotta passaient par la Suisse, en route vers l'Espagne, ou plutôt, pour l'instant, vers un port où embarquer une marchandise que Gehlen leur avait confiée : tous les documents sur la collaboration avec les S.S. de Biélorussie et les documents secrets du gouvernement fantoche. Et quelque chose en plus dont ils n'avaient pas parlé : de l'argent. Mieux encore : de l'or et des bijoux. Des lingots des banques spoliées et des bijoux de familles juives ou simplement nationalistes dont, tant en U.R.S.S. qu'en Pologne, les propriétés avaient été confisquées.

« Elles ne nous racontèrent pas aussi crûment que je suis en train de le faire d'où venait l'argent, mais, enfin ! Hans et moi, nous disposions d'assez d'indices pour déduire ce qu'il y avait à déduire, mais nous n'en fîmes rien. L'offre était tentante. Elles nous offraient de blanchir une partie de cet argent. Nous réalisions notre multinationale, eux devenaient actionnaires et l'entreprise serait la couverture du réseau Gehlen. Pour l'instant, nous les aidions déjà à transporter leur butin dans les caves d'un vieil entrepôt destiné par le père Faber à devenir un laboratoire d'aliments diététiques, et nous fûmes bien obligés de mettre Dietrich au courant, parce que son père, qui voulait l'aguerrir et combattre sa tendance à ne rien faire, l'avait chargé de surveiller l'entrepôt. Nous ne voulions pas tout lui raconter, mais il ne nous a même pas laissé terminer. Il a demandé sa part, nous la lui avons promise et ce fut tout. Je crois que de ce jour-là, c'est-à-dire depuis 1946, nous n'en avons jamais reparlé avec Dietrich, jusqu'à ce soir, devant Fresnedo et Serrano.

– Qu'est-ce qu'il a dit ?

– Curieusement, il était très intéressé. Trop intéressé. Un moment, j'ai cru qu'il avait joué un rôle dans la danse macabre de ces jours derniers. Mais c'est peut-être que la mort de Hans a mis un point final à sa longue adolescence et qu'il se prépare à partager avec moi la direction de cet empire. Nous sommes sur le point d'exporter nos produits même aux États-Unis, monsieur Carvalho.

– Bravo.

– Vous voulez que je continue ?

– Et comment ! Surtout que nous ne sommes pas encore arrivés en Espagne.

– C'est exact. Nous sommes en 1946 et nous préparons le départ vers l'Espagne, où Gehlen et les sœurs Ostrovsky étaient en contact avec de puissants dignitaires du régime franquiste. Pour des raisons compliquées, ce voyage fut retardé jusqu'à fin 48 ou début 49. Nous avons blanchi une partie du butin en Suisse et nous avons commencé la construction de la clinique. Le travail de Hans pour convaincre son père que l'argent était un don de généreux malades allemands qui lui devaient leur guérison miraculeuse fut délicieux et diabolique. C'est une des raisons, entre autres, qui retarda l'opération espagnole, qui ensuite, à son tour… Mais, bon. Suivons l'ordre chronologique. Wisner rencontra Gehlen en 1948, dans la localité de Pullach, à quelques kilomètres de Munich. Tatiana, qui s'y était rendue aussi, nous a raconté que Gehlen, à la tête de son équipe, habitait dans une grosse maison fortifiée sur laquelle avaient été apposées deux plaques caractéristiques : « Société de service des Industries de l'Allemagne méridionale » et « Attention, chiens méchants ». Là, Wisner et Gehlen se mettent d'accord pour une collaboration plus étroite et Tatiana reçoit l'ordre de passer aux États-Unis où elle travaillera sous les ordres directs de Wisner. Elle prend le pseudonyme d'Ana Perschka. Parallèlement, Catherine doit transférer les archives secrètes, archives dont Wisner lui-même ignore l'existence, en Espagne le plus tôt possible. C'est alors que les deux sœurs se séparent après un accord sur le jeu de compensations que Tatiana doit recevoir aux États-Unis.

– Cet accord a été respecté ?

– Dans un premier temps, scrupuleusement. Ensuite, moins. Finalement, presque plus.

– C'est pourquoi mistress Simpson est venue réclamer.

– Elle ne venait pas seulement réclamer sa part, mais sauver sa citoyenneté américaine. Les Américains sont très spéciaux, Carvalho ; pendant que Wisner recrutait d'anciens nazis via Gehlen pour lutter contre les Soviétiques, plusieurs commissions du Sénat enquêtaient sur la pénétration des nazis aux États-Unis. Incroyable ! Deux parties de la même administration luttaient souterrainement entre elles, l'une fournissait de faux visas et des citoyennetés frauduleuses, l'autre poursuivait les fraudeurs. Bien sûr, ce double jeu coinçait les espions qui étaient engagés là-dedans, ils étaient toujours sur la corde raide, et parmi eux il y avait mistress Simpson, qui voyait son dossier grossir dangereusement au fil des ans. Finalement, il y a quatre ou cinq ans, ils lui ont mis le marché en main : soit elle leur faisait retrouver les archives secrètes biélorusses, soit elle perdait sa nationalité et était expulsée des États-Unis.

– C'est pour cette raison qu'elle est venue aux Thermes.

– Exactement.

– Enfin nous arrivons en Espagne.

– Nous, nous étions arrivés depuis longtemps, Carvalho. C'est une autre histoire. Cette histoire, peut-être.

La pénombre, le chuchotement de la confession de Gastein contrastaient avec les cris, la musique et les lumières de l'extrémité opposée des Thermes, apparaissant telle une proue illuminée et joyeuse dans la nuit du val du Sang, pendant qu'à la poupe deux hommes s'aidaient mutuellement à recomposer le passé, comme un jeu de découpages en papier. Les plaintes profondes, partant dans tous les sens, comme une nuit incontrôlée, du *Niño Camaleón* leur parvenaient, entrecoupées de musique de danse et du solo d'un chanteur :

Et à la mer
miroir de mon cœur
demande si j'ai cessé
un jour de t'adorer.

Gastein semblait maintenant attentif aux bouffées de musique qui leur parvenaient.

– Les chansons ont une merveilleuse qualité. Elles collent aux événements, au fil des années elles les font resurgir, comme si pendant tout ce temps elles les avaient traînés derrière elles. Dans quelques années, nous nous souviendrons de notre conversation chaque fois que nous entendrons au loin un tumulte aussi agréable que celui-ci. Nous avions rencontré les sœurs Ostrovsky dans ce qu'on appelait alors un café-concert, L'Atelier. Il s'appelait comme ça. Il y avait un quatuor de femmes qui jouait, elles étaient très grosses, avec des lunettes, elles se ressemblaient entre elles. Elles jouaient, je ne sais plus, je ne me rappelle jamais les titres des chansons, seulement la musique.

Gastein se mit à siffler un fox. Il désirait vraiment y mettre les nuances, que la musique arrive avec toutes ses qualités et ses particularités à la sensibilité de Carvalho. Le détective en avait la chair de poule et il observait le médecin pour voir s'il pouvait être soupçonné d'exercer en ce moment son droit à l'ironie. Pas l'ombre. Gastein se souvenait, voilà tout, d'un moment décisif de sa vie.

– Catherine était la plus décidée. Tatiana la plus prudente. Je sais que c'est difficile à croire quand on a connu une mistress Simpson sénile et plutôt revêche. Elle n'avait pas grand-chose à voir avec la splendide rousse couverte de taches de rousseur qui nous apparut à Hans et à moi comme une héroïne de roman.

– Gastein, nous allions arriver en Espagne.

– Vous disiez ?

– Nous allions arriver en Espagne.

– Je sais. Je sais. Mais j'étais un peu fatigué de raconter. Vous savez, j'ai raconté la même chose à Fresnedo et à Serrano il y a quelques heures. C'est comme assister à la même pièce deux fois dans la même journée. Je suis fatigué physiquement et puis, vous savez, je suis suisse, je regrette, un peu lent. C'est curieux, quand nous avons commencé à nous partager entre la Suisse et ici, certains, parmi nous, ont eu des difficultés, nous préférions tous la Suisse. Notre système de référence était là-bas. Mais peu à peu, nous nous sommes sentis bien ici, et c'est à peine si je vais deux fois par an au sanatorium de Gurling pour superviser les projets. Pure routine. Mais Hans et Dietrich ont mieux aimé rester là-bas. Plus Hans vieillissait, plus il idéalisait son père, il soignait autant que possible les détails susceptibles de grandir la stature du vieux. Il se sentait responsable d'un lignage, seul responsable, Dietrich ne comptait pas.

– Mais Dietrich avait une vie privée. Il lui arrivait bien d'agir pour son compte, tout de même !

– Je ne lui ai jamais connu la moindre initiative. Si, il s'est marié et il a divorcé. Il nous a toujours laissé faire, je ne sais pas si c'est parce qu'il avait une grande confiance en nous ou parce qu'il se fichait de tout. En fait, il est venu ici quand tout était déjà bien en train. Nous commencions à construire quand il est arrivé, dans les années soixante.

– Pourquoi vous êtes-vous installés ici, près des ruines des vieux thermes ?

– Les vieux thermes se détachaient très nettement dans la liste des points de chute possibles en Espagne. Ils ressemblaient à ces naufragés qui essaient d'être vus du ciel en faisant tous les signaux qu'ils peuvent. Venez. Venez. Nous sommes ici, nous criaient-ils. La sécurité de la région était assurée grâce au parrainage d'un dignitaire franquiste, don Anselmo Retamar, il n'est plus de ce monde, qu'on appelait aussi le « Tigre de Bolinches » à cause de ses exploits pendant la guerre civile. On nous avait parlé de cette vallée paradisiaque où les Arabes avaient construit des thermes afin d'utiliser les eaux sulfureuses et l'argile, qu'on disait curative, du Sang. Les Thermes avaient cessé de fonctionner pendant la guerre et bien qu'ils aient été concédés par l'État à la commune pendant des siècles, quand une des prorogations de la concession s'est éteinte en 1942, don Anselmo s'est retrouvé propriétaire. Nous sommes venus, Hans, Catherine et moi, pour examiner l'endroit et il nous a paru, à Hans et à moi, idéal pour y construire une clinique végétarienne moderne, et à Catherine magnifique pour conserver les archives secrètes jusqu'à ce que Gehlen les réclame.

« Une partie des valeurs convertibles, la plus importante, avait déjà été transformée en argent en Suisse, mais nous avons apporté une autre part importante de butin qui a été blanchie ici– les arrhes pour la promesse de vente, le dépôt de fonds pour la construction future du Faber and Faber espagnol et quelques investissements dans des affaires de Retamar. Je n'ai jamais voulu savoir quoi que ce soit sur le côté politique de la question. Je ne m'intéressais qu'au côté médical et commercial et l'accord a parfaitement fonctionné pendant quarante ans, renouvelé de temps en temps grâce aux visites de Tatiana, dont la vie aux États-Unis avait suivi un itinéraire complexe. Mariée deux ou trois fois et divorcée, complètement intégrée à la vie américaine, de plus en plus détachée de son passé. Chaque visite de Tatiana était comme la preuve du passage du temps. Je ne me rendais pas compte du vieillissement de von Trotta, de celui de Catherine, sans parler du mien, mais quand je voyais Tatiana, tous les quatre ou cinq ans, j'avais là, devant mes yeux, la preuve de notre vieillesse.

– Vous l'aimiez toujours ?

– C'était Catherine que j'aimais. Mais ça n'a duré que quelques années. Un beau jour, von Trotta a exigé que nous respections les formes, et quand nous nous sommes mis à respecter les formes, tout s'est défait. En plus, nous étions parvenus à un tournant difficile, j'avais à peine trente ans et Catherine avait dépassé la quarantaine. Mais le facteur affectif ne compte presque pas dans cette histoire. Moi-même, j'ai beaucoup de mal à suivre le fil logique de ce qui est arrivé. Tout a dû commencer lors de l'avant-dernier séjour de Tatiana aux Thermes. Quand elle est arrivée, elle était décidée à négocier la remise des archives aux services secrets américains, elle ne savait pas exactement où elles étaient, mais en tout cas elle savait qu'elles étaient aux Thermes ou dans les environs. Je ne m'y suis pas opposé, mais Hans et Catherine n'ont jamais voulu.

– Et Dietrich et von Trotta ?

– Je vous répète qu'ils ne comptaient pas. Hans pensait tirer de l'argent de ces archives dont nous avions hérité depuis la mort de Gehlen. Pour Catherine, en revanche, c'était conserver un certain pouvoir sur son histoire et sur l'Histoire. L'insistance de sa sœur, les pressions qu'elle exerçait sur nous et qui allaient jusqu'à menacer de nous dénoncer, l'avaient exaspérée et quand elle a appris que Tatiana revenait cette année, elle lui a préparé une réception « dissuasive », disait-elle.

– Elle a engagé Frisch.

– Elle a engagé Frisch. Sa fonction était de surveiller mistress Simpson, de la suivre et, si elle devenait insupportable, de lui faire peur. Elle ne connaissait pas le bourreau qu'elle avait choisi. C'était un psychopathe infantile sur le déclin et il n'a pas su où il devait s'arrêter. Il s'est mis à haïr personnellement mistress Simpson et quand Catherine lui a dit de lui donner un avertissement sérieux parce qu'elle s'était rendu compte que sa sœur était allée fouiller à l'intérieur du pavillon la nuit où vous avez fait le hold-up du siècle, Karl Frisch n'a pas fait de détail. Il l'a tellement avertie qu'il l'a étranglée puis il a jeté son corps dans la piscine. Mais il n'a pas eu, nous n'avons pas eu de chance. Von Trotta l'a vu se débarrasser du corps et il est venu demander des explications. Von Trotta, un homme si discret, qui avait un si grand sens des priorités, de la prudence…

– Si élégant… Son tennis était si élégant. Vous ne m'avez presque rien dit de von Trotta.

– Son histoire manque d'intérêt. Un nazi *malgré lui*, séduit par les sœurs Ostrovsky et qui a passé le temps qu'il lui restait à vivre à leur traîne.

– Karl Frisch tue von Trotta.

– Nous en sommes restés pétrifiés. Le scandale pouvait couler les Thermes pour toujours. Même la solution trouvée par Serrano, de prendre un bouc émissaire provisoire, ce pauvre Luguín, ne nous sembla pas suffisante. Nous voyions en Karl Frisch un danger, il était un danger, il fallait l'éliminer, mais en dehors des Thermes, pour détourner l'attention ailleurs qu'ici.

– Qui a exécuté le travail ?

– Catherine avait des contacts.

– Et le truc de l'« Exterminateur exterminé » ?

– Catherine était une artiste. Elle avait le sens de la tragédie et du drame. Elle s'est dit que ça ferait partir les gens sur de fausses pistes et que la presse ferait comme d'habitude et qu'elle finirait par mettre les crimes sur le compte de la mafia ou des trafiquants de drogue.

– Si je comprends bien, à ses yeux, Helen ne comptait pas.

– Non. Elle avait raison. Helen ne comptait pas. Helen ne compte pas.

– Vous essayez de conclure l'affaire en tuant le tueur, en exterminant l'exterminateur. Mais il reste deux cadavres : Mme Fedorovna elle-même, c'est-à-dire Catherine Ostrovsky, et Hans Faber.

– Je ne comprends rien à ces morts-là. Il est vrai que tout ce qui est arrivé a créé un mauvais climat. Hans a accusé Catherine d'être allé trop vite en besogne en engageant Frisch. Il y a eu des mots en trop, des discussions absurdes et désagréables où l'on repart à zéro, où l'on refait le monde.

– Et Dietrich ?

– Rien.

– Dietrich rien. C'est le prince héritier et inutile de soixante ans.

– Plus ou moins.

– Avec Fresnedo et Serrano, vous vous êtes mis d'accord sur quelle explication ?

– Aucune, mais il faut créer l'ombre d'une explication. Le soupçon d'une culpabilité. Ce simple soupçon conclut l'affaire et il n'y a pas d'éléments objectifs ni subjectifs qui puissent la faire resurgir dans l'avenir. Je suis le point final.

– Je ne crois pas que nous soyons arrivés au point final. Pour commencer, qu'est-ce que viennent foutre les Américains dans cette histoire ?

– Quand Serrano a demandé des renseignements à Interpol, sa demande est arrivée dans un service de contrôle américain, ils ont fait le rapprochement et ils ont averti la commission qui s'occupait de mistress Simpson. Ce qui avait été un problème entre nous était devenu un problème d'État, l'ambassade a appris au gouvernement espagnol l'existence de ce stock et lui a fait part de son souhait qu'il soit remis à ses services secrets. Les négociations se sont faites dans notre dos.

– Et, pourtant, les fonctionnaires qui ont dirigé le transfert des archives avaient un plan très détaillé des installations.

– C'est exact.

– Vous l'avez vu ?

– Et vous ?

– De loin, je les ai vus consulter un papier et en une demi-heure ils ont réglé la question.

– Oui. Je me suis approché d'eux, j'ai été surpris ou agacé, de manière puérile, je le reconnais, par l'assurance avec laquelle ils envahissaient les Thermes. Ils avaient un plan tracé à la main du pavillon des boues.

– Qui leur avait remis ce plan ?

– Tatiana, c'est-à-dire mistress Simpson, je suppose.

– Non, impossible, sauf si elle l'avait dessiné la nuit où elle a été assassinée et si elle l'avait jeté dans une bouteille à la mer. Mistress Simpson a découvert tout le mystère du vieux pavillon le soir de notre virée. Je l'ai compris plus tard quand je me suis souvenu de ses souliers mouillés, et que j'ai fait le rapprochement avec les souliers mouillés de Faber. Elle n'a pas eu le temps d'envoyer ce plan. D'ailleurs, que faisait Faber cette nuit-là dans le pavillon, quand il a emprunté le chemin secret ? Il n'avait pas besoin de le faire.

– C'est vrai.

– Qu'est-ce que vous donneriez comme explication pour le plan et l'assassinat de Faber ?

– En privé, je vous dirais la même que vous, mais ça ne m'intéresse pas, je n'en ai pas besoin et le gouvernement n'en a pas besoin, et si vous voulez que je vous dise le fond de ma pensée, personne n'en a besoin. L'histoire se termine ici. Écoutez, entendez-vous la musique et les rires ? Nos pensionnaires sont heureux. Ils pensent la même chose que Serrano. Tout ce qui s'est passé, ce sont de vieilles histoires qui n'ont plus aucune signification. Ils ne vivent pas dans le meilleur des mondes, mais ils préfèrent ce monde-là à tous ceux qu'ils ont connus dans le passé ou qu'ils connaîtront dans le futur.

– Vous avez tous voulu la mort de Karl Frisch, vous l'avez tous fait assassiner.

– C'est Catherine qui l'a fait assassiner, et notre silence était évidemment approbateur.

– Avec ce crime arrive dans l'histoire un personnage extérieur, sûrement un autre mercenaire.

– Pas exactement. Un survivant des groupes de choc que don Anselmo avait organisés dans le temps. Catherine avait gardé des contacts avec eux, un peu par affinité idéologique, surtout parce qu'elle n'avait jamais pu se débarrasser du syndrome de l'apatride qui a toujours besoin de pouvoir se raccrocher à quelque chose.

– Ce travail vous a coûté combien ?

– Trois cent mille pesetas, je crois. Catherine n'a pas été très explicite. Elle aimait être seule responsable de ses actes.

– Et pour que Helen se taise ?

– Helen ne sait rien.

– Gastein, vos explications raniment mes souvenirs et je viens de revivre cette séquence dans laquelle vous et moi nous suggérons à Serrano de laisser partir Karl, j'insiste pour que Helen s'en aille avec lui, mais vous détournez ma demande. Qu'il s'en aille, mais qu'elle reste. Vous saviez ce qui allait arriver dès que Karl aurait quitté les Thermes et je ne serais pas étonné que vous vous soyez mis d'accord avec Helen pour qu'elle le laisse partir sans elle. Autre chose, cette femme s'est montrée très persuasive dans ses efforts pour partir d'ici, mais, brusquement, elle a cessé de se démener, elle a presque disparu de la circulation et elle n'a réapparu qu'en veuve éplorée. Depuis, on ne l'a plus revue. Où est Helen, Gastein ?

– Je ne suis pas un obsédé du crime, Carvalho. La jeune femme est saine et sauve, je vous assure.

– Et l'assassin de Frisch ?

– Catherine morte, plus personne ne sait comment contacter ces gens.

– Ils peuvent réapparaître et même essayer de vous soutirer de l'argent.

– Ils seront bien reçus. Maintenant, finissons-en. On s'étonnera de ne pas me voir au bal. Avant de partir, je recevrai vos analyses et je voudrais voir cela avec vous. Je partirai à Bolinches, selon ce qui a été décidé avec Serrano, à dix heures. Je vous attends ici à neuf.

Il le précéda sur le chemin qui menait au salon et à mesure qu'ils avançaient, ils étaient de plus en plus entraînés par l'offre de la fête, à tel point que lorsqu'ils entrèrent par la porte latérale et se frayèrent un chemin parmi les assistants, ils étaient déjà étourdis par le bruit et par la lumière qui nettoyait leurs yeux ténébreux.

Juanito de Utrera, le *Niño Camaleón*, n'en pouvait plus mais il jubilait, comme une publicité lumineuse :

– Quelle ambiance ! Quelle ambiance pour une fois ! J'hallucine ! J'hallucine, je vous dis !

C'était à lui de passer et, pendant qu'il réglait le battement de ses mains sur les coups frappés par le guitariste contre le bois de sa guitare, Carvalho sentit que, contrairement aux autres fois, les pensionnaires avaient perdu cette réserve de convalescents éduqués dans des manuels de savoir-vivre qui donnait toujours aux fastes des Thermes un certain aspect de goûter pour septuagénaires à dentier. Ce soir-là, au contraire, les corps bougeaient comme si la fête avait été une vraie fête et non un point d'ordre du jour fixé au tableau d'affichage avec une punaise.

L'industriel d'Essen s'est maquillé le visage en blanc et il porte un entonnoir en guise de chapeau, en hommage d'ouverture à Alice au pays des merveilles ; aussi bas de gamme, imaginairement parlant, se trouve le déguisement confectionné par Colom en une longue après-midi de ciseaux et d'obstination dans sa cellule de jeûneur. Il s'est mis en méchant du Ku-Klux-Klan, comme il l'explique ici et là à la colonie espagnole où tous le prennent pour un pénitent de la Semaine sainte de Séville.

– Le modèle de la robe est différent. Celle du Ku-Klux-Klan est moins stylisée, ce n'est pas un modèle de robe strictement religieux, comme celle des pénitents.

Villavicencio s'est contenté d'allonger sa moustache et ses sourcils avec un crayon-feutre noir et de mastiquer un cigare, dans une vaine tentative de ressembler à Groucho Marx, et doña Solita s'est peint la figure en noir et a entouré ses cheveux d'un foulard multicolore, comme la Mammie d'*Autant en emporte le vent*. Le Basque a réussi à se dégotter un tronc et une hache et, entre deux chansons, il brandit sa hache comme un *aizkolari* professionnel et la laisse retomber sur le tronc, sous les applaudissements de l'assistance, sans distinction de sexe et de nationalité.

– Mesdames et messieurs, avant de céder la place à l'orchestre de danse le plus génial de tous, j'ai nommé l'orchestre Tutti Frutti, que je vous demande d'applaudir bien fort…

On applaudit bien fort.

– … mon camarade Paco et moi-même allons terminer avec un chant très ancien, aussi ancien que la race espagnole et la race gitane réunies. C'est un chant qui raconte les peines et les joies de l'amour, de l'amour qui est le sentiment le plus, le plus grand qui peut unir les êtres humains. Quand on aime, on accepte tout. On supporte tout…

La voix du chanteur de flamenco s'étrangla.

– … on pardonne tout. La femme qui chante ce chant dit qu'elle préfère vivre en croyant à l'amour de son mari, à l'amour de la personne qu'elle aime le plus, plutôt que connaître la vérité, connaître sa maudite trahison. Le chant dit plus ou moins ceci :

I don't want to know
don't tell to me, neighbour,
I prefer to live dreaming
that knowing the truth.

Et il chantonna doucement tandis que Paco finissait d'accorder sa guitare :

Que no me quiero enterar,
no me lo cuentes, vesina,
Prefiero vivir soñando,
que conoser la verdá.

Ce fut son succès le plus extraordinaire de la soirée, la soirée la plus triomphale en quinze ans de carrière de chanteur de flamenco en titre de la Faber and Faber, et il résista à la tentation de chanter encore parce qu'il avait la voix cassée et parce que, sans se recommander à Dieu, ni à diable, ni même aux diables atlantiques, le général Delvaux, déguisé en Noureiev, avec des panties de femme qui enserraient le bas de son corps, comme une tempête de sensualité torride, vint occuper d'un bond le centre de la piste de danse improvisée, suivi à distance bégayante par l'orchestre qui essayait de se souvenir, chaque partie pour son compte, des cadences les plus mémorisables du *Spectre de la rose*. Delvaux portait sur le visage un hiératisme attribué par les historiens au grand Nijinski, et recelait dans son corps la volupté provocante de la meilleure époque du jeune Noureiev ; il ne bougeait pas si mal les bras, mais avec une grâce exagérée, plus proche des secousses ailées et contenues de Margot Fonteyn que de la légère mais solide musculature de Godounov. Il faisait une sorte de saut de son cru, bref mais qu'il parvenait à tenir en suspens dans l'air, contraint par l'étroitesse de la piste que lui laissait la population résidente, saut difficile qui révélait la musculature bien travaillée de ses mollets et mettait en évidence le lamentable laisser-aller de son petit ventre mou et sautillant, superflu dans un ensemble si harmonieux. Il dansait les yeux presque fermés et en se chantant la mélodie pour échapper aux erreurs et aux insuffisances de l'accompagnement, il était conscient de la surprise et de l'admiration qu'il avait causées et il remit ça, porté par l'ivresse du mouvement qui l'entraîna à sauter plusieurs fois, à feindre l'abattement du spectre anéanti et les résurrections euphoriques de spectre enthousiasmé par soi-même. Et si effectivement les cinq premières minutes de représentation soulevèrent un chœur de louanges admiratives en français, langue qui paraît avoir été inventée pour les éloges choraux, au bout de dix minutes commença à gagner une certaine lassitude, encore souriante et condescendante parmi les étrangers, mais désormais agressive et peu tolérante chez les Espagnols.

– Les douze coups de minuit vont sonner pour la Pavlova, rouspétait Sullivan, ce soir-là en habit de jeune nettoyeur de pare-brise aux carrefours, victime de l'économie parallèle et tiers-mondiste.

Il était pieds nus avec une chemise sale et déchirée, bien qu'elle ait une griffe italienne prestigieuse, qu'elle soit en lin et vaille trente mille pesetas. À sa ceinture pendait un chiffon crasseux et il portait à la main un balai d'essuie-glace qu'il avait démonté sur la voiture du Basque. Ce fut Sullivan qui incita la dame née à Madrid mais élevée à Tolède, finalement déguisée en Sévillane, à se lancer sur la piste pour aller donner la réplique au général de l'O.T.A.N.

– À toi de danser des sévillanes, ma chère, ce type est en train de nous endormir.

Et c'est ainsi qu'auprès de Nijinski surgit un feu follet humain emporté par une frénésie de danse parfaitement reconnaissable aux claquements de talons énergiques avec lesquels elle mit à l'épreuve la solidité du dallage. Le général Delvaux n'hésita qu'un instant, mais il choisit de s'adapter aux circonstances et, presque sans transition, il modifia son style, mit les doigts en éventail, se redressa en poteau télégraphique, les joues creusées et le derrière saillant, c'était tout à fait une autre danse, c'était le Greco ou Antonio Gades se cambrant devant le torrent sensuel de la femelle polychrome qui le défiait avec ses allées et venues, la posture un œil noir te regarde mais pas touche que doivent prendre les danseuses espagnoles devant le bouc qui rôde autour d'elle, comme un phallus pourvu de tentacules digitaux annonçant le battement des désirs les plus obscurs. Mais s'il y a déjà eu des auteurs de traités de morale pour dénoncer l'indécence du pas de deux dans la danse espagnole quand l'homme porte un pantalon andalou trop serré, les panties du général poussaient aux limites de l'intolérable visuel la matérialité du sexe, à l'affût du premier relâchement d'attention de la femelle en train de toréer cette bête extraordinaire. Autrement dit, les dames ne quittaient pas des yeux les avantages du général. Et les hommes, les Espagnols principalement, considéraient que cette exhibition était indigne d'un homme de cinquante ans pourvu de sens commun, surtout s'il a la responsabilité de représenter l'Alliance atlantique.

– C'est un scandale, crièrent presque deux messieurs catalans.

C'était exactement ce que pensait Villavicencio, c'était un scandale *in situ* et un scandale corporatif, dans la mesure où un général est général où qu'il se trouve. Et il eut, comme en ont toujours les Espagnols aux moments les plus délicats, une montée d'inspiration, il se plaça devant l'une des sœurs allemandes et, claquant des talons comme un hussard de Tchernopol, il lui demanda cette danse.

– Mais quelle danse ? essayait de lui opposer l'Allemande déconcertée.

Villavicencio la prit par la main et la conduisit au centre de la piste, faisant intrusion dans le territoire occupé par Delvaux et sa Sévillane, sans faire aucun cas de la perplexité des danseurs qui avaient l'usufruit de la piste, des musiciens, de la majeure partie de la colonie étrangère et des deux Catalans qui, bien qu'indignés par le manque de tenue de Delvaux, auraient préféré le dialogue à la violation de frontières, Villavicencio enlaça l'Allemande pour une valse majestueuse qu'il était seul à entendre. Le colonel espérait que l'orchestre, comprenant sa louable intention, le soutiendrait en passant de la sévillane à la valse et qu'indirectement avertis Delvaux et la femme à la corniche cantabrique abandonneraient la piste et retrouveraient leur calme. Mais il n'arriva rien de tel. Delvaux, irrité par ce qu'il considérait comme une deuxième ingérence des Espagnols dans sa grande nuit triomphale à la tête du London Festival Ballet, retourna à ses cabrioles noureieviennes ; la dame née à Madrid mais élevée à Tolède, également indignée par ce qu'elle considérait comme un lâchage peu galant de son cavalier et une ingérence mal élevée de Villavicencio et de cette abominable vache, se sentit plus sévillane que jamais et fit de sa danse une descente hermétique dans la pureté la plus intime de cet art, tandis que, s'opposant à l'un et à l'autre, Villavicencio et la sœur allemande, presque à la force du poignet, continuaient leur valse sans musique ; les musiciens, quant à eux, choisirent d'entamer un cha-cha-cha, pour qu'enfin les couples envahissent la piste et que le conflit prenne fin. Tension et irrationalité déréglée montaient à vue d'œil et auraient pu donner lieu à de dangereux excès si l'un des musiciens n'avait vu entrer dans le salon deux stars presque identiques, avec de belles jambes nues remuant comme des fouets et beaucoup de cheveux longs, raides et blonds. Le musicien s'empara du micro et, montrant les deux Italiennes qui arrivaient en retard mais étrangement dynamiques, il les présenta pour qu'elles prennent la fête en main.

– Mesdames et messieurs, les deux stars de la danse !

Cette fois la musique fut cohérente avec l'attraction

annoncée. Se laissant porter par la mémoire et l'instinct, les musiciens attaquèrent les rythmes de *Pour bien faire l'amour, il faut aller vers le sud* et les deux jeunes filles se sentirent obligées de jouer le jeu et d'entrer dans la danse. Cérémonieusement, Villavicencio raccompagna l'Allemande auprès de ses sœurs et retourna dans le coin où l'attendait la fraction active de la colonie espagnole.

– *Olé*, ça c'est des couilles, colonel ! cria Sullivan.

– Il fallait le faire.

Ce fut l'unique commentaire qui sortit des lèvres serrées du colonel, qui continuait à regarder de loin, mais avec défi, un Delvaux qui retournait à ses quartiers d'hiver comme un canard déplumé et éreinté. Celle qui n'était pas d'accord avec l'intrusion de Villavicencio était la dame née à Madrid, élevée à Tolède et secouée à Séville :

– Il faut être plus tolérant ! Nous ne sommes pas dans une caserne, colonel !

– Plus tolérant que moi, ça n'existe pas. Mais la tolérance est une chose, et l'indécence en est une autre. Moi, je n'aime pas me rincer l'œil avec un type qui me montre ce qu'il ne devrait pas me montrer.

Les Italiennes dansaient très bien et ensemble, ce qui incita Carvalho à demander à la réceptionniste si elle savait ce que faisaient ces jeunes filles dans la vie.

– Elles sont danseuses, lui répondit-elle.

Carvalho trouvait déconcertant que ces deux monstres de dépression soient danseuses, et qu'étant déguisées elles ne soient pas déguisées, et qu'étant en train de danser elles ne le fassent pas comme danseuses. C'était aussi une absurdité que deux Allemands se soient déguisés en brancardiers et soient présents à la fête avec un brancard occupé par un autre Allemand déguisé en moribond. Un moribond que ses bandages multiples n'empêchaient pas de participer, assis et joyeux, aux réjouissances, une bouteille d'eau minérale gazeuse dans une main et une d'eau minérale plate dans l'autre. De l'endroit où était placé Carvalho, le visage de Sánchez Bolín semblait contrôler étroitement tout ce qui se passait dans le salon, déformation professionnelle du voyeur qui croit toujours qu'on ne le voit pas. Mais quand il s'approcha, il se rendit compte que Sánchez Bolín n'était pas en état de voir quoi que ce soit. Il dormait comme on croyait que les troncs dorment avant de découvrir que les plantes peuvent avoir des sentiments. Sánchez Bolín dormait sans pitié, en dépit de la blondeur ondulante que soulevaient les Italiennes, des dignités de pas honnêtes qu'imposait Villavicencio et des bas instincts des regards défendus que provoquait Delvaux. S'il avait un jour à décrire une fête comme celle-là, il l'imaginerait, il ne la vivrait pas. L'intention de Carvalho de ne plus laisser entier un seul des livres qui restaient dans sa bibliothèque, reliés comme ils l'étaient tous dans de la peau humaine mal tannée, se raffermit. Mais il n'avait pas trop de temps pour la réflexion, le clou de la fête approchait et la colonie suisse le préparait dans une pièce adjacente. Un des membres de la suite de Julika Stiller annonça que tout était prêt et le salon se vida par ses trois portes en courtes et animées traînées humaines qui descendirent jusqu'à la piscine. L'orchestre fermait la marche en jouant *Soupirs d'Espagne*, et quand les spectateurs eurent entouré la piscine illuminée, de la chambre-loge de Julika Stiller sortirent quatre femmes déguisées en pleureuses portugaises, annonça-t-on, portugaises parce qu'il n'y avait aucun Portugais aux Thermes et ainsi personne ne pouvait se sentir visé. Entre les pleureuses avançait Julika enveloppée dans le peignoir ordinaire de Faber and Faber, mais chaussant les mêmes babouches pourpres que mistress Simpson, les cheveux retenus par les invraisemblables pièges à taupes à la Carmen Miranda qui donnaient à la tête de feu mistress

Simpson un certain air festif de transfuge perpétuelle du carnaval de Rio.

L'arrivée de l'étoile principale et de sa suite fut accueillie par une copieuse salve d'applaudissements qui atteignit son apogée lorsqu'elle enleva son peignoir et que l'on put se rendre compte qu'elle portait un maillot de bain une pièce, décolleté derrière jusqu'à la naissance de la raie des fesses et devant jusqu'à l'abîme interpectoral, en l'occurrence peu tentant car Julika Stiller était presque aussi maigre que mistress Simpson. Autrement dit, le même maillot de bain, ou presque, que celui que portait la septuagénaire américaine au moment de se mettre à flotter, devenue cadavre pionnier, sur l'eau de la piscine des Thermes.

Les pleureuses se placèrent à chaque coin du bassin et Mme Stiller marcha vers le plongeoir. Elle essaya sa flexibilité, recula de quelques pas, puis avança de deux enjambées pour se tendre au garde-à-vous et commencer le saut de l'ange avec les bras ouverts et ensuite progressivement fermés jusqu'à ce que son corps entre en contact avec l'eau comme une lame souple. Il y eut une ou deux incontinences d'applaudissements, d'après ce qu'on dit surgis d'entre les rangs des dames espagnoles qui rangeaient Mme Stiller parmi les femmes les plus élégantes des Thermes. Julika Stiller resta longtemps sans émerger, mais réapparut enfin, méritant un oh ! de soulagement, car plus d'un et d'une pensa que là où il y en avait pour quatre cadavres il pouvait bien y en avoir pour cinq, la majorité d'entre eux ignorant que M. Faber aussi était passé dans une vie meilleure. C'est sur ces entrefaites que Carvalho chercha du regard Dietrich Faber qui était passé inaperçu depuis le début de la fête ; il n'était pas parmi le public. L'inquiétude qu'éveilla en lui la non-présence du cadet des Faber le fit s'approcher de Gastein, qui assistait à la scène, impénétrable, se protégeant le corps d'un froid secret avec ses bras.

– Et M. Faber ?

– Je ne l'ai pas vu.

– Il n'est pas là.

– Et alors ?

Il n'eut pas le temps de juger si Gastein lui avait posé cette question par défi ou par fatigue exaspérée, en effet, Julika Stiller était arrivée à la fin de son exercice. Elle avait réussi à flotter, immobile comme une morte, en s'aidant seulement du constant battement de ses mains, mais maintenant elle essayait de parvenir à cette flottaison inclinée à laquelle seuls parviennent les meilleurs noyés.

Des heures d'entraînement portèrent leur fruit et Julika atteignit son but, tandis que l'assemblée lui décernait une immense ovation et que les pleureuses lançaient dans l'eau de la piscine des poignées de fleurs jaunes. Julika exécuta plusieurs brasses dans divers styles et finalement prit son élan pour faire émerger de l'eau la partie supérieure de son corps, un bras tendu et la main terminée par deux doigts faisant le signe de la victoire. Encore des applaudissements, et la décision collective que la fête était terminée. Commentaires aimables ou enthousiastes et le commun accord que ce qui aurait pu être une parodie intolérable s'était presque transformé en hommage.

– J'en ai été émue, dit doña Solita avec des larmes dans les yeux.

– Cette dame suisse est professeur d'expression corporelle et elle a fait quelque chose de délicat, de très allégorique, de très élégant.

– Élégant, c'est le mot.

C'était le mot qui venait à l'aide de la capacité de jugement de la femme de l'homme au survêtement, ce soir-là vêtu du smoking un peu étroit qu'il mettait toujours dans sa valise.

« Parce qu'on ne sait jamais. » Et aussi : « Parce que quand il faut être habillé, on fait le maximum. Cent pour cent. Le summum. »

Carvalho s'était placé près de Gastein et attendait qu'il se rappelle l'absence de Faber. Mais Gastein faisait comme si de rien n'était et ne voulait pas se retrouver impliqué dans quelque recherche que ce soit, aussi Carvalho se rendit seul dans le hall et demanda à une réceptionniste bâillante où était allé se fourrer Dietrich. Elle ne l'avait pas vu. Il ouvrit la porte du bureau privé de la direction et il n'y était pas. Il n'était pas non plus dans celui de la direction générale. Ni dans sa chambre. Carvalho courait déjà vers le jardin pour faire entrer un peu d'urgence et de prévention dans l'esprit fatigué de Gastein quand il eut l'idée d'aller jusqu'à la salle de vidéo et d'ouvrir la porte en grand d'un coup. Sur l'écran défilaient les images d'un film des Marx Brothers, *Soupe au canard*, et dans la salle il n'y avait qu'un spectateur, qui, contrarié, tourna la tête quand un carré de lumière vint briser son harmonieuse solitude. C'était Dietrich. Mais quand il reconnut Carvalho, il se mit à sourire d'abord, ensuite à rire et finit par lever un bras et montrer à l'intrus ce qu'il tenait dans une main, camouflé entre ses jambes de spectateur solitaire : un verre plein de whisky qu'il tendit à Carvalho :

– Ça vous dit ?

La mère qui t'a donné le jour, pensa Carvalho en reculant. Si ton père voyait ça…

– Triglycérides presque équilibrés. Sucre, juste ce qu'il faut. Le mauvais cholestérol a presque disparu. Le bon se porte bien. Lipides corrects. Tension normale.

Enfin ! Vous voilà comme neuf. Si vous pouviez observer un régime raisonnable, vous n'auriez même plus à craindre pour votre foie. S'il n'est pas complètement fichu, le foie guérit de tout. C'est un viscère reconnaissant.

C'est le naturel du médecin. Un naturel créé au long de presque quarante ans de métier, quarante ans à interpréter le rôle du sorcier de la santé suprême, à la portée seulement de personnes capables d'imaginer une médecine alternative, une santé alternative. Une autre vie dans cette vie-ci.

– Il faudrait que je mange horriblement mal jusqu'à la fin de mes jours.

– Vous auriez plus de jours à vivre. Et puis je ne suis pas d'accord avec cette idée que vous mangeriez mal. Ceux qui mangent mal sont ceux qui ne mangent pas assez ou qui mangent trop. N'oubliez pas de vous faire faire des analyses de sang fréquemment et de les comparer avec vos résultats d'aujourd'hui. Mais que ça ne vous empêche pas de consulter votre médecin de famille.

– Je n'en ai pas.

– À votre âge, vous devriez avoir un médecin qui vous suive. C'est le dernier conseil que je vous donne. Il est possible que quand tout ce que je vous ai annoncé hier sera passé j'aille réinstaller pour quelque temps en Suisse. Je préfère les Thermes, mais il faut donner du temps au temps. Adieu, monsieur Carvalho. Vous avez remis votre rapport à Faber ?

– Oui.

– Qu'a-t-il répondu ?

– Rien. Il m'a fait parvenir un chèque et je lui ai fait parvenir le mien. La différence est en sa faveur.

Gastein se contenta de lever une main, mais sans lever pour autant les yeux de la fiche de son patient suivant. Carvalho s'était réveillé impatient. Il se fit faire son dernier massage sous l'eau et discuta avec la masseuse de ce qui était arrivé, ne recevant en réponse que des monosyllabes et des exclamations abstraites. Pour tous les habitants des Thermes, sauf quatre ou cinq d'entre eux, M. Faber était retourné en Suisse régler une question urgente. La veille au soir, il avait déjà eu droit à une soupe solide de pommes de terre et de carottes et maintenant, dans la salle à manger des convives normaux, on lui offrait une infusion de chicorée, une tranche de pain complet avec du fromage blanc, deux prunes et une cuillerée de son. Un repas de fugitif du front russe dans les romans de Virgil Georghiu. Mais c'était un petit déjeuner plein de choses appartenant à des catégories alimentaires acceptées par le palais : fromage, pain, fruits. Ils se rapprochaient donc de leur statut d'omnivores et sentaient dans leur corps le vide des kilos perdus et au-delà le monde, perçu comme un objet propice.

Habitants d'une île culturelle fermée encore plus par les événements qui s'y étaient passés, ils se sentaient compagnons d'une expérience inénarrable et ils se tutoyaient et ils échangeaient des cartes de visite avec l'ingénuité de libérés du service militaire incapables d'imaginer la vie qui les attendait sans les autres. L'homme au survêtement restait fidèle à son accoutrement.

– C'est très confortable pour conduire.

Et à ses préjugés idéologiques transformés en de glissants regards de doute sur un Sánchez Bolín absent qui prenait son petit déjeuner humain avec la tristesse que seul peut éprouver un gourmet devant un aussi triste spectacle. En revanche, Villavicencio distribuait les poignées de main et les tapes solides sur les épaules des hommes, sans autre exception que celle de Sánchez Bolín à qui il serra la main seulement.

– Je vais prendre mes affaires dans la salle de bains

et je suis à vous, le prévint l'écrivain. Je rentre parfaitement dans mon costume.

Carvalho avala ce qui lui restait de son infusion de chicorée et, en éloignant sa tasse de ses lèvres, il vit Gastein embarquer un modeste bagage dans une voiture de sport bicolore, dire au revoir à quelqu'un situé plus haut que Carvalho ne pouvait pas voir, s'asseoir au volant, manœuvrer lentement et partir, au contraire, en accélérant à en juger par la pétarade des deux pots d'échappement. Carvalho ferma les yeux. Gastein parti, l'histoire était terminée et il avait plus que jamais hâte de quitter ce couvent pour gros, couvrir les mille kilomètres au moins qui le séparaient de Barcelone, retrouver sa vie arrêtée vingt jours plus tôt, ses racines ou n'importe quoi, sa famille, Biscuter, Charo, Bromure, Fuster, chacun dans son rôle composant une étrange portée de solitaires. S'il se tenait à carreaux et suivait les conseils diététiques du livre Faber-Gastein, il vivrait davantage dans de meilleures conditions.

– Je suis venu vous dire au revoir.

Le jeune fromager était conscient d'être beaucoup plus près de ressembler à Robert Redford que vingt jours plus tôt et à ses côtés Arancha était fière de ses dons de chasseresse.

– Vous partez aussi ?

– Non. Je reste quelques jours de plus pour finir ma réadaptation.

– Les nouveaux clients arrivent déjà, mais ils n'ont pas encore laissé entrer les journalistes. On m'a dit à la réception que les demandes d'admission ont triplé.

Le Basque voulait arriver à temps à Cordoue pour manger au *Caballo Rojo* de l'agneau au miel d'eucalyptus.

– Après l'agneau basquaise, c'est le plus savoureux que je connaisse. Pendant ces vingt jours, j'ai fait assez d'efforts pour pouvoir manger comme un roi pendant les trois cent quarante qui restent.

Telle n'était pas la philosophie dominante. En même temps que des cartes de visite, on avait échangé des recettes magiques qui assuraient la conservation de la ligne acquise, ou l'adresse d'un homéopathe extraordinaire, français, bien entendu, à qui il suffisait de voir les gens à poil à trois ou quatre mètres de distance pour deviner leur métabolisme comme s'il avait des rayons X dans les yeux.

– Et si tu ne peux pas y aller, tu lui racontes ton histoire au téléphone et il t'envoie des recettes épatantes qui vous vont comme si elles étaient faites sur mesure.

Il y avait des corps adonnés aux médecines expérimentales, spécialement parmi les Catalans, dont certains se soumettaient à de périodiques saignées avec des ventouses de verre pour se désintoxiquer et à de petites transfusions de sang traité à l'ozone pour augmenter l'oxygénation et favoriser le processus métabolique.

– Parfois, ça me fait bizarre, quand je vois mon dos couvert comme de morsures de sangsues. Ça ressemble aux histoires de vampires, mais, tu vois, ça me fait du bien, en tout cas c'est ce que je sens, ou je le crois, et c'est ce qui compte.

Il retourna dans sa chambre pour la dernière fois, attrapa sa valise et sa trousse de toilette, et la raquette insuffisante avec laquelle il n'était pas parvenu à atteindre l'idéal de tennis élégant que lui avait suggéré le capitaine des S.S. Siegfried Keller. Il alla jusqu'à sa voiture immobilisée depuis presque trois semaines et, en ouvrant le coffre, il eut l'impression de disposer pour la première fois de quelque chose à lui et il s'assit au volant pour éprouver la sensation de s'asseoir dans quelque chose qui ressemblait à sa maison. Mais

Sánchez Bolín était en retard, il ressortit de sa voiture, se rapprocha de la vue sur le parc, sur la piscine, sur le pavillon des boues, sur les panneaux portant les consignes sanitaires :

Votre corps vous en remerciera.

Ne vous haïssez pas. Soignez votre image.

Dieu vous a donné la vie. À vous d'y ajouter la santé.

Il faut manger pour vivre, non pas vivre pour manger.

Mâchez tout, même l'eau.

Il faut mâcher chaque bouchée trente-trois fois.

Votre corps est votre meilleur ami.

La diète : un moyen de prolonger la vie.

Ce qui, pour d'autres, est une nourriture saine, pour vous peut être un poison.

Il n'y a pas de régimes magiques, mais il n'y a pas non plus de pilules magiques.

Pensez comme si vous étiez mince, agissez comme si vous étiez mince.

À l'intérieur du réfrigérateur se trouve votre pire ennemi.

Quand manger est un vice, ce n'est plus un plaisir.

La nourriture en excès est une drogue dure.

Il promenait le regard sur les lettres comme s'il se dépêchait pour arriver à ce qui l'intéressait le plus dans ce paysage qu'il voyait, supposait-il, pour la dernière fois. Le pavillon montrait fièrement sa splendeur d'archéologie, ignorant qu'on l'avait dépouillé de son secret le plus convoité, ou peut-être libéré d'un anticorps qui avait falsifié son sens exact : être un monument à la mémoire innocente. De profil sur la terrasse supérieure du salon des jeûnes, Dietrich Faber contemplait les limites de son royaume, un verre de jus de fruit dans une main, l'autre enfoncée dans la poche de son pantalon. Il laissa soudain plonger son regard en piqué, comme s'il se sentait observé, et il le posa sur la tête de Carvalho tournée vers lui. Il lui offrit un verre silencieusement et ensuite inclina le haut du corps pour lui crier de sa voix de ventriloque, en s'aidant d'une main en porte-voix :

– Comment ça va, monsieur Carvalho ? Quelle mine splendide ! La cure vous fait du bien ? Mais je ne devrais pas vous le demander, votre visage parle pour vous. Je vais allumer une bougie pour fêter votre victoire.

Il se redressa, vida le contenu de son verre d'un trait et se retira de la balustrade, comme le châtelain se retire du créneau de son château après avoir observé les limites du monde connu. Mais l'arrivée de Sánchez Bolín manquant de mains pour porter tous ses livres, sa machine à écrire, lui-même, l'obligea à oublier l'apparition de la marionnette parlante et à aider l'écrivain à prendre momentanément possession de son coffre.

– C'est comme ça que j'aimerais voyager. Une valise et une raquette de tennis. Mais je ne peux pas. Les livres font partie de ma vie. Je pourrais vous raconter le cas d'un ancien dirigeant communiste, très sceptique y compris quand il était dirigeant. Il s'appelait Rancaño et il a même été directeur général de quelque chose pendant la guerre civile. Eh bien, dans une des ses allées et venues d'exil, en compagnie de milliers de livres et de beaucoup d'enfants, à Pékin, il a dû choisir entre faire monter ses enfants sur le bateau ou ses livres. Et il a choisi les livres. On n'a pas le droit d'abandonner les livres ni les chiens. Les enfants, si. Quelqu'un s'occupera d'eux, et en plus les enfants parlent. Ils n'arrêtent pas de parler.

Sánchez Bolín s'assit dans la voiture et attendit que Carvalho ait aspiré sa dernière bouffée de Thermes.

– Ne regardez pas tant. Vous reviendrez. C'est comme un vice. Une délégation de la volonté. Ce qu'on n'est pas capable de faire tout seul pendant un an, on vient se le faire imposer par les circonstances pendant vingt jours.

Le voyage silencieux commençait, après que l'écrivain eut demandé à Carvalho de le laisser à l'aéroport, à cinq kilomètres de Bolinches.

– J'aime arriver dans les aéroports avec deux heures d'avance ; on donne ainsi moins de prétextes à ces fils de putes pour vous laisser à terre.

Mais avant ils durent traverser la barrière de journalistes qui continuaient à monter la garde derrière la grille : ou s'arrêter ou passer par-dessus les cadavres de garçons et de filles se bagarrant pour le premier reportage de leur vie de journaliste, ou les corps de vieux journalistes en dégringolade, essayant de démontrer qu'ils étaient encore capables de passer leur micro sous le nez de ces gamins prétentieux. Par la fenêtre ouverte pénétrèrent des bouquets de bras et de micros de magnétophones.

– Vous êtes des clients des Thermes ?

– Que s'est-il passé exactement ?

– C'est vrai que M. Faber a eu un infarctus ?

– Qu'est-ce que les Américains ont emporté ?

– Qui a trouvé l'héroïne ?

– Mistress Simpson était-elle en relation avec la mafia italienne ?

Quelqu'un reconnut Sánchez Bolín et les micros et les magnétophones abandonnèrent la fenêtre de Carvalho comme des oiseaux prévenus que le grain se trouvait dans un autre grenier. Sánchez Bolín écouta toutes les questions en bloc et exigea un peu de silence pour répondre :

– À mon avis, selon ce que j'ai pu comprendre, la cause de tout cela est un manque de sens de la mesure. Le moment viendra où vous comprendrez combien il est important d'avoir le sens de la mesure.

Il profita de la stupéfaction causée par ses paroles

pour lever la vitre de la fenêtre et inciter du geste Carvalho à démarrer.

– Ces jeunes perdent leur temps. Ils devraient inventer une histoire et tout le monde leur en serait reconnaissant.

Carvalho était descendu aux Thermes en voiture parce qu'il espérait passer ses après-midi à visiter la région, à s'approcher de la Côte torride et de la madrague abandonnée de Los Califas. Une madrague qui s'était retrouvée un jour sans thons, comme Kelitea, à Rhodes, s'était retrouvée sans ses eaux thermales et comme les Thermes, un jour, perdraient leur sang jaune d'eaux sulfureuses. Mais les événements en avaient décidé autrement et son parcours de retour était la dernière chance qui lui restait d'admirer la splendeur de l'oasis construite par les eaux rouges du Sang, en contraste avec la brusque sécheresse de la terre dès que la route tournait le dos aux eaux courant à leur perte.

– Vous avez vu les nouveaux clients ? dit tout à coup Sánchez Bolín, alors que Carvalho le croyait endormi.

– Non.

– Ils sont comme les anciens. Ces stations thermales sont la réserve spirituelle de la crème de la vieille droite espagnole. Je crois que j'ai besoin de m'y plonger de temps en temps, pour retrouver le sens de la mesure. Quand on ne voit toute l'année que des éditeurs, des rouges et des sélectionneurs nationaux de littérature, on court le risque de perdre le sens des réalités. Un jour, je me dis : Va donc aux Thermes passer un petit séjour chez les réactionnaires. Ça me fait beaucoup de bien.

– Cette fois, c'était intéressant, mais peu agréable.

– Un mauvais tour. On nous a joué un mauvais tour. En plus, il y avait cet horrible homme au survêtement, horrible, mais digne d'étude. À conserver dans un musée de l'homme. Je le disséquerais avant qu'il meure de mort violente et qu'on ne puisse plus se servir des restes.

À nouveau le silence et au loin la promesse de Bolinches. Ils ne devaient pas être bien loin du croisement pour l'aéroport et, en effet, le premier panneau apparut indiquant la route à deux kilomètres. Ce fut en prêtant attention au panneau qu'il vit une voiture en suspens au-dessus du précipice, écrasée contre un chêne tombé à terre sous le choc. Il la reconnut immédiatement et ne trouva pas les mots adéquats pour réveiller Sánchez Bolín, définitivement endormi, ou se prévenir lui-même que oui, ce qu'il voyait était vrai. Il freina brusquement et le corps de l'écrivain bascula vers l'avant, une main tendue instinctivement pour éviter d'aller s'écraser contre le pare-brise.

– Mais, qu'est-ce qu'il vous prend ?

Carvalho avait déjà sauté de la voiture et courait vers le fossé pour se laisser porter par son poids vers la voiture de sport de Gastein, tristement froissée et échouée en haut de la pente. Il ne fut pas nécessaire d'examiner soigneusement l'intérieur. La moitié du corps de Gastein pendait par la fenêtre, sur son visage la dernière souffrance éliminait les traces d'équilibre et de noblesse qu'il avait modelés avec satisfaction sa vie durant et le sang couvrait son front d'une ombre définitive qui le réduisait au silence. Mais il n'était pas seul. Helen Frisch, la soi-disant Helen Frisch, réapparaissait pour mourir, le cou rompu et la tête retombant contre l'autre fenêtre, comme si elle refusait de voir ou d'accepter la mort de Gastein.

Carvalho ne put éviter un regard professionnel pour cette tombe suspendue au-dessus du précipice, qu'une poussée aurait suffi à faire basculer dans un abîme de distance et d'oubli. Quelqu'un avait foncé sur le côté de la voiture et avait laissé la carrosserie froissée comme un papier crissant, en même temps qu'il déstabilisait la direction et envoyait Gastein et Helen s'ajouter au nombre de morts et de règlements de comptes que les Thermes avaient connus.

– Maintenant, l'histoire est vraiment terminée, Gastein.

Il retourna vers sa voiture auprès de laquelle Sánchez Bolín examinait la scène avec des yeux myopes mais sans doute assez intéressés.

– Qui était-ce ?

– Gastein et Helen, la Suissesse.

– La Suissesse. Femme splendide.

Il avait envie de se débarrasser de Sánchez Bolín le plus vite possible, il voulait penser pour son compte, peut-être faire quelque chose. Ou bien non. Ne rien faire et penser pour son compte dans la solitude propice de sa voiture. C'est pourquoi le dernier commentaire qu'allait faire Sánchez Bolín avant de descendre à l'aéroport de Bolinches résonna à ses oreilles comme un bruit désagréable :

– Sept morts. Invraisemblable. Si je me permettais de mettre sept morts dans un roman, mon éditeur me le jetterait à la figure.

DU MÊME AUTEUR

Les Mers du Sud
Le Sycomore, 1980
« 10/18 », n° 1907

La Solitude du manager
Le Sycomore, 1981
et « 10/18 », n° 1908

Meurtre au comité central
Le Sycomore, 1982
et « 10/18 », n° 2197

Les Oiseaux de Bangkok
Seuil, 1987
et « 10/18 », n° 2163

La Rose d'Alexandrie
Christian Bourgois, 1988
et « 10/18 », n° 2134

Le Pianiste
Seuil, 1988
et « Points », n° P527

La Joyeuse Bande d'Atzavara
Seuil, 1989
et « Points », n° P184

Happy end
Complexe, 1990

Ménage à quatre
Seuil, 1990
« Points Roman », n° R511
et « Points », n° P1659

Tatouage
Christian Bourgois, 1990
et « 10/18 », n° 2243

Histoires de politique fiction
Christian Bourgois, 1990
et « 10/18 », n° 2298

Le Tueur des abattoirs
et autres nouvelles
Seuil, 1991
et « Points », n° P526

Hors jeu
Christian Bourgois, 1991
et « 10/18 », n° 2281

Histoires de famille
Christian Bourgois, 1992
et « 10/18 », n° 2646

Le Labyrinthe grec
Christian Bourgois, 1992
et « 10/18 », n° 2551

Galíndez
Seuil, 1992
et « Points », n° P1006

Mémoires de Barcelone
La Sirène, 1993

Histoires de fantômes
Christian Bourgois, 1993
et « 10/18 », n° 2648

Recettes immorales
Mascaret, 1993
réédition Éditions de l'Épure, 2004

Manifeste subnormal
Christian Bourgois, 1994

J'ai tué Kennedy
ou les Mémoires d'un garde du corps
Christian Bourgois, 1994
« 10/18 », n° 2692
et « Points », n° P1822

Assassinat à Prado del Rey
et autres histoires sordides
Christian Bourgois, 1994
« 10/18 », n° 3122
et « Points », n° P1823

Moi, Franco
Seuil, 1994
et « Points », n° P339

Sabotage olympique
Christian Bourgois, 1995
et « 10/18 », n° 3086

Trois histoires d'amour
Christian Bourgois, 1995

Aperçu de la planète des singes
pamphlet
Seuil, 1995

Les Recettes de Pepe Carvalho
Christian Bourgois, 1996

Saga maure
(en collaboration avec Martine Voyeux
et Mohamed Choukri)
Marval, 1996

Au souvenir de Dardé
Christian Bourgois, 1996

Les Travaux et les Jours
(en collaboration avec Michel Vanden Eeckhoudt)
Actes Sud, 1996

L'Étrangleur
Seuil, 1996
et « Points », n° P521

Questions marxistes
Christian Bourgois, 1996

Le Désir de mémoire.
Entretiens avec Georges Tyras
Paroles d'aube, 1997

Roldan ni mort ni vif
Christian Bourgois, 1997
et « 10/18 », n° 3168

La Pasionaria et les Sept Nains
essai
Seuil, 1998

Le Petit Frère
Christian Bourgois, 1998
et « 10/18 », n° 3265

Ou César ou rien
Seuil, 1999
et « Points », n° P777

Avant que le millénaire nous sépare
Christian Bourgois, 1999

Le Prix
Christian Bourgois, 1999
et « Points Policier », n° P754

La Longue Fuite
Flohic, 2000

La Méditerranée espagnole
(en collaboration avec Eduardo Gonzalez Calleja)
Maisonneuve et Larose, 2000

Pourtant le voyageur en fuite
Le Temps des cerises, 2000

Le Quintette de Buenos Aires
Christian Bourgois, 2000
et « Points Policier », n° P860

Et Dieu est entré dans La Havane
essai
Seuil, 2001

Le Maître des bonsaïs

(en collaboration avec Erika Pittis)
Seuil-Jeunesse, 2002

Barcelones

essai
Seuil, 2002

L'Homme de ma vie

Christian Bourgois, 2002
et « Points Policier », n° P1087

Marcos, le maître des miroirs

essai
Mille et Une Nuits, 2003

Vu des toits

Langues pour tous, 2003

Entretiens avec Manuel Vázquez Montalbán

La Renaissance du Livre, 2004

Érec et Énide

Seuil, 2004
et « Points », n° P1289

Milenio Carvalho

Christian Bourgois, 2006

t.1 : Cap sur Kaboul

« Points », n° P1660

t.2 : Aux antipodes

« Points », n° P1661

Nouvelles

La solitude accommodée au rôti de dinde
L'exhibitionniste, Ces années-là, Le collectionneur

Langue pour tous, 2007

RÉALISATION : IGS-CP À L'ISLE-D'ESPAGNAC
IMPRESSION : BRODARD ET TAUPIN À LA FLÈCHE
DÉPÔT LÉGAL : MAI 2008. N° 96557-3 (48652)
IMPRIMÉ EN FRANCE